# भीड़ में खोया हुआ समाज

# भीड़ में खोया हुआ समाज

मनोहर श्याम जोशी

सम्पादक

भूपेन्द्र अबोध

वाणी प्रकाशन

**वाणी प्रकाशन**
*4695, 21-ए, दरियागंज, नयी दिल्ली 110 002*
शाखा
*अशोक राजपथ, पटना 800 004*
फ़ोन : +91 11 23273167 फ़ैक्स : +91 11 23275710
www.vaniprakashan.in
vaniprakashan@gmail.com
sales@vaniprakashan.in

BHEED MEIN KHOYA HUA SAMAJ
*by* Manohar Shyam Joshi
*Edited by* Bhoopendra Abodh

ISBN : 978-93-5000-500-2
Criticism


संस्करण 2010
आवृत्ति 2017

मूल्य : ₹ 450



*तुषार कलर प्रोसेस, दिल्ली-110 093 में मुद्रित*

*वाणी प्रकाशन का लोगो मक़बूल फ़िदा हुसेन की कूची से*

# भूमिका के बहाने

मनोहर श्याम जोशी लिखित सम्पादकीय आलेखों (जनवरी 1969 से मार्च 1971) का यह दूसरा खण्ड है। बरास्ता सहायक सम्पादक 'साप्ताहिक दिनमान' वह सम्पादक 'साप्ताहिक हिन्दुस्तान' की कुर्सी तक पहुँचे थे और जिस तरह पहुँचे, सक्रिय पत्रकारिता वाले उनके जीवन के उस दौर को जानने-समझने, आकलन, विश्लेषण के सन्दर्भ में संक्षिप्ततः वह सारा कुछ इकट्ठे शायद आश्चर्यों भरा, दिलचस्प एवं जरूरी नजर आये। तो प्रसंग का प्रारम्भ सन् 1964 की अन्तिम तिमाही से करते हैं।

सन् 1964 की अन्तिम तिमाही के शुरुआती महीने—अक्टूबर—का पहला-दूसरा सप्ताह रहा होगा। हिन्दी समाचार साप्ताहिक 'दिनमान' के प्रकाशन की योजना अपने अन्तिम चरण में चल रही थी। पत्रिका के प्रस्तावित सम्पादक अज्ञेय के सहयोगी के रूप में रघुवीर सहाय, सर्वेश्वर दयाल सक्सेना एवं श्रीकांत वर्मा के नाम तय हो चुके थे। मगर चूँकि ये तीनों के तीनों मूलतः कवि थे। लिहाजा अज्ञेय को एक ऐसे समर्थ गद्यकार की तलाश थी जो बहुपठित-बहुविषयविद् तो हो ही, उन द्वारा सुझाये देशी-विदेशी किसी भी विषय पर आनन-फानन वस्तुपरक आलेख एवं टिप्पणियाँ तैयार कर पाने की क्षमता रखता हो। दिल्ली की तत्कालीन हिन्दी पत्रकार बिरादरी के बीच अज्ञेय की नजर में शायद वैसा कोई नहीं था, सो दिन-दो दिन के लिए उन्होंने मुम्बई का रुख किया। इरादा बना कि इस मामले में डॉ. धर्मवीर भारती से मशविरा करके देखें और अगर वे तैयार हुए तो उन्हीं की अनुशंसानुसार धर्मयुग-परिवार से ही सक्षम किसी सहयोगी को मुम्बई छोड़ दिल्ली आने के लिए सहमत कराने की कोशिश करें। मगर डॉ. भारती धर्मयुग-परिवार से किसी की अनुशंसा तो क्या करते, सीधे मनोहर श्याम जोशी के नाम की सिफारिश करते हुए दो साल पुराना एक प्रसंग युद्धवाले दौर का प्रसंग, जिस दौरान चीन की सेना ने नेफा तथा लद्दाख के साठ हजार से भी ज्यादा वर्ग किलोमीटर जमीन अपने कब्जे में ले ली थी।

तो प्रसंग यह रहा कि उन्हीं दिनों टाइम्स ऑफ इण्डिया प्रकाशन से कुछ लोग नेफा के दौरे पर गये थे और काफी तस्वीरों के साथ प्रकाशन योग्य सामग्री बटोर

लाये थे। डॉ. भारती चाहते थे कि अंग्रेजी साप्ताहिक 'इलस्ट्रेटेड वीकली' से पहले धर्मयुग का अंक बाजार में आ जाये। मगर सवाल था कि रातोंरात बैठकर इतनी सारी सामग्री तैयार कौन करेगा? डॉ. भारती की तरफ से ऑफर जोशी जी तक पहुँचा, जो तब भारतीय सूचना सेवा के दर्जा वन पदाधिकारी थे। अपने ऑफिस से उन्होंने दो दिनों की छुट्टी ली और कवर-स्टोरी के अलावा एक और रचना को छोड़ बाकी पूरे-के-पूरे अंक की सामग्री लिख-लिखाकर छुट्टी। 'धर्मयुग' का अंक 'इलस्ट्रेटेड वीकली' से पहले बाजार में आ गया। लेखकीय पारिश्रमिक का बिल बना 'कूर्मांचली' के नाम से। टाइम्स ऑफ इण्डिया प्रकाशन के तत्कालीन महाप्रबन्धक पी.के. राय को आश्चर्य के साथ-साथ शंका भी हुई कि रातों-रात 'धर्मयुग' के उस पूरे-के-पूरे अंक की सामग्री 'कूर्मांचली' नामक किसी एक व्यक्ति ने कैसे तैयार कर दी होगी? और अगर जो कर भी दी होगी तो वह व्यक्ति है कौन? कहीं कोई घपला-वपला तो नहीं? पूछे जाने पर डॉ. भारती द्वारा सचाई उजागर करने के बाद पी.के. राय ने जोशी जी को अपने पास बुलवाया। बाजाब्ता पूछताछ की, प्रभावित हुए और तत्काल पेशकश कर दी। "हिन्दी में हम एक फिल्म पत्रिका निकालने सम्बन्धी योजना पर काम कर रहे हैं। आप एक अच्छी-सी डमी तैयार करिये और उसके सम्पादन के लिए तैयार रहिये।"

जोशी जी ने पेशकश स्वीकार कर ली। प्रस्तावित फिल्म पत्रिका की डमी भी बनाई, मगर किन्हीं कारणोंवश प्रकाशन का काम टलता रहा और तब तक टलता रहा जब तक 'दिनमान' वाला प्रस्ताव लेकर अज्ञेय मुम्बई नहीं पहुँचे और डॉ. भारती के मुँह से जोशी जी सम्बन्धी करिश्माई काबिलियत के किस्से सुनने को नहीं मिले।

"जोशी मिलेंगे कहाँ और कैसे?" अज्ञेय ने जानना चाहा। डॉ. भारती ने बताया कि कल सुबह 'धर्मयुग' के लिए एक अच्छा-सा इण्टरव्यू करने आपके पास भेजता हूँ। उधर जोशी जी को डॉ. भारती ने फोन करके जानकारी दी कि दो दिनों के लिए अज्ञेय मुम्बई आये हुए हैं, कल सुबह मिलकर उनका एक अच्छा-सा इण्टरव्यू कर डालिये। बेशक यह नहीं बताया कि प्रस्तावित समाचार साप्ताहिक 'दिनमान' से आपको शायद वह जोड़ना चाहें।

अगली सुबह अज्ञेय-जोशी आमने-सामने थे। इण्टरव्यू का कार्यक्रम जब समाप्त हुआ, अज्ञेय के मुँह से जोशी जी के लिए संक्षिप्त से दो वाक्य निकले, "टाइम्स ऑफ इण्डिया वाले आपको दिल्ली उड़ा ले जाना चाहते हैं। आप चलेंगे न?"

पिछले दो-चार महीनों से जोशी जी खुद ही मुम्बई से स्थायी तौर पर दिल्ली वापस होने का मन बना रहे थे। अज्ञेय के दिल्ली वापसी का सप्ताह बीतते न बीतते 'दिनमान' परिवार से जुड़ने का आमन्त्रण मिला तो मुम्बई की सरकारी नौकरी से त्यागपत्र देकर वह दिल्ली वापस हो लिये और तात्कालिक तौर पर मुख्य उप-सम्पादक के रूप में 'दिनमान' से जुड़े।

पत्रिका का प्रवेशांक—05 जनवरी, 1965 का अंक—सप्ताह भर पहले,

दिसम्बर 1964 के आखिरी सप्ताह जब बाजार में पहुँचा, पूरे देश में फैले हिन्दी पाठकों को लगा कि हिन्दी में पहली बार सर्वांग-सम्पूर्ण कोई साप्ताहिक समाचार पत्रिका देखने-पढ़ने को मिली जो देश एवं देश के विभिन्न प्रदेशों समेत दुनिया के एक से दूसरे कोने तक की ताजा-तरीन तमाम—राजनीति, साहित्य, संस्कृति, कला, विज्ञान, खेल-खिलाड़ी, उद्योग व्यापार से लेकर धर्म, दर्शन, नारी-जगत, रंगमंच, फिल्म एवं अन्य बहुविध हलचलों को अपने-आप में समेटे पत्रिका, प्रतिमान जैसी साबित हो रही थी, और अगले दो-चार अंक आते-न-आते सचमुच प्रतिमान साबित हुई। यहाँ बताना शायद अतिशयोक्ति नहीं कि पत्रिका के हर अंक के साठ से सत्तर प्रतिशत तक पृष्ठ अपनी विलक्षण शैली में जोशी जी को ही लिखने होते थे। पत्रिका के स्थायी-अस्थायी स्तम्भों की संख्या कुल मिलाकर दो दर्जन के करीब थी। जोशी जी की दिन-रात की देह-तोड़ मेहनत और पत्रिका के लिए आनन-फानन वांछित प्रकाशन-सामग्री तैयार कर डालने की प्रतिभा-क्षमता से पूरी तरह से प्रभावित अज्ञेय मुख्य उप-सम्पादक के पद से उठाकर उन्हें सहायक सम्पादक की कुर्सी तक खींच लाये। देशी-विदेशी कैसी भी वांछित सामग्री तैयार कर चुकने के अतिरिक्त जोशी जी शीर्षक भी क्या खूब लगाते थे—प्रशान्त सागर : अशान्त किनारे, तटस्थ दोस्त : विरोधी भाई, बचाव की संधि : हमले की अभिसंधि, दूसरा मोर्चा : दूसरे मोर्चे, बड़ा ब्रिटेन : छोटा इंग्लैंड, वीयतनाम का विद्रोह आदि।

और 'दिनमान' के तीन साल पूरा होते-न-होते साप्ताहिक 'दिनमान' से त्यागपत्र दे सम्पादक 'साप्ताहिक हिन्दुस्तान' के रूप में वह सामने आये।

**—भूपेन्द्र अबोध**

# अनुक्रम

# भारत में राजनीति का बहुत हो-हल्ला गौण की महत्त्वपूर्ण राजनीति

भारत में राजनीति का बहुत हो-हल्ला और दबदबा है। जीवन के हर क्षेत्र पर वह छाई हुई है। किसी भी मसले पर राजनीति से अलग रहकर विचार-विमर्श कर सकना दिनों दिन मुश्किल होता जा रहा है। भारत जैसे विपन्न और अविकसित लोकतन्त्र में ऐसा होना स्वाभाविक भी है। अभी हम समृद्ध आधुनिक देशों की उस स्थिति में नहीं पहुँचे हैं जिसमें शासन-तन्त्र के संचालन के लिए ज्ञान-विज्ञान की विभिन्न शाखाओं के विशेषज्ञों की भूमिका प्रमुख बन जाती है और राजनीति की भूमिका गौण होने लगती है। हमारे सामने लोकतन्त्रात्मक पद्धति से प्रगति और विकास करने की चुनौती है और यह चुनौती राजनीति की भूमिका को बहुत महत्त्वपूर्ण बना देती है। यह जरूरी है कि सभी सवालों पर खुल कर बहस हो और देश आगे बढ़ने का ऐसा कार्यक्रम तैयार करे जो ज्यादा से ज्यादा लोगों को मान्य हो।

तो भी भारतीय राजनीति का यह आलाप अब कानों को बहुत खलने लगा है। निश्चय ही यह बेसुरा हो गया है। या शायद यह शुरू से ही ऐसा रहा हो! यानी अब तक हमारे कानों को इसके श्रुति-सुख होने का धोखा हो रहा था। बेसुरेपन की वजह की तलाश करने पर हम यह पाते हैं कि भारत में एक ऐसी राजनीति का महत्त्व है जो खुद को महत्त्वपूर्ण नहीं मानती। महत्त्वहीन का महत्त्व ही विसंगति पैदा कर रहा है। जब तक कांग्रेस का एकछत्र राज था तब तक महत्त्वहीन को महत्त्वपूर्ण बनाकर दिखाने का ढोंग बखूबी चल सकता था। हमारे मध्य तब भारतीय स्वाधीनता संग्राम के कुछ ऐसे सामान्य नेता उपस्थित थे जिनके मुँह से भव्य परिकल्पनाओं के बोल सुनना हमें अटपटा नहीं लगता था। भारतीय राजनीति योजनाबद्ध विकास, गुट-निरपेक्षता, अहिंसा, शान्ति तथा पश्चिम के विज्ञान और पूर्व के ज्ञान के समन्वय की माला जप कर अपनी प्रौढ़ता के प्रमाण जुटाती रह सकती थी। लेकिन ढोल में कुछ पोल जरूर थी। तभी उन बड़े नेताओं के उठते ही वे तमाम बड़ी-बड़ी बातें हवा हो गईं।

प्रतिपक्ष ने कांग्रेस की महानता और आदर्शवादिता के नकाब की सीवन उधेड़नी

शुरू की, और कुछ इस जोर-शोर से कि इसी हल्ले में खुद उसके कपड़े भी फट गए। कांग्रेस स्वयं भी इस टोपी-उछाल राजनीति में उत्साह से हिस्सा लेने लगी। एक-दूसरे का घटियापन उजागर करने की प्रतियोगिता शुरू हुई और हम ने 'भारत की खोज' करते-करते 'भारतीय राजनीति के घटियापन की खोज' कर डाली। हम देखते हैं कि आज सिद्धान्तों के स्तर पर हमारे समाज के लिए राजनीति उतनी ही महत्त्वहीन हो गई है जितनी कि 'उपभोग की संस्कृति' में प्रतिष्ठित आधुनिक धनाढ्य देशों के लिए। आयाराम और गयाराम ने मिल कर सिद्धान्त-कौमुदी को आई-गई बना दिया है। लेकिन सैद्धान्तिक दृष्टि से महत्त्वहीन यही राजनीति हमारे जीवन के हर क्षेत्र में व्यावहारिक दृष्टि से परम महत्त्व प्राप्त करती जा रही है। जो राजनीति किसी आर्थिक चमत्कार या किसी युगान्तर की दावेदार बनने से हर चन्द हिचकती है, वही हर कदम पर हमारे समाज और हमारे शासन को दबोचे रखना चाहती है।

स्पष्ट ही हमारी राजनीति की शुरू की बढ़िया मुद्रा का और बाद के घटिया तेवर का देश की असलियत से कोई सरोकार नहीं रहा होगा। अगर शुरू के आदर्शों में कुछ दम होता, हमारे यथार्थ से वे गुम्फित होते तो घासलेटी राजनीति शुरू होने की नौबत ही नहीं आती। अगर आज साफ नजर आने वाले राजनीतिक घटियापन का हमारी परिस्थिति से कोई सम्बन्ध होता तो निश्चय ही उसकी कोई तेज-तीखी प्रतिक्रिया हुई होती। ऐसा उदासीन ठहराव हमें नजर नहीं आता। जब हम अपनी राजनीति की इस विचित्र गति का विचार करते हैं तब यह प्रकट होता है कि इसके मूल में सत्ता के प्रति शुद्ध सामन्ती रवैया काम कर रहा है। सामन्त अब छोटे हैं इसलिए उनका सत्तायुद्ध घटिया लग रहा है। जो उठा-पटक पहले कांग्रेस के भीतर-ही-भीतर दबे-ढके ढंग से होती रही थी वही आज कांग्रेस के भीतर-बाहर खुल्लमखुल्ला हो रही है। यह सिद्धान्तहीन, महत्त्वहीन, राजनीतिक सत्ता-संघर्ष सारे प्रशासन और जनजीवन को आक्रान्त किए हुए है। साथ ले डूबने में उसकी अटूट आस्था है।

हालात बद से बदतर यों हुए जा रहे हैं कि यह घटिया राजनीति छोटी-छोटी बातों को बहुत तूल देकर अपनी निष्ठा और तत्परता का घटाटोप खड़ा करना चाहती है। आकाशवाणी से हिन्दी समाचारों के प्रसारण के समय में परिवर्तन को लेकर जो तर्क-वितर्क हुआ वह इस छुट-बड़प्पन का अच्छा उदाहरण था। हिन्दी समाचारों का प्रसारण-समय बदल देना हिन्दी के हित में सरकार की एक ठोस कार्रवाई के रूप में प्रस्तुत किया गया। यह समझना बहुत कठिन है कि इस ठोस कार्रवाई से हिन्दी का क्या हित हो गया! और यह पूछना बेकार है कि हिन्दी का यह हित करने की

माँग 'हिन्दी के किस अन्धभक्त' ने सरकार से की थी? फिर उस सरकारी कार्रवाई का 'हिन्दी साम्राज्यवाद' के प्रसार के रूप में हिन्दी-विरोधी राजनीति द्वारा घोर विरोध किया गया। अब अगर सरकार इस घोर विरोध को ध्यान में रखते हुए प्रसारण-समय यथापूर्व कर दे तो निश्चय ही हिन्दी-समर्थक राजनीति सक्रिय हो उठेगी। और तिल का ताड़ बनाने वाली इस राजनीति की तमाम उछल-कूद के बावजूद कहीं कोई बुनियादी परिवर्तन नहीं होगा। अंग्रेजी का भारतीय भाषाओं में भ्रष्ट अनुवाद कराने वाली व्यवस्था ज्यों-की-त्यों बनी रहेगी।

# सत्य का एक ही नाम–सत्ता!

'गौण की महत्त्वपूर्ण राजनीति' की चर्चा करते हुए पिछले अंक में छोटी-छोटी बातों को तूल देकर जड़ की बातों को नजरअन्दाज करने और कराने की प्रवृत्ति की ओर ध्यान दिलाया गया था। आकाशवाणी से किसी बुलेटिन के प्रसारण के समय का परिवर्तन, किसी मार्ग का नाम बदलने का प्रश्न, गणतन्त्र दिवस की शोभा-यात्रा के लिए किसी झाँकी का मामला, किसी भवन के राष्ट्रीय अधिग्रहण का आग्रह, किसी मन्त्री के रिश्तेदार द्वारा लिखे गए किसी पत्र की महत्ता का निर्णय, यानी शोर मचाने और नीचा दिखाने में सहायक हो सकने वाली बातें ही आज हमारी राजनीति पर हावी होती जा रही हैं। किन्हीं मूल्यों की रक्षा के लिए शोर मचाना कोई बुरी बात नहीं है, लेकिन शोर स्वयं अपने में कोई मूल्य नहीं माना जा सकता। और जब किसी मूल्य की रक्षा की बात कही जाती है तब उस मूल्य को सर्वव्यापी मानना आवश्यक हो जाता है। अगर उस मूल्य की रक्षा का आग्रह किसी सन्दर्भ में किया जा रहा हो और किसी में नहीं तो इसे मूल्यहीनता का ही परिचायक समझा जाएगा।

आज हम देखते हैं कि ऐसी स्वार्थपरक मूल्य-रक्षा हमारे सारे राजनीतिक जीवन को धूल चटा रही है। कोई भी दल, कोई भी नेता, कोई भी अफसर ऐसे फैसले करने से कतराता है जिनसे यथास्थिति भंग हो सकती हो। फाइल को इस मेज से उस मेज पर और उस मेज से वापस इस मेज पर पहुँचाने वाले किरानी करतब ही मानो आज नेतृत्व के पर्याय बन गए हैं। एक ओर यह विचित्र ठहराव और दूसरी ओर विचित्रतर उथल-पुथल। आज आन्दोलन-के-लिए-आन्दोलन-वाद देश में हर कहीं अपने घिनौने डैने पसार रहा है। ये आन्दोलन भी 'मूल्य-रक्षा' के नाम पर किए जाते हैं लेकिन इनसे स्वार्थ-सन्धान ही किया जाता है। इनसे समाज में कोई बुनियादी सुधार कराने वाली स्थिति नहीं, एक भयंकर अराजकता ही पैदा हो रही है।

देश के कई राज्यों में आज 'लोकप्रिय' शासन नहीं है और जहाँ है वहाँ भी उस की लोकप्रियता सन्दिग्ध ही ठहरती है। कानून और व्यवस्था हर कहीं भंग हो रही है और शासन तथा जनता के बीच खाई भी कहीं बढ़ती जा रही है। सत्ता का मूल्य राजनीति के लिए जितना ही बढ़ता जा रहा है, समाज और शासन में सत्ता की महत्ता उतनी ही घटती जा रही है। सत्ता जैसे दिन-ब-दिन आस्था और आत्मविश्वास से

हाथ धोती जा रही है। उसकी कोई नैतिक शक्ति अब बच नहीं रही है और वह अधिकारपूर्वक न कोई दिशा निर्धारित कर सकती है और न उस दिशा की ओर देश और समाज को अग्रसर करा सकती है। जिनके हाथ में शासन-सूत्र है वे अपने को उतना ही असमर्थ पाते और बताते हैं जितना कि जनसाधारण। महत्त्वपूर्ण समस्याओं के समाधान के विषय में उनके विचार बहुत ही सुलझे हुए हैं, राजनीति के दायरे से बाहर वे सौ फीसदी अक्लमन्दी की बातें करते हुए सुने जाते हैं लेकिन राजनीति के दायरे में उन्हें इन विचारों को कार्यरूप देने की जैसे फुर्सत ही नहीं मिलती! या वह कुछ इस अन्दाज से कन्धे झटक देते हैं कि मामला अकेले हमारे बस में थोड़े है।

जब राजनीति शासन-तन्त्र का संचालन नहीं करती तब दफ्तरशाही की बन आती है। आज यह कहा जा सकता है कि देश का शासन मन्त्रियों द्वारा नहीं विभागीय सचिवों द्वारा किया जा रहा है। दफ्तरशाही के सामने अक्सर राजनीति भी अपनी असमर्थता प्रकट करने लगती है। एक बार स्वयं प्रधानमन्त्री इन्दिरा गाँधी ने कुछ लेखकों-पत्रकारों से बातचीत करते हुए यह स्वीकार किया था कि 'ब्यूरोक्रेसी से पार पाना मेरे लिए भी बहुत मुश्किल हो जाता है।' उनका यह भी कहना था कि अगर स्वाधीनता के तुरन्त बाद दफ्तरी ढाँचे में कोई बुनियादी रद्दो-बदल कर दी गई होती तो हमारा काम-काज ज्यादा अच्छी तरह चल सकता।

उधर दफ्तरशाही इस नेतागिरी से परेशान है, रोजमर्रा के काम-काज में नेताओं के दखल देने से उसे समस्याएँ और भी उलझती हुई नजर आती हैं। कई बड़े अधिकारी निजी बातचीत में यह स्वीकार करते हैं कि आज के हालात में उन्हें सत्ता-केन्द्रों से दूर रहना ही पसन्द है। वे किसी ऐसे विभाग में नहीं जाना चाहते जिसमें राजनीतिक महत्त्व के मामलों में महत्त्वपूर्ण निर्णय करने होते हों। जो हो, धीरे-धीरे दफ्तरशाही भी राजनीति के रंग में रँग चुकी है और अक्सर बड़े अधिकारी और बड़े नेता के गठजोड़ के नमूने भी देखने को मिलने लगे हैं। अगर राजनीति शासन के दायित्व से इसी तरह मुँह मोड़ती रही और दफ्तरशाही को अपने ही नक्शे पर ढालती रही तो शीघ्र ही रोजमर्रा का प्रशासन तक पूरी तरह ठप्प हो जाएगा।

राजनीतिक सत्ता को एकमात्र सत्य बनाकर, यथास्थिति को एकमात्र लक्ष्य मान कर भारतीय राजनीति भारतीय सत्ता के विघटन की भूमिका रच रही है। राजशक्ति का निरन्तर ह्रास हो रहा है, केन्द्र और राज्यों के सम्बन्ध-सूत्र शिथिल पड़ रहे हैं, विभिन्न राजनीतिक दलों के घोषणा-पत्रों का अर्थ-भेद कुर्सियों के खेल की एक विराट निरर्थकता में खोता जा रहा है, असन्तोष तथा अराजकता की मार हर अमीर-गरीब नागरिक पर पड़ रही है और समाज आज भी नर-बलि देने, प्रतिहिंसा

में गाँव का गाँव जला देनेवाले मध्ययुग में सड़ रहा है। इस दुखद स्थिति से देश को छुटकारा दिलाने के लिए हर सच्चे राजनीतिज्ञ को समय रहते 'राजनीति' से अलग हो जाना चाहिए। आज देश को 'राज-नीति' का विरोध करने वाली राजनीति की आवश्यकता है। जो लोग राजनैतिक सत्ता को नैतिक सत्ता से बड़ा मानते हैं और इसी 'मूल्य' के आधार पर शासन चलाते या शासन का विरोध करते हैं वे सब अपने तमाम मत-मतान्तरों के बावजूद एक ही थैली के चट्टे-बट्टे बनते जाते हैं। खरे और खोटे की पहचान की कसौटी आज भी वही हो सकती है जो गाँधी के समय में थी—नैतिक साहस।

# आकाशवाणी का सीमित आकाश

चन्दा-समिति की आकाशवाणी-सम्बन्धी रिपोर्ट पर जो फैसला हुआ है वह सरकार की ढुलमुल-नीति का एक और नमूना पेश करता है। समिति का मुख्य सुझाव यह था कि आकाशवाणी को एक स्वायत्त निगम का रूप दे दिया जाए। यह सुझाव एक अर्से तक सरकार के विचाराधीन रहा। दूसरे शब्दों में यह कि फैसला करने की जिम्मेदारी टाली जाती रही। और अन्ततः जो फैसला हुआ वह न इधर का रहा, न उधर का। सरकार आकाशवाणी को स्वायत्त निगम तो नहीं बनाएगी, हाँ उसके संचालन के लिए एक ऐसा मंडल अवश्य नियुक्त कर देगी जिसमें गैर-सरकारी प्रतिनिधि भी होंगे। यह 'मध्यमार्ग' ढुलमुलयकीनी की पर्दादारी करने के लिए दफ्तरशाही नुस्खे का ही गरिमापूर्ण संस्करण है। आकाशवाणी के कार्यकलाप के सम्बन्ध में आलोचना-वाणी जोर पकड़ने लगी तो सरकार ने आकाशवाणी की खामियों को दूर करने की बजाय एक जाँच-समिति बैठा कर मुक्ति पा ली। इस समिति ने दफ्तरशाही की परम्पराओं का पूरी निष्ठा से निर्वाह करते हुए लम्बी-चौड़ी जाँच-पड़ताल की। कुछ ऐसी भेद की बातों का पता चलाया जो किसी से छिपी हुई नहीं थीं। इन बातों को ध्यान में रखते हुए समिति ने आकाशवाणी को दफ्तरशाही के दायरे से बाहर निकालकर स्वायत्त निगम बना देने का सुझाव दिया। अब यथास्थितिप्रिय सरकार के सामने अपने ही द्वारा नियुक्त समिति की सिफारिशें अनसुनी कर देने का पेचीदा सवाल पेश हुआ। इस सवाल को हल करने के लिए रिपोर्ट को 'विचाराधीन' रखे रहने का नुस्खा आजमाया गया और अन्त में एक ऐसा फैसला किया गया जिससे परिवर्तन का आभास मिल सके, मगर कोई परिवर्तन न हो।

आकाशवाणी के कामकाज में साहित्यिकों, कला और संगीत के मर्मज्ञों, पत्रकारों और विरोधी दलों के प्रतिनिधियों का सहयोग आमन्त्रित करने से ही आकाशवाणी में सुधार नहीं हो सकता। साहित्यिकों और कला-मर्मज्ञों को प्रोड्यूसरों का पद देने का कोई ठोस नतीजा नहीं निकला। इनमें से कई प्रोड्यूसर तो अपने-अपने कला-क्षेत्र में इतने पोढ़े और बूढ़े हो चुके थे कि इनके मन में 'आखिरी वक्त क्या खाक रेडियोदां होंगे' वाला भाव प्रमुख रहा। प्रोड्यूसरों को इन्होंने बहुत इत्मीनान से सरकारी पेंशन

का दर्जा दे दिया। जो रेडियोदां होने के लिए तैयार थे वे दफ्तरशाही के दायरे में बहुत कसमसाए और आखिर रेडियो की नौकरी छोड़ कर चले गए। कुल मिलाकर इस 'प्रोडक्शन काडर' के नाम पर, जिसने आकाशवाणी के अफसर को 'प्रोडक्शन' से विमुख हो कर कुछ और अफसर बन जाने की छूट दी, रेडियो को ऐसे ही लोग मिले जो राजनीति में रँगी अफसरशाही और अफसरशाही में डूबी राजनीति के साधक थे। पत्रकारों और विरोधी दलों के प्रतिनिधियों का भी थोड़ा-बहुत सहयोग पिछले कुछ वर्षों में आकाशवाणी द्वारा लिया जाता रहा है। इसके चलते सरकारी रेडियो से एकाध सरकार-विरोधी स्वर सुनने का आश्चर्यजनक सुख भले ही मिला हो, कार्यक्रमों के स्तर में कोई अन्तर नहीं आया है। साहित्य-कला-संस्कृति और राजनीति के क्षेत्रों का सहयोग लेने की इसी बेजान और बेअसर पद्धति को शासन-मंडल के रूप में एक बृहत्तर व्यवस्था का रूप देने से कुछ सिद्ध हो नहीं सकता। इससे अधिकार और दायित्व की वह उलझन और भी बढ़ जाएगी जो प्रोड्यूसरों की नियुक्ति के कारण पैदा हुई है। अभी झगड़ा अफसर बनाम प्रोड्यूसर है, तब इस नोंक-झोंक में शासन-मंडल के सदस्य भी शामिल हो जाएँगे। यानी लालफीताशाही से मुक्ति पाने के नाम पर आकाशवाणी के लालफीते की लम्बाई कुछ और बढ़ा दी जाएगी?

आकाशवाणी की असली समस्या है प्रतिभा और व्यावसायिक-दक्षता का अभाव। स्वाधीनता से पहले आल इंडिया रेडियो का कारोबार बहुत सीमित था और इस कारोबार का संचालन प्रसारण-कला से अनुरक्त कुछ ठेठ अफसर किस्म के अधिकारी कर रहे थे। उनके संरक्षण और निर्देशन में व्यवसाय में दक्ष रेडियो-कलाकारों की बिरादरी पनपी और फली-फूली। स्वाधीनता के बाद रेडियो के कारोबार को बहुत तेजी से फैलाया गया, अधिकारी-वर्ग के लिए इतने आकर्षक वेतन नहीं रखे गए कि प्रतिभाशाली लोग ब्राडकास्टिंग हाउस में मरने-खपने आते, व्यावसायिक-दक्षता की कोई कद्र नहीं की गई और रेडियो कलाकार का पद अन्धे वाले अन्दाज में रेबड़ी की तरह बाँटा गया। इस प्रकार प्रतिभा का संकट पैदा हुआ और 'बहुजन हिताय, बहुजन सुखाय' का नारा लगाने वाली आकाशवाणी श्रोताओं को ऊब का सुख बाँटने लगी। स्वाधीनता से पहले प्रसारण का जो ढर्रा बना था वही किसी तरह चलाया जा रहा है। पत्रोत्तर देने वाली बहन जी से कार्यक्रम के अन्त में कुछ कहने वाली घड़ी से लेकर अंग्रेजी समाचारों में भारतीय नामों के भ्रष्ट उच्चारण तक, भजनों और लोकगीतों की सन्दर्भ-सहित व्याख्या करने वाले एनाउंसरों से ले कर कहावतों पर वार्त्ता-मालाएँ प्रस्तुत कराने वाले पैक्सों तक, बेहाल अन्दाज में पेश किए जाने वाले आँखों-देखा हाल से लेकर प्रोग्राम-कम्पीयर की नकली खिलखिलाहट तक, बुझी-बुझी झलकियों से लेकर पिटे-पिटाए परिसंवादों तक आकाशवाणी अपने सीमित आकाश

में बदस्तूर गूँज रही है। व्यावसायिक दक्षता के ह्रास के कारण उसका बेसुरापन अलबत्ता काफी बढ़ गया है। व्यावसायिक दक्षता की पुनर्स्थापना के लिए यह आवश्यक है कि आकाशवाणी या तो पूरी तरह व्यावसायिक क्षेत्र में आ जाए या प्रसारण के लिए सरकार कुशल अफसरों की भरती और प्रशिक्षण करे और सारा महकमा पूरी तरह उनके हाथों में दे दे। अधकचरेपन के माहौल में दक्षता तो दूर अनुशासन तक आकाशवाणी को उपलब्ध हो नहीं सकता।

# अपने से पहचान करने में परहेज क्यों?

एक प्रमुख भारतीय वैज्ञानिक से बात हो रही थी। हम उससे भारतीय विज्ञान की दुर्दशा के बारे में सवाल पर सवाल किए जा रहे थे और विज्ञान के क्षेत्र में भारत की अवरुद्ध गति की समस्या को कई कोणों से प्रस्तुत कर रहे थे। वैज्ञानिक महोदय ने काफी कुछ सुन चुकने के बाद कहा कि समस्या न प्रतिभा के अभाव की है, न प्रतिभा के प्रवास की; समस्या न बजट की तंगी की है और न विज्ञान के क्षेत्र में दफ्तरशाही की घुसपैठ की। समस्या बस एक ही है! और वह अकेले विज्ञान के क्षेत्र की ही नहीं है। राष्ट्रीय जीवन के हर अंग में वह व्याप्त है। वह समस्या है—अपनी पहचान की। हम यह नहीं जानते कि हम क्या हैं, और हम यह नहीं सोचते कि हम क्या होना चाहते हैं?

वैज्ञानिक महोदय का यह कथन हमें सर्वथा विज्ञानसम्मत जान पड़ा। दिशाहीनता का शोर हमारे यहाँ बहुत मचता रहा है लेकिन यह जानने और बताने से काफी परहेज बरता गया है कि हम इस समय कहाँ हैं और आगे किस मंजिल तक पहुँचना चाहते हैं? जब तक ये दो बिन्दु स्पष्ट न हों प्रगति की वास्तविक दिशा का बोध कराने वाली सीधी रेखा, सीधी राह निर्धारित नहीं की जा सकती। जब तक ये बिन्दु स्पष्ट न हों, तब तक यह कर सकना असम्भव है कि हमें क्या कुछ करना है और किस क्रम से करना है? आत्म-साक्षात्कार की इस ऐतिहासिक आवश्यकता से कतराते हुए और नियति के हर निमन्त्रण से निगाह बचाते हुए हम अगरचे-मगरचे की वैचारिक चटनी और चूं-चूं का सांस्कृतिक-राजनीतिक मुरब्बा बनाए जा रहे हैं। फिर हम बहुत ही सादगी से दिशाहीनता का सवाल उठा दे रहे हैं—जैसे हमारी कोई दिशा न होने में कसूर हमारा नहीं, दिशाओं का हो!

अगर हम राष्ट्रीय जीवन के विभिन्न क्षेत्रों में व्याप्त अराजकता और तथाकथित दिग्भ्रम का ऊपरी पलस्तर जरा-सा हटा कर देखें तो एक आश्चर्यप्रद रहस्योद्घाटन होगा। हम पाएँगे कि विभिन्न क्षेत्रों के विभिन्न मतावलम्बी नेतागण इस विषय में सहमत हैं कि इस देश और इस समाज को तो रसातल से कोई उबार नहीं सकता। यह तो ऐसा ही रहना है। हाँ हम वैचारिक-सांस्कृतिक-राजनीतिक दृष्टि से उन्नत

और आधुनिक अवश्य हो सकते हैं। यानी यहाँ दिशाबोध का कोई संकट नहीं है—अपनी दिशा ऊपर की ओर है, देश और समाज की नीचे की ओर। यह ऊर्ध्वमुखी दिशाबोध अपनी प्रगतिशीलता का परिचय देने के लिए पश्चिम की पैरोडी करता रहा है। इसके नकली आग्रहों-दुराग्रहों के घमासान से वह धूल उड़ी है कि अब राष्ट्र का चेहरा ही नजर नहीं आ रहा है। कई झूठों की लड़ाई से एक विराट गतिरोध पैदा हुआ है। इतने नकली नारों को लेकर इतनी नकली दलबन्दियाँ की जा चुकी हैं कि अब हर कोई अपना अलग दल बना बैठने को स्वतन्त्र है। इसी स्वार्थ को 'दिशाहीनता' कहकर बौद्धिक गरिमा दी जा रही है।

पश्चिम का समस्त मत-मतान्तर ओढ़ लेने के बाद हमारे देश का प्रबुद्ध वर्ग पश्चिमी सभ्यता का नैतिक संकट भी बहुत इत्मीनान से ओढ़े ले रहा है। उन्नत देशों में भौतिक सुख की पराकाष्ठा प्रदान करने वाला आर्थिक चमत्कार हो चुकने के बाद जो किंकर्त्तव्यविमूढ़ता आई है वह हम कुछ करने और कुछ बन जाने के इस महत्त्वपूर्ण दौर में बहुत मजे से आयात किए जा रहे हैं। पूँजी के अभाव का इलाज हो सकता है लेकिन संकल्प के अभाव का मर्ज लाइलाज है। अपने-अपने ओढ़े हुए आग्रहों के अनुसार देश में अपने-अपने ढंग के आधुनिकता के अजायबघर खुलवा कर हम इस राष्ट्र को सम्पन्न और शक्तिशाली आधुनिक राष्ट्रों की बिरादरी में शामिल नहीं कर सकते। इसके लिए पहले हमें अपने से और अपनी मंजिल से पहचान करनी होगी और फिर उस मंजिल तक अपने देश को पहुँचाने के लिए आत्मानुशासन से एक नैतिक और राजनैतिक चमत्कार कर दिखाना होगा।

# अन्तरिक्ष-यान और बैलगाड़ी

अभी अमेरिकी अन्तरिक्ष-यात्रियों द्वारा चन्द्रमा की निकट से परिक्रमा किए जाने का जयघोष वातावरण में गूँज ही रहा था कि सोवियत अन्तरिक्ष-यात्रियों ने अन्तरिक्ष में एक यान से दूसरे यान में जाने का करिश्मा कर दिखाया जो वैज्ञानिक और मनोवैज्ञानिक दोनों ही दृष्टियों से नहले पर दहला सिद्ध हुआ।

मानव-जाति के सदस्यों के रूप में इन उपलब्धियों का स्वागत करना हमारा धर्म है। लेकिन साथ ही अविकसित देशों की बिरादरी के सदस्यों के रूप में यह सोचना भी हमारा फर्ज है कि नए जमाने की इस दौड़ में हम पिछड़ चुके हैं। अमेरिका और सोवियत संघ की ये सफलताएँ कम्प्यूटर और इलैक्ट्रोन-यन्त्रों की विद्या में उनके पारंगत हो चुकने का परिचय देती हैं। जैसे कभी भाप और बिजली के यन्त्रों ने औद्योगिक क्रान्ति की थी वैसे आज ये इलेक्ट्रोनी यन्त्र एक नई क्रान्ति कर रहे हैं और इनके सहारे संसार के उन्नत देश औद्योगिक युग को पीछे छोड़ कर एक नए 'टैक्नोट्रानिक युग' में प्रवेश कर रहे हैं। और हम? हम अभी औद्योगिक युग की उस देहरी पर भी नहीं पहुँच पाए हैं जिसे 'उठान शुरू होने की अवस्था' कहा जाता है।

क्या हम इसी आसरे बैठे रहें कि 'टैक्नोट्रानिक' नव-जागरण के दौर में विश्व-बन्धुत्व की स्थापना होगी और अमीर देश गरीब देशों में अपनी दौलत बाँट कर समता स्थापित कर देंगे? जब औद्योगिक युग में ऐसा कोई आध्यात्मिक चमत्कार नहीं हुआ तब 'टैक्नोट्रानिक युग' में क्या होने लगा? अन्तरराष्ट्रीय राजनीति तो स्वार्थ में उतनी ही सनी रहेगी जितनी कि आज सनी हुई है। हमें अपने औद्योगिक विकास और अपनी आर्थिक उन्नति के लिए खुद ही कुछ जतन करना होगा।

यों इस दिशा में हम एक अर्से से प्रयत्नशील रहे हैं और इस प्रयत्न के कुछ ठोस नतीजे सामने आ भी चुके हैं। लेकिन कुल मिलाकर हमारे आर्थिक आयोजन का सिद्धि से उतना वास्ता नहीं रहा है जितना कि सिद्धान्तवादिता से। आर्थिक क्षेत्र में हमने इतने ज्यादा और ऐसे बुलन्द नारे लगाए हैं कि अगर उनकी सीढ़ी बनाई जा सकती तो हम बगैर राकेट के चन्द्रमा पर उतर चुके होते। ये नारे परस्पर-विरोधी रहे हैं और इनकी भिड़न्त से ही आर्थिक क्षेत्र में गतिरोध पैदा हुआ है।

सबसे बड़ी जरूरत इस बात की है कि हम इन नारों की माया से मुक्त होकर असलियत को देखें-समझें। हमें औद्योगिक युग में कदम रखना है तो इसके लिए

उन्नत औद्योगिक देशों से हमें कुछ सीखना और लेना ही होगा। सवाल है, सही चुनाव का। हम उतना ही सीखें और उधार लें जितना प्रौद्योगिकी के क्षेत्र में अपने पाँवों खड़े हो सकने के लिए जरूरी हो। सारा प्रौद्योगिक ज्ञान स्वयं ही प्राप्त कर लेना न सम्भव है और न आवश्यक। संसार का सब से उन्नत औद्योगिक देश अमेरिका तक कई क्षेत्रों में ऐसा ज्ञान उधार ले चुका है और ले रहा है। लेकिन हर क्षेत्र में, हर स्तर पर, और हर दौर में ज्ञान उधार लेते ही जाने का क्रम भी आत्मघाती है। इसके अलावा कई क्षेत्र ऐसे भी हैं जिनमें ज्ञान उधार मिल ही नहीं सकता। ऐसे क्षेत्रों में हमें ज्ञान स्वयं ही अर्जित करने के लिए बड़ी-से-बड़ी कुर्बानी देने को तैयार रहना चाहिए।

इस मामले में हमें जापान से सीख लेनी चाहिए जिसने आरम्भ में पश्चिम से कुछ बुनियादी ज्ञान उधार ले कर उसके आधार पर टैक्नोलोजी का इतना बड़ा कारोबार खड़ा कर लिया कि अन्य देश तकनीकी जानकारी उधार लेने के लिए उसके पास पहुँचने लगे। इस दृष्टि से यह आवश्यक है कि सरकारी और गैर-सरकारी क्षेत्र के उद्योग-प्रतिष्ठान अब अनुसन्धान और विकास पर विशेष ध्यान दें। ज्ञान के आयात के सम्बन्ध में सही चुनाव करने के बाद हमें अपनी परिस्थितियों के अनुसार उसके सही उपयोग पर ध्यान देना होगा। कुछ उद्योग तो निश्चय ही ऐसे हैं जो उत्पादन के आधुनिकतम तौर-तरीकों की माँग करते हैं। लेकिन ऐसे उद्योगों की भी कमी नहीं है जिनमें हम अपनी अपार जनशक्ति का सदुपयोग कर सकते हैं। गाँधी जी ने 'नाट मास प्रोडक्शन, बट प्रोडक्शन बाई मासेस' (बड़े पैमाने पर उत्पादन नहीं, बहुत लोगों द्वारा उत्पादन) की जो बात कही थी, वह इन उद्योगों में सफलतापूर्वक आजमाई जा सकती है। जापान ने जिस प्रकार आधुनिक औद्योगिक व्यवस्था को रूप देते समय अपनी परिस्थितियों का विचार कर के लाभ उठाया था उस प्रकार हम भी कई क्षेत्रों में श्रम-बहुल पद्धतियाँ अपना कर लाभान्वित हो सकते हैं।

इसके अलावा हमें बैलगाड़ी के युग से अन्तरिक्ष-यान के युग तक क्रमिक पद्धति से बढ़ना होगा। जहाँ एक ओर हमें इस बात की कोशिश करनी होगी कि हम भी कभी अन्तरिक्ष-यान बना सकें वहीं दूसरी ओर हमें बैलगाड़ी में सुधार करने की या उसकी जगह दूसरा वाहन प्रतिष्ठित करने की आवश्यकता को भी ध्यान में रखना होगा। ऐसा न करने पर पश्चिम की भौंड़ी नकल का वह क्रम ही चलता रहेगा जो नाममात्र के लिए आधुनिक सभ्यता के कुछ प्रतीक इस अविकसित देश में जुटाता चला जा रहा है। वास्तविक प्रगति की माप उन्हीं चीजों से होगी जो औसत नागरिक को सुविधा से और सर्वत्र उपलब्ध हों। इसके अलावा हमें देश में उस सामाजिक चेतना, संगठन-कौशल और वैज्ञानिक प्रतिभा के विकास और प्रसार के लिए भी बड़े पैमाने पर काम करना होगा जिसके अभाव में औद्योगिक क्रान्ति आ ही नहीं सकती।

# बातें बनाने से बात नहीं बनेगी

आज औसत पढ़े-लिखे भारतीय के मन में बहुत ही बेचैनी है। या शायद यों कहना चाहिए कि इसके सारे लेखन और भाषण से किसी भीतरी बेचैनी का आभास मिलता है। यह संशोधन इसलिए कि जिनकी बातों में बेचैनी है उनमें से कई काम सुखी और सन्तुष्ट जीवन व्यतीत करते हुए कर सकते हैं। बहरहाल यह बेचैनी असली हो या नकली, इसकी ओर ध्यान देना बहुत जरूरी हो जाता है।

इस बेचैनी को समझने-समझाने का एक आसान तरीका यह है कि संसार के समृद्ध और औद्योगिक देशों में जिन कारणों से नई पीढ़ी में बेचैनी फैली हुई है उन्हें अपने देश की परिस्थिति में किसी तरह से खोज निकाला जाए। अक्सर ऐसा किया जाता है। जिन्हें ठोस सामाजिक चिन्तन की अपेक्षा है उन्हें यह जादूगरी निश्चय ही बेमतलब की मालूम होगी। लेकिन इसमें भी मतलब की एक बात साफ नजर आ जाती है; पढ़े-लिखे भारतीय का विचार-संसार पश्चिमी है। विदेशी विचार और देसी आचार में, विकसित देशों से प्राप्त जानकारी और अविकसित देश की परिस्थिति में, तीन और छह का सम्बन्ध है। यह द्वन्द्व बेचैनी पैदा करने के लिए खुद ही बहुत काफी है।

बुद्धिजीवी भारतीय की मुसीबत इसलिए कुछ और बढ़ जाती है कि यन्त्र और तन्त्र के स्तर पर पश्चिम, माना खासा सेकिण्ड हैण्ड पश्चिम, उसके देश में प्रतिष्ठित है। इस यन्त्र-तन्त्र के संचालन के लिए उसे पश्चिमी विचारधारा में प्रशिक्षित और दीक्षित किया जाता रहा है। देश की परिस्थितियों के अनुसार पश्चिम के इस ज्ञान का कोई नया संस्करण करने की चुनौती उसके सामने नहीं है।

ऐसी चुनौती के अभाव में सर्जनात्मक प्रतिभा कुंठित होती रही है। जब तक देश के सामने भविष्य के सम्बन्ध में कोई स्पष्ट परिकल्पना न हो, तब तक आधुनिकता के 'भारतीय संस्करण' की बात किसी ठोस रूप में सामने आ ही नहीं सकती। इसीलिए भारतीय प्रतिभा देश से पलायन कर जाने के लिए या देश में रह कर लगभग किरानी के स्तर का काम किए जाने के लिए अभिशप्त है। यह अभिशाप भी बेचैनी बढ़ाता है।

जब सारे देश को आधुनिक बनाने का कोई नक्शा न हो, तब स्वयं आधुनिक बन जाने के नक्शे ही बाँधे जा सकते हैं। यन्त्र-यन्त्र संचालन के स्तर पर देसी आधुनिकता किसी बड़ी प्रतिभा की माँग नहीं कर रही है। इसलिए 'छुटबहना' प्रतिभा भी नक्शे बाँधने के खेल में खुल कर हिस्सा ले सकती है। इस क्रम के चलते शीघ्र ही वह स्थिति आ सकती है—बहुत हद तक आ भी चुकी है—जिसमें सब लोग यह मान बैठें कि देश में प्रतिभा है ही नहीं और जो भी, जिस भी क्षेत्र में सत्ता-सम्पन्न है उसमें अगर कोई प्रतिभा है तो बस हेराफेरी करने की।

यहाँ हमें 'भारतीय' जीवन-दर्शन के उस विकृत और विरोधाभासपूर्ण रूप का भी विचार करना होगा जो हमें विरासत में मिला है। एक ओर वह महत्त्वाकांक्षा-विरोधी है। दूसरी ओर वह कुनबापरस्ती को बहुत महत्त्वपूर्ण ठहराता है। इस विरोधाभास के रहते औसत शिक्षित भारतीय अपनी महत्त्वाकांक्षा पर पर्दा डालने की हर-चन्द कोशिश करता है और उसे अपने और अपने परिवार की आर्थिक सम्पन्नता की कामना तक सीमित भी कर देता है। व्यापकतर महत्त्वाकांक्षा के अभाव में उस योजना-विश्वासी और प्रगतिधर्मी कर्मठ आदर्शवादित्ता की प्रतिष्ठा हो नहीं पाती जिसके सहारे पश्चिम ने औद्योगिक सभ्यता की स्थापना की थी। अधिक उत्पादन और प्रचुर उपभोग की पश्चिमी संस्कृति को नकारते हुए स्वीकार कर हमने 'गुप-चुप जो लूट सके सो लूट' की संस्कृति अपना ली है।

भारतीय बुद्धिजीवी की व्यथा-कथा में एक परिच्छेद इस कारण भी जुड़ जाता है कि पश्चिम की औद्योगिक सभ्यता जिन आदर्शों के सहारे आगे बढ़ी थी उनके आगे दूसरे विश्वयुद्ध के बाद कई प्रश्नचिह्न लग गए हैं। हमें लगता है कि अपनी सामाजिक और राजनीतिक समस्याओं के समाधान के लिए हमने जो हथियार पश्चिम से उधार ले रखे हैं, वे भी अन्ततः बेकार हैं। यों यह संकट हमारे लिए एक प्रेरणाप्रद चुनौती का रूप ले सकता था। हम पश्चिम के औद्योगिक आयोजन की बुराइयों से बचते हुए किसी नैतिक क्रान्ति द्वारा नए समृद्ध और सभ्य समाज की स्थापना का स्वप्न देख सकते थे। गाँधी जी ने देश को इस दिशा में प्रेरित भी किया लेकिन गाँधीवाद को हमने अपने अन्य उच्च 'आदर्शों' की तरह दिखाने के ही काम का माना।

इस तरह हमारी नई पीढ़ी दोहरे मोहभंग को प्राप्त हुई है। उसे देश के आधुनिक बन सकने में कोई आस्था नहीं रही है और आधुनिकता के प्रति आधुनिक देशों में जो मोहभंग हुआ है, वह भी उसके सामने है। वह देख रही है कि देश में सब ऋषियों की तरह समझदारी की बातें कर रहे हैं लेकिन देश नासमझी में ज्यों का त्यों डूबा हुआ है। इससे उसका बेचैन होना स्वाभाविक है। लेकिन अगर वह समझती है कि

अब क्रान्तिकारियों की तरह बातें करने से कोई चमत्कार हो जाएगा तो यह उसकी भूल है। सम्पन्न समाज की आध्यात्मिक विपन्नता से ऊबी हुई पश्चिमी युवा-पीढ़ी ने संन्यास के वजन पर 'ड्राप आउट' होने का जो नारा दिया है उसकी अनुगूँज के पीछे भागते हुए युवा भारतीय बुद्धिजीवियों में और उन बम्बइया संगीतकारों में कोई फर्क नहीं है जिन्होंने भारतीय धुनों पर आधारित पश्चिमी धुनों के आधार पर अपनी फिल्मी धुनें बनाई हैं। कुल मिलाकर यह 'क्रान्तिकारिता' पिछली पीढ़ी के 'ऋषिवाद' की ही सगी बहन सिद्ध होती दीखती है।

अपने देश और समाज को सार्थक ढंग से आधुनिक बनाने की समस्या का सही निरूपण और समाधान ऋषिवादी या क्रान्तिकारी किसी भी तरह की हीरोपन्थी से नहीं हो सकता। किसी अमूर्त सत्ताप्रतिष्ठान के या गिरे हुए राष्ट्रीय चरित्र के मत्थे सारे दोष मढ़ कर हम मुक्त नहीं हो सकते। सत्ताप्रतिष्ठान हम खुद हैं या जल्द से जल्द हो जाना चाहते हैं और राष्ट्रीय चरित्र में हमारे ही चरित्रों की सामूहिक अभिव्यक्ति है। आवश्यकता इस बात की है कि हम अपनी-अपनी जगह पर, अपने-अपने ढंग से उन मूल्यों की स्थापना के लिए बेचैन हों जो मध्ययुगीन खंडहरों के मलबे से देश और समाज को बाहर निकाल सकें।

# खड़ी बोली : खरी बोली

ग़ालिब की सौवीं बरसी के अवसर पर यह विशेषांक प्रस्तुत करते हुए हमें विशेष सन्तोष होता है। साप्ताहिक हिन्दुस्तान भाषाई सद्भाव का सदा से पक्षधर रहा है। इस सद्भाव का तकाजा है कि उर्दू को हिन्दी की ही एक शैली मानने की बात महज बात बनाने के लिए न की जाए।

उत्तर भारत के राजनीतिज्ञों ने उर्दू और हिन्दी का अलगाव बढ़ा कर अपना राजनीतिक उल्लू सीधा करने की कोशिश भले ही कितनी क्यों न की हो, जनसाधारण के मन में ऐसे बैर के लिए कोई जगह नहीं रही है। हिन्दी में उर्दू लेखकों की पुस्तकें बड़े पैमाने पर छपती और बिकती रही हैं। कई उर्दू लेखक तो नागरी लिपि अपना चुके हैं और उनकी हिन्दी के ही लेखकों में गणना होती है। उर्दू को हिन्दी की ही एक शैली ठहरा कर फिर उसे दूध की मक्खी की तरह हिन्दी से अलग कर देने की कोशिश करने वाले लोगों की संख्या अधिक नहीं है। ऐसे लोग भी अब ज्यादा नहीं रहे, जो 'हिन्दी भी कोई जबान है!' कहने में बहुत गौरव अनुभव करते हैं।

इस सांस्कृतिक सद्भाव के बावजूद राजनीतिक स्तर पर हिन्दी और उर्दू की लड़ाई आज भी पूरे जोर से जारी है। उर्दू भाषा और फारसी लिपि की पक्षधरता उन लोगों के लिए एक हथियार बन गई है जिन्हें अल्पसंख्यक साम्प्रदायिकता का पोषण कर के राजनीतिक लाभ उठाना प्रगतिशीलता का पर्याय मालूम होता है। दूसरी ओर ऐसी राजनीतिक हस्तियाँ भी हैं जो फारसी से निकले हुए हर शब्द को पाकिस्तानी एजेण्ट मान बैठती हैं। यानी दोनों ही ओर से राजनीति, उर्दू को मुस्लिम साम्प्रदायिकता का पर्याय मानने-मनवाने पर उतारू है। यह निश्चय ही एक दुर्भाग्यपूर्ण स्थिति है।

ठण्डे दिमाग से सोचा जाए तो यह स्पष्ट हो जाता है कि उर्दू को भारत में भविष्यहीन बना देना एक अनुचित कार्य ही नहीं, भयंकर भूल भी होगी। लेकिन उर्दू के हिन्दी से अलग किसी सांस्कृतिक-साहित्यिक भविष्य की परिकल्पना करना उससे भी ज्यादा घातक सिद्ध होगा। उर्दू का भविष्य होना चाहिए और हिन्दी में ही होना चाहिए—ऐसा मानकर ही समस्या का कोई ठोस समाधान हो सकता है। फारसी लिपि और उर्दू भाषा दोनों को अलग करने की जरूरत है। उर्दू साहित्य का नागरी

लिपि में प्रकाशन होने का सिलसिला निकल चला है, इसे और तेज किया जाना चाहिए। उर्दू साहित्य को हिन्दी पाठ्यक्रम में शिक्षा के सभी स्तरों पर स्थान देने की ओर तुरन्त ध्यान दिया जाना चाहिए।

हिन्दी के पुराने लेखकों में संस्कृत के साथ-साथ उर्दू, फारसी और अंग्रेजी का भी अध्ययन करने का रिवाज था। इसीलिए उनकी रचनाओं में भाषा जानदार है। आज का हिन्दी लेखक आम तौर से सिर्फ अंग्रेजीदाँ होता है। उर्दू को हटाने के हल्ले में उसने देशज शब्दों और मुहावरों का भी बहिष्कार कर डाला है। संस्कृतनिष्ठ हिन्दी लिखी जा रही है और आम तौर से ऐसे लोगों द्वारा जिन्हें संस्कृत का उतना ज्ञान नहीं है, जितना बाबू अंग्रेजी का। हिन्दी को 'प्रयोग की नहीं, मात्र अनुवाद की' भाषा बनाने की सरकारी नीति से इस प्रवृत्ति को जबरदस्त बढ़ावा मिला है। आधुनिकता और अंग्रेजियत को पर्यायवाची शब्द मानने वाले लोगों ने भी हिन्दी के वाक्य-विन्यास और मुहावरे का काफी बंटाढार किया है। होते-होते ऐसी स्थिति आ गई है कि आज जब हम पुराने मुहावरा और शब्दकोशों को उठाकर देखते हैं तब ऐसा लगता है कि उनकी और हमारी हिन्दी दो अलग भाषाएँ हैं।

खरी आधुनिकता की माँग यह है कि हम अंग्रेजी, फारसी या संस्कृत किसी के भी पंडिताऊपन से आक्रान्त होकर अपनी भाषा की सहजता नष्ट न कर दें। इसलिए आज यह जरूरी है कि हिन्दी और उर्दू का हर लेखक और पत्रकार उस खड़ी बोली की ओर लौटे जिससे इन दोनों भाषाओं का विकास हुआ।

# राजनीति में राकेट

इधर अन्तरिक्ष अभियान के सम्बन्ध में हमारा यह विशेषांक प्रेस में जा रहा है और उधर मध्यावधि चुनावों के नतीजे आने शुरू हुए हैं। इसे एक विडम्बनापूर्ण संयोग ही कहिए। हमने तो यह अंक अगली 'चन्द्रमा-खिड़की' के खुलने के अवसर पर (आखिरी फरवरी–शुरू मार्च 1969) निकाला है, इस विश्वास से कि जब तक आप इसे पढ़ना पूरा करेंगे तब तक अमेरिका और सोवियत संघ में से कोई एक या दोनों अन्तरिक्ष में नया अभियान शुरू कर देंगे। लेकिन हम समझते हैं कि हमारे जनमानस पर इस मध्यावधि चुनाव के बाद सरकारें बनने (और शायद बन कर बिगाड़ने) की सरगर्मियाँ हावी रहेंगी। यह स्वाभाविक भी है क्योंकि फिलहाल हमारे यहाँ जो भी अभियान हो रहे हैं वे इसी राजनीति के अन्तरिक्ष में।

इस टिप्पणी के लिखे जाने तक जितने नतीजे सामने आए हैं उनके आधार पर यह कह सकना मुश्किल है कि किस राज्य में किस की सरकार बनेगी? और सारे नतीजे सामने आ जाने पर भी यह कह सकना मुश्किल होगा कि किस की सरकार कितने दिन चलेगी? ऐसे कम्प्यूटर तो हैं जो अन्तरिक्षयात्रा के जटिल समीकरणों का समाधान कर सकते हैं, लेकिन भारतीय राजनीति के सरल समीकरण जिसके बूते के हों ऐसा संगणक आज तक नहीं बना।

फिर भी अब तक प्राप्त नतीजों के आधार पर मोटे तौर से कुछ बातें कही जा सकती हैं। पहली तो यह कि भारतीय मतदाता में राजनीति के प्रति नहीं, राजनीतिक सत्ताधारियों के प्रति मोहभंग हुआ है। दल-बदलुओं के ऊल-जलूल नाटक के कारण ही इन मध्यावधि चुनावों की नौबत आई थी। इसलिए मतदाता अगर चुनाव के प्रति विरक्त होता तो कोई आश्चर्य न होता। लेकिन मतदाता ने अपने वोट का इस्तेमाल उत्साह से किया और ज्यादातर उन उम्मीदवारों के खिलाफ किया जो, उसकी दृष्टि में, सत्ता-भोगी ठहरते थे। इस विरोध ने कांग्रेसी और गैर-कांग्रेसी दोनों तरह के दलों के छुटभैये नेताओं को अपना कोपभाजन बनाया है। पिछले आम चुनाव की कांग्रेस-विरोधी लहर भी सत्ताभोगी के विरोध की इसी प्रवृत्ति का परिचय देती थी।

यह प्रसन्नता का विषय है कि मतदाता की राजनीति और लोकतन्त्र में अब भी आस्था है। वह उसका प्रयोग उनके विरुद्ध करना चाहता है जो राजनीति और

लोकतन्त्र को तमाशा बना देने पर उतारू हैं। लेकिन सवाल यह है कि अगर मतदाता की इस चेतावनी को राजनीतिक हस्तियाँ इसी तरह नजरअन्दाज करती रहीं तो क्या होगा? सत्ताधारियों के प्रति यह मोहभंग क्या तब लोकतन्त्रात्मक राजनीति के प्रति मोहभंग का रूप नहीं ले लेगा? अगर सभी राजनीतिक दल जनता को कोरे सब्जबाग दिखाते रहे, झूठे नारों के आधार पर झूठे आन्दोलन छेड़ते रहे, विधायिका को मछली-बाजार और मछली-बाजार को विधायिका का दर्जा देते रहे तो क्या मतदाता चुनावों के चक्कर से ऊब कर किसी ऐसे कुचक्र का समर्थन नहीं कर बैठेगा जो चुनावों को इस देश के लिए अजनबी बना देने वाला हो?

कुछ लोग सोचते हैं कि भारतीय राजनीति में देर-सवेर ध्रुवीकरण हो जाएगा और उस ध्रुवीकरण से हर समस्या का समाधान हो जाएगा। लेकिन यह चिन्तन खोटा है। जब तक हमारी राजनीति का संवादी स्वर सत्ता-भोग रहता है तब तक ध्रुवीकरण का या न्यूनतम सर्वमान्य कार्यक्रमों का कोई अर्थ नहीं हो सकता। खोटी राजनीति हर रूप और हर रंग में खोटी ही रहती है। हम समझते हैं कि इस प्रसंग में साधारण मतदाता की दृष्टि राजनीति के पंडितों की दृष्टि से अधिक स्पष्ट है। वह चाहता है कि लोकतन्त्र वास्तव में लोकन्तंत्र हो, सामन्ती सत्ता-भोग का बदला हुआ रूप नहीं। सैद्धान्तिक चर्चा से उसे कोई दिलचस्पी नहीं है, वह अच्छा शासन चाहता है। अपनी मुश्किलों के किसी जादुई हल की उसे उम्मीद नहीं है, लेकिन वह यह आश्वासन अवश्य चाहता है किं मुश्किलें दूर करने की दिशा में जो कुछ किया जा सकता है, किया जा रहा है और किया जाएगा।

सैद्धान्तिक राजनीति से मतदाता का यह विराग, नेता-वर्ग की राजनीतिक सिद्धान्तहीनता से उपजा है। आगे चलकर यह भी तानाशाही के लिए उपयुक्त जमीन तैयार करा सकता है। पाकिस्तान में जो कुछ हुआ है वह इस बात का सबूत है कि सत्तालोलुपता द्वारा लोकतन्त्र के हास्यास्पद बना दिए जाने के कारण जो तानाशाही जन्म लेती है वह भी स्वयं उतनी ही निरर्थक और हास्यास्पद सिद्ध होती है। जिन लोगों का यह खयाल था कि 'डिक्टेटर आएगा तो सब को ठीक कर देगा, सब कुछ ठीक कर देगा' उनका भी मोह अब भंग हो जाना चाहिए।

भारत की समस्याओं का लोकतन्त्रात्मक समाधान अब भी सम्भव है। जरूरत इस बात की है कि हमारा नेता-वर्ग राजनीति को सब्जबाग दिखा कर सत्ता हथियाने का खेल बनाने से बाज आए। कोई ठोस कार्यक्रम अपनाने और उसे हर कीमत पर पूरा कर दिखाने की राजनीति उभर कर सामने आए। मतदाता इस विषय में जागरूक है, देखना यह है कि नेता-वर्ग समय रहते नींद से जागता है कि नहीं। अगर वह जागा तो शायद कभी हम भी अंतरिक्ष-युग में प्रवेश कर सकेंगे नहीं तो यों ही राजनीति के राकेट छोड़ते रहकर खुश होते रहेंगे।

# उत्सव के लिए उत्साह नहीं

होली का रंग वर्ष-प्रति वर्ष फीका पड़ता जाता है। इसकी एक वजह तो यह हो सकती है कि देखने वाली आँखें अधेड़ हुई जाती हैं और उन्हें चटख रंग भी धुँधलाए नजर आते हैं। लेकिन तटस्थ भाव से विचार करने पर भी यही सिद्ध होता है कि होली का रंग काफी फीका हो चला है। इसके लिए हम चाहें तो उस महँगाई को जिम्मेदार ठहरा सकते हैं जिसके चलते जनमानस का उमंग और उछाह से नाता टूटता जा रहा है। इसमें शक नहीं कि आर्थिक लाचारियाँ उत्सव के उत्साह को काफी हद तक ठंडा कर देती हैं। लेकिन होली के राग-रंग के लिए तो कोई लम्बा-चौड़ा खर्च दरकार नहीं है। यहाँ तो उमंगों की जमा-पूँजी काम आती है। आर्थिक कष्टों से उमंगों की कमर बिल्कुल ही टूट जाए यह जरूरी नहीं। गरीब लातीनी देशों में हमारी होली से मिलते-जुलते त्योहार 'कार्निवाल' के लिए लोगों में आज भी जबर्दस्त उछाह है।

हमारे यहाँ भी देहात और कस्बों में बसे हुए कम आमदनी वाले लोगों में उत्सवों के प्रति अप्रेक्षाकृत अधिक उत्साह है। उमंग का संकट जो है सो शहरी मध्यवर्ग में है। तो हमें यह भी देखना होगा कि उत्साह के इस अभाव का शहरी जीवन के प्रभाव से क्या सम्बन्ध है? किसी हद तक हर कहीं आधुनिक जीवन परम्परागत उत्सवों के लिए प्रतिकूल सिद्ध हुआ है। आज वह ऋतु-चक्र से लयबद्ध कृषिपरक सामन्ती जीवन कहाँ जिसमें साल में 365 त्योहार माने और मनाए जा सकते थे, जिसमें हर तिथि विशेषणों से विभूषित की जा सकती थी! अगर पुरानी सेवापंजियाँ निकाल कर देखी जाएँ तो पता चलेगा कि शुरू-शुरू में सन्ध्या-पूजा करने वाला और तीज-त्योहार मनाने वाला भारतीय बाबू अंग्रेज साहब की आधुनिक कार्यालय-व्यवस्था से और अंग्रेज साहब भारतीय बाबू की आए दिन की कैजुअल लीव से कितना परेशान हुआ था!

सम्पन्न पाश्चात्य देशों में प्रमुख उत्सव नई औद्योगिक सभ्यता के अन्तर्गत वाणिज्य-व्यवसाय के अनूठे अवसर बनकर जीवित रह सके हैं। हाल में एक ब्रितानी पत्रकार ने क्रिसमस (बड़े दिन) को 'इंडस्ट्री' (उद्योग) की संज्ञा दी है। बड़े दिन के मौके पर उपभोक्ता उद्योग और आमोद-प्रमोद उद्योग मिलकर बड़े पैमाने पर 'उत्साह का विज्ञापन' करते हैं और शहरी आदमी को अपने 'अकेलेपन और अजनबीपन'

से बाहर निकलकर 'सामूहिक आमोद-प्रमोद में हिस्सा लेने का आकर्षक आमन्त्रण' देते हैं। हमारे यहाँ इस दिशा में थोड़ी बहुत कोशिश जरूर हुई है लेकिन उपभोक्ता की क्रयशक्ति और देश की औद्योगिक प्रगति दोनों ही उस अवस्था में नहीं पहुँचे हैं जिसमें उत्सव भी उद्योग बन सके।

फिलहाल अधकचरी आधुनिकता के वातावरण में भारत के शहरी लोग 'अकेले' होने के लिए 'अभिशप्त' हैं लेकिन इस हद तक 'अजनबी' होने के लिए नहीं कि चाहे जैसे मौज मना सकें। आधुनिकता का स्पर्श उन्हें अपने समाज और अपनी संस्कृति दोनों के प्रति विरक्त बना रहा है। लेकिन औसत भारतीय नैतिक और आर्थिक दृष्टि से आधुनिकता के प्रति भी शंकालु है। न तो वह मौज-मस्ती में आ कर भंगड़ा डाल सकता है और न ट्विस्ट कर सकता है। उसे मार्कण्डेय-पूजन बेकार मालूम देता है मगर बर्थ-डे केक कटवाने लायक आधुनिकता के मामले में वह अपने को असमर्थ पाता है। हमारे मध्यवर्गीय समाज से लोकप्रिय सामुदायिक संस्कृति का तेजी से लोप हुआ है। तीज-त्योहार, रीति-रिवाज और आमोद-प्रमोद की परम्परागत विधाओं से परिचित उन बड़े-बूढ़ों की संख्या घटती जा रही है जिनके लिहाज के कारण औपचारिकता के स्तर पर संस्कृति का निर्वाह किया जा रहा है। शायद उनके उठ जाने के बाद हमारे समाज के पास लोकप्रिय संस्कृति के नाम पर बम्बइया फिल्मों की देनों के सिवा कुछ नहीं बच रहेगा।

# हास्यास्पद और श्रद्धास्पद

जिन पंडितों ने विभिन्न जातियों और समाजों के हँसी-मजाक की पड़ताल की है उनका कहना है कि लोग-बाग उन्हीं चीजों और बातों पर हँसते हैं जिनसे वे सबसे ज्यादा डरते हैं। मसलन पश्चिम के मसीही और औद्योगिक समाज में मृत्यु-भय काफी ज्यादा है, इसीलिए वहाँ के लोग मौत के डर को चुटकुलों में उड़ा देने की कोशिश अक्सर करते हैं। पूर्वी देशों के लोग, जिनकी पुनर्जन्म में आस्था है, मृत्यु-बोध से अपेक्षाकृत कम आतंकित रहे हैं, इसीलिए उनके यहाँ मौत के बारे में चुटकुले कम ही सुनने में आते हैं। हास्य के इन पंडितों की यह मान्यता भी है कि जिसके लिए जो श्रद्धास्पद है, वह हास्यास्पद भी है। सिद्ध भक्तजन अक्सर अपने इष्ट के प्रति व्यंग्य-विनोद की भाषा प्रयुक्त करते हुए पाए जाते हैं। वे अपने देवता से कभी-कभी हँसी-मजाक कर लेना बुरा नहीं समझते। अधकचरी आस्था ही गम्भीरता के ढोंग का आग्रह करती है। हिन्दी में व्यंग्य-विनोद के साहित्य के अभाव की जाँच अगर इन मान्यताओं के सन्दर्भ में की जाए तो हम इसी नतीजे पर पहुँचेंगे कि हिन्दी क्षेत्र के पढ़े-लिखे वर्ग के लिए आज कोई भी चीज आतंकप्रद अथवा श्रद्धापस्द नहीं रह गई है। अगर यह नतीजा खरा है तो हमें यह भी मानना पड़ेगा कि इस वर्ग ने गम्भीर-चिन्तन से अपना नाता तोड़ लिया है। कोई गम्भीर-चिन्तन करे और उसे दुनिया में भय या श्रद्धा के योग्य कुछ भी न मिले—यह असम्भव है। इसका अर्थ यह हुआ कि हिन्दी में गम्भीर-चिन्तन और हास्य-विनोद दोनों के साहित्य के अभाव का कारण एक ही है!

यह निष्कर्ष हिन्दी के गम्भीर 'इंटलेक्चुअल' लेखकों को नितान्त आपत्तिजनक प्रतीत हो सकता है। उनके जीवन का हर क्षण तत्त्व-चिन्तन को समर्पित है। और तो और वे अकहानी और अकविता जैसी प्रति-साहित्यिक विधाओं को भी ठेठ पंडिताऊ गम्भीरता का विषय मानते रहे हैं। अ-शास्त्र के बारे में उन्होंने जमकर शास्त्रार्थ किया है और हम जाने किन नृत्तत्त्वशास्त्रियों का हवाला देकर उन्हें अगम्भीर करार दे रहे हैं। यह सरासर ज्यादती है। और यह सोचना भी गलत है कि हिन्दी लेखक व्यंग्य-विनोद से कोई परहेज करते हैं। जाने कितने तो उन्होंने लतीफे गढ़े

हैं, कितने ठहाकों से हिन्दी साहित्य के ठहराव को भंग करने की कोशिश की है। फिर उन पर विनोदी न होने का अभियोग कैसे लगाया जा सकता है? इस पर हमारे मनोवैज्ञानिक पंडित यह कहते हैं कि ये लतीफे और ठहाके विनोद के नहीं, टुच्चे डाह के प्रतीक हैं। इनसे यही साबित होता है कि हिन्दी लेखक एक-दूसरे की ढोल की पोल और बाल की खाल से खूब परिचित हैं, बेखबर हैं तो अपने खोट और ढोंग से।

मनोविज्ञान के पंडित यह भी बताते हैं कि हास्य-व्यंग्य के लिए कुछ रूढ़िवादी और खासा शंकालु स्वभाव आवश्यक है। घनघोर प्रगतिविश्वासी अच्छा हास्य-व्यंग्य लिख नहीं सकता। जिसे आधुनिकता और प्रगतिशीलता जल्द से जल्द ओढ़ लेने की चिन्ता हो उसे प्रगति या उसकी प्रतिक्रिया पर हँस सकने की फुर्सत नहीं मिल सकती। हमारे पुराने लेखकों का प्रगति की कई-कई मंजिलें एक साथ तय करके नए लेखकों की बिरादरी में शुमार हो जाने के लिए उतावला रहना इस बात का परिचय देता है कि हमारे यहाँ वह प्रवृत्ति नहीं पनप सकती जो आधुनिकता पर हँसकर आधुनिकता के मर्म को पा सके।

हम अपनी आधुनिकता और बौद्धिकता की साख बनाए रखने में इतने व्यस्त हैं कि हमें हास्य-व्यंग्य जैसी 'घटिया' विधा के लिए फुर्सत नहीं है। हम तथाकथित व्यंग्य द्वारा दूसरों की कलई खोलने से थोड़ी-बहुत दिलचस्पी रख पाते हैं लेकिन हमें सदा अपनी कलई खुल जाने का डर सताता है। इसलिए हास्य-व्यंग्य को हम श्रेष्ठ विधाओं की बिरादरी में आने नहीं देना चाहते। हम अपने हास्यास्पद पक्ष को देखने-दिखाने से हर चन्द कतराते हैं। और हास्य के पंडितों का कहना है कि वही दूसरे को हँसा सकता है जो खुद पर हँसता है।

# छोटी पत्रिकाएँ : बड़ी विडम्बनाएँ

राजधानी में लघु-पत्रिकाओं की प्रदर्शनी के अवसर पर उनसे सम्बद्ध व्यक्तियों की एक विचार गोष्ठी भी हुई। इसमें लघु-पत्रिकाओं के स्वरूप, कार्य-क्षेत्र और दायित्व के विषय में कुछ बातें स्पष्ट हो सकती थीं। लेकिन इस गोष्ठी ने व्यावसायिकता को कोसने और एक-दूसरे को अपने से अधिक व्यावसायिकता-प्रिय ठहरा देने की प्रतियोगिता का रूप ले लिया। पिछले दो दशकों में हमारे जन-जीवन के हर क्षेत्र में भाषा-परिभाषा को धूमिल बनाकर अँधेरे में अन्धेरगर्दी का सुख लूटने की प्रवृत्ति बढ़ी है। व्यावसायिकता और साहित्यिकता की बहस भी इसी घोटाले से पैदा हुई है। पाठक-संख्या और विज्ञापन-आय के पश्चिमी पैमाने से जो व्यावसायिक ठहराई जा सकें, ऐसी पत्रिकाएँ हिन्दी में आज भी नहीं हैं। ज्यादा से ज्यादा बड़े पाठक-वर्ग तक पहुँचने का प्रयास अवश्य आरम्भ हुआ है और इस सिलसिले में 'मास-अपील' (बहुजन आकर्षण) के कुछ आधुनिक लटके अपनाए जा रहे हैं। लेकिन हिन्दी में यह 'मास' आज भी साहित्यिक रुचि वाले मध्यवर्ग तक सीमित है और तथाकथित व्यावसायिक पत्रिकाओं के तेवर भी साहित्यिक हैं। व्यावसायिकता के आधुनिक तौर-तरीकों से फिलहाल हम कितने दूर हैं इसका अनुमान इसी बात से किया जा सकता है कि हिन्दी में गुरु-गम्भीर और दुरूह विषयों को सरल, आकर्षक तथा सनसनीखेज बना सकने वाले और सामान्य जन की रुचि के सनसनीखेज माल को बौद्धिक गरिमा प्रदान कर सकने वाले पत्रकार नहीं के बराबर हैं। पत्रिकाओं के लेखकों के नाम पर जो भी हैं, सो साहित्यकार हैं और उनका लेखन-क्षेत्र ज्यादातर साहित्यिक विषयों तक सीमित रहता है। इसलिए हिन्दी पत्रकारिता में पश्चिमी तर्ज की व्यावसायिकता का अस्तित्व देखना-दिखाना और उसकी निन्दा में पश्चिम के व्यावसायिकता-विरोधी लेखकों के स्वर में स्वर मिलाना एक अप्रासंगिक अभ्यास और अनर्गल प्रलाप ही कहा जाएगा। यह समझना भी जरा मुश्किल ही है कि अगर हिन्दी पत्रिकाएँ इतने बड़े हिन्दी-भाषी क्षेत्र में लाख-दो लाख की ग्राहक-संख्या का लक्ष्य अपने सामने रखने लगी हैं, अगर इस लक्ष्य की पूर्ति के लिए वे शुद्ध साहित्य-संस्कृति-कला से कुछ हटकर विज्ञान, मनोविज्ञान, समाजशास्त्र, नृत्तत्त्व, रहस्य-रोमांच आदि

की ओर ध्यान देने लगी हैं, तो उन लोगों को क्या तकलीफ हो रही है जिन्हें अपनी आधुनिकता पर नाज है!

ठेठ आधुनिकता को अगर विरोध हो सकता है तो इस बात से कि 'व्यावसायिक' पत्रिकाएँ—जिनका धर्म पाठकों की रुचियों और आवश्यकताओं की ओर ध्यान देना है—साहित्य और साहित्यिकों को इतना महत्त्व क्यों दे रही हैं? संक्रमण के इस दौर में अर्द्ध-व्यावसायिक अर्द्ध-साहित्यिक पत्रिकाओं से हर लेखक अपना उल्लू सीधा करने और दूसरों को उल्लू सिद्ध करने में क्यों जुटा हुआ है? लेकिन विरोध का यह स्वर कम ही सुनाई देता है। विरोध मुख्य रूप से नितान्त व्यक्तिगत स्तर पर है। जो थोड़ी-बहुत मूल्यगत चर्चा हुई भी है वह ज्यादातर हवाई ठहरी है। सम्पादन को व्यक्तिगत साहित्यिक सत्ता का पर्याय मानने वालों में और सम्पादकों का व्यक्तिगत विरोध करने वालों में कोई अन्तर नहीं है। दोनों की समझ मूलतः आधुनिक नहीं, सामन्ती है। इसी तरह जिन्हें बड़ी पत्रिकाओं से महज इसलिए विरोध है कि वे बड़े प्रतिष्ठानों द्वारा छापी जाती हैं, उनकी आधुनिक समझ भी खासी सन्दिग्ध मालूम होती है। संगठन और प्रतिष्ठान आधुनिक तन्त्र के अनिवार्य अंग हैं। स्वयं छोटी पत्रिकाओं को अखिल-भारतीय-स्तर पर संगठित होने की आवश्यकता आखिर क्यों महसूस हुई? ऐसा भी नहीं है कि प्रतिष्ठान व्यावसायिक पत्रिकाओं को विशेष प्रकार का साहित्य ही प्रकाशित करने को बाध्य कर रहा हो। बहुप्रचारित पत्रिका अगर किसी के आग्रह से बाध्य है, तो पाठक के।

प्रतिष्ठान-प्रतिष्ठान में बहुत ज्यादा अन्तर करना, छोटे प्रतिष्ठान को बड़े प्रतिष्ठान से हर हालत में बेहतर मानना, किशोर-सुलभ भावुकता का परिचायक हो सकता है, प्रौढ़ आधुनिकता का नहीं। प्रतिष्ठान-विरोध अपने में कोई मूल्य नहीं हो सकता। और अगर हो सकता है तो उसके तर्क की अनिवार्य-परिणति यह है कि लेखक संन्यासी हो जाए। छोटी पत्रिका निकालना ही प्रतिष्ठान बनने-बनाने की दिशा में पहला कदम बढ़ा देना है। यह भी द्रष्टव्य है कि प्रतिष्ठान-विरोध के नाम पर छोटी पत्रिकाओं में तरह-तरह के लेखक जिस विद्रोही वामपन्थी तेवर का प्रदर्शन करते रहे हैं उसके नैतिक और राजनैतिक मूल्य भी आवश्यकता से अधिक अस्पष्ट रखे जाते हैं। यह कह सकना काफी मुश्किल है कि इसे अपरिपक्वता की निशानी माना जाए या सुविधाप्रियता की! जो विद्रोह किसी भी राजनैतिक चिन्तन से सम्बद्ध न हो, जो कैसे भी सामाजिक कर्म से कतरा जाना चाहता हो, जो खुद को और चन्द दोस्तों को चौंका देने को पूरी व्यवस्था को उलट देने का पर्याय मानता हो, जो अश्लीलता को क्रान्तिकारिता की ध्वज-वाहिनी ठहराता हो, वह काफी हाउस की प्यालियों में ही तूफान बरपा कर सकता है। इसी तरह साहित्यिकता के नाम पर

निकलने वाली लघु-पत्रिकाओं के कोई सुचिन्तित साहित्यिक मानक न होना भी एक अजीब-सी बात है। लघु-पत्रिकाएँ आम तौर पर किसी साहित्यिक आन्दोलन से जुड़ी होती हैं और उनकी साहित्य के सम्बन्ध में कोई विशिष्ट दृष्टि होती है। इधर हिन्दी में बीसियों ऐसी लघु-पत्रिकाएँ निकलने लगी हैं, जिनका कोई विशिष्ट साहित्यिक व्यक्तित्व नहीं है। ये लगभग एक-सा स्तरहीन साहित्य छापती हैं और वक्तव्यों द्वारा एक-दूसरे से अपने को अलग-अनूठा सिद्ध करने का यत्न करती हैं।

साहित्य के मंच पर लघु-पत्रिकाओं की विशिष्ट भूमिका रही है और रहनी चाहिए। लेकिन इसके लिए केवल व्यावसायिक पत्रिकाओं को कोसते रहना, चन्द अश्लील समझे जाने वाले शब्द छाप लेना, पश्चिम के बीटनिकों और हिप्पियों के देसी नमूने प्रस्तुत कर देना और प्रतिभाहीनता को लम्बे-चौड़े वक्तव्यों से ढँक देना ही काफी नहीं है। हम समझते हैं कि अगर विभिन्न लघु-पत्रिकाएँ समान सामाजिक और साहित्यिक चिन्तन के आधार पर नए सिरे से संगठित हों, तो वे साहित्य में अपनी भूमिका का निर्वाह अधिक दक्षता से कर सकेंगी। आज की सैकड़ों लघु-पत्रिकाओं की जगह साहित्यिक-सामाजिक मान्यताओं के आधार पर पाँच-दस अच्छी लघु-पत्रिकाएँ निकलें तो उनमें लेखकों के वक्तव्यों और पत्रों के अतिरिक्त भी कुछ छापा जा सके। साहित्य जगत में उनकी भी वह महत्ता हो, जो कभी 'हंस' और 'प्रतीक' की थी। लघु-पत्रिकाएँ अगर अपने साहित्यिक स्तर और सामाजिक स्वर से बेखबर रहकर इसी तरह केवल शोर मचाती रहीं तो यह मानने को मजबूर होना पड़ेगा कि व्यावसायिकता और प्रचार के ये विरोधी वास्तव में साहित्य को व्यक्तिगत आकांक्षा से व्यापार और आत्म-प्रचार की विधा मानते हैं—यानी स्वयं शुद्ध व्यावसायिक दृष्टि वाले हैं। हमें विश्वास है कि हमारे नए साहित्यकार छोटी पत्रिकाओं को इन बड़ी विडम्बनाओं का शिकार होने से बचाएँगे।

# विभाजित व्यक्तित्व का नगर

पिछले दिनों बर्लिन के महानगर में पूर्व और पश्चिम की टक्कर होते-होते रह गई। पश्चिमी जर्मनी के राष्ट्रपति का चुनाव नगर में करने की योजना का पूर्वी जर्मनी और सोवियत रूस ने तीव्र विरोध किया था। उन्होंने बर्लिन को आने वाली पश्चिमी जर्मनी के सभी हवाई और स्थलीय यातायात प्रणालियों को बन्द करने तथा इन प्रणालियों से गुजरने वालों को सुरक्षा की गारण्टी देने से इनकार कर दिया था। रूसी रक्षापंक्तियों के सुदृढ़ करने से पश्चिमी राष्ट्रों तथा पूर्वी कम्युनिस्ट गुट्स की टक्कर का खतरा पैदा हो गया था, परन्तु अन्त में यातायात प्रणालियों के अवरुद्ध करने के बावजूद पश्चिमी जर्मनी के राष्ट्रपति का चुनाव निर्विघ्न सम्पन्न हो गया। स्वभावतः जिज्ञासा होती है कि बर्लिन महानगर में ऐसी क्या बात है जिसके लिए दोनों पक्षों ने मोर्चे जमा लिए?

विश्व के प्रमुख संकट-स्थलों में इन दिनों वियतनाम, मध्यपूर्व और बर्लिन तीन केन्द्र हैं। इन तीनों में बर्लिन का विशेष महत्त्व है, क्योंकि यहाँ पूर्वी तथा पश्चिमी राष्ट्रों की सीधी टक्कर का खतरा पिछले 22-23 वर्षों में कई बार पैदा हो चुका है। जर्मनी और बर्लिन में सोवियत रूस की विशिष्ट सैनिक स्थिति है, जिसे वह किसी भी कीमत पर छोड़ने के लिए तैयार नहीं है। हिटलर के नात्सी जर्मन राष्ट्र के पराजित होने की घड़ी में सोवियत रूस के सूत्रधार स्तालिन विजयी मित्रराष्ट्रों में सबसे अधिक सचेत और दूरदर्शी थे। उन्होंने जर्मनी के हृदय प्रदेश को दूर तक अपने कब्जे में करने का प्रयत्न किया। उनकी तुलना में मित्रराष्ट्रों के कर्णधार रुजवेल्ट और चर्चिल मात खा गए।

रुजवेल्ट और चर्चिल के उत्तराधिकारियों को उम्मीद थी कि जर्मनी के भविष्य और एकीकरण के बारे में जल्दी ही कोई निर्णय हो जाएगा और मित्र-सेनाएँ वापस चली जाएँगी परन्तु मध्य यूरोप और बाल्कन राष्ट्रों पर रूस के फौलादी नियंत्रण स्थापित हो जाने पर ये सभी आशाएँ धूमिल हो गईं। पश्चिम के राष्ट्रों को यह अनुभव हो गया कि रूसी प्रभावक्षेत्र के देशों को लौह-आवरण से मुक्त करना सहज नहीं है।

बर्लिन का संकट स्पष्ट करता है कि सोवियत रूस अपनी सुरक्षा पर किसी भी संकट की उपेक्षा नहीं करेगा। पिछले वर्ष चेकोस्लोवाकिया में रूसी हस्तक्षेप का मूल कारण भी रूसी सुरक्षा को संकट होने का डर ही था। चेक राष्ट्र के उदार नेताओं द्वारा पश्चिमी राष्ट्रों, विशेषतः जर्मनी, से सम्पर्क स्थापित करने की बात का क्रेमलिन कर्त्ता-धर्त्ता उपेक्षा नहीं कर पाए। रूसी शासक स्पष्ट कह चुके हैं कि वे किसी भी अपने साम्यवादी प्रभाव क्षेत्र के राष्ट्र को पूँजीवादी पक्ष से सम्बन्ध स्थापित करने की छूट नहीं देंगे।

पश्चिमी प्रेक्षक स्वीकार करते हैं कि बर्लिन और पश्चिमी जर्मनी में आज जो विस्फोटक तथ्य हैं उसके मूल में वे बहुत-सी भूलें हैं, जो याल्ता और पोट्सडम में पश्चिमी मित्रराष्ट्रों ने कीं। रूसी प्रभावक्षेत्र के समुद्र के बीच में आज बर्लिन का महानगर एक द्वीप की तरह घिर गया है। इस नगर के मध्य यदि दीवार बनी अथवा इस नगर से पश्चिम के सम्पर्क मार्गों की वैध व्यवस्था नहीं है तो उसके मूल में पश्चिमी राष्ट्रों की अतीत की भूलें एवं निर्णय ही कारण हैं। पिछले वर्षों में विश्व के इस संकट-क्षेत्र में रूस ने यदि कुछ तेजी, दृढ़ता एवं क्रूरता दिखाई है तो उसके मूल में रूस के कम्युनिस्ट शासकों द्वारा अपने देश की प्राकृतिक रक्षापंक्ति और पश्चिमी राष्ट्रों के बीच एक मध्यवर्ती क्षेत्र स्थिर रखने की सुविचारित नीति का ही फल है। स्तालिन, ख्रुश्चेव और कोसीगिन के रूस ने जार का अनुसरण कर देश के पश्चिमी रक्षापंक्ति को मास्को के स्थान पर बर्लिन में दृढ़ता से प्रतिष्ठित कर दिया है। बर्लिन का पिछला संकट इसी कटु तथ्य का प्रमाण है। इस संकट से यह तथ्य भी उजागर हो गया है कि बड़े राष्ट्रों की टक्कर में छोटे राष्ट्रों के हितों एवं सम्मान का कोई महत्त्व नहीं है।

# मैं, वह और कुछ नहीं

पिछले शनिवार हम विचाराधीन कहानियों का बंडल बाँधकर अपने साथ घर ले गए। सारा रविवार उनके पाठ में बिताया। हमें बराबर यह महसूस होता रहा कि अखंड रामायण की अर्द्धाली की तरह इस अखंड अकहानी पाठ के बीच-बीच में 'मैं, वह और कुछ नहीं' का नारा बुलन्द किया जाना चाहिए। लगभग पचहत्तर प्रतिशत कहानियों का नायक 'मैं' था और कोई पचीस प्रतिशत कहानियों के नायक के रूप में 'वह' प्रतिष्ठित था। गौर करने पर 'वह' हमें 'मैं' का छोटा भाई मालूम हुआ। कुछ और गौर किया तो पता चला कि 'वह' और कोई नहीं, 'मैं' ही है। उसे 'मैं' का कुछ ज्यादा लाचार संस्करण माना जा सकता है। यानी जहाँ 'मैं' अपने को आवश्यकता से अधिक बेचारा या बेशर्म महसूस करने लगता है झट 'वह' का छद्म नाम धारण कर लेता है। मैं चाहे 'मैं' के रूप में हो चाहे 'वह' के, उसका साधन, उसका साध्य कुछ नहीं ही रहता है।

इस 'मैं' का आन्तरिक विश्लेषण करने पर 'बहुत कुछ प्राप्त हुआ'—चौथाई हिस्सा आदर्शवादी भावुकता, चौथाई हिस्सा अनास्थावादी बौद्धिकता, चौथाई हिस्सा कस्बे की जिन्दगी की घुटन, चौथाई हिस्सा पश्चिमी साहित्य की कतरन और चौथाई हिस्सा किसी भी तरह महत्त्वपूर्ण समझ लिए जाने की लगन। जोड़ने पर पता चला कि यह तो सेर नहीं, सवा सेर हो गया। मगर हिसाब गलत नहीं था, भले ही जोड़ सवा अहं आ रहा हो। यह 'मैं' आखिर कोई मामूली हस्ती नहीं। यह तो आधुनिकता के अहं का प्रतिनिधि और सैकड़ों-हजारों लेखकों के चेहरों पर ठीक-ठीक चस्पां हो जाने वाला मुखौटा है। इसकी प्रतिभा में आप कैसी भी प्रतिभाहीनता छिपा सकते हैं। इसके चलते आप अपनी साहित्यिकता के विषय में पूरी तरह आश्वस्त रह सकते हैं। यह आपकी प्रतिष्ठा की खातिर हर कहानी में उसी त्वरा से झींखेगा-झल्लाएगा, चीखेगा-चिल्लाएगा, जानी-पहचानी दुनिया को भी चौंक-चौंक कर देखेगा और फिर खुद चौंकाएगा, क्रान्ति करेगा और भ्रान्ति करेगा, यथार्थ भोगेगा, पदार्थ झेलेगा, एक बोतल सन्त्रास चढ़ाएगा, उल्टी कर देगा और फिर ऊब के साथ सो जाएगा।

आपको इस बीच कुछ नहीं करना होगा। आप प्रतिष्ठान में या उससे बाहर

अपने-अपने ढंग से मजे में रह सकते हैं। यह भी कतई जरूरी नहीं कि आप किसी भी समस्या के बारे में किसी भी तरह का सोच-विचार करें या कभी भूले-भटके अपने असली 'मैं' से मुखातिब हुआ करें। 'मैं' का मुखौटा बना-बनाया है, उसका संसार और उस संसार के सम्बन्ध में उसका सोच-विचार बना-बनाया है। हर तरह से सुविधा ही सुविधा है। आपको और-तो-और वक्तव्य भी खुद तैयार नहीं करने पड़ेंगे। 'मैं' के पास वक्तव्य, विज्ञप्ति, विज्ञापन, प्रतिक्रिया, प्रतिवाद, सब कुछ पका-पकाया रखा है। आप कतई न घबराइए, यह 'मैं' अपने अद्वितीय होने के विषय में पूरी तरह आश्वस्त है : इसे अपनाकर आप भी उतने ही आश्वस्त रह सकते हैं जितने 'मैं' वादी अन्य सैकड़ों-हजारों लेखक। सब 'मैं' की महिमा से मंडित हैं, एक जैसे मुखौटे पहनकर एक जैसे दीख रहे हैं लेकिन सर्वथा अनुपम, सर्वदा अद्भुत हैं।

कुछ लोगों को इस 'मैं' के बारे में कुछ बुनियादी आपत्तियाँ हो सकती हैं—यह आधुनिक जीवन की निर्वैयक्तिकता का राग अलापते-अलापते इतना घोर व्यक्तिवादी क्यों हो चला है? यह भावुकता के विरोध में भावुक स्वर क्यों उठाता है? यह ऊलजलूल की खोज में इस कदर गम्भीर क्यों है? यह फार्मूला-खंडन को फार्मूला क्यों बनाता जा रहा है? यह सन्त्रास, यन्त्रणा, अजनबीपन और अकेलेपन को टोने-टुटके का दर्जा क्यों दे रहा है? तर्क से कतराने वाली इसकी यह तथाकथित बौद्धिकता कैसी है? यह नई राहों की खोज का नारा लगाता हुआ पश्चिमी साहित्य की कुछ बनी-बनाई, पिटी-पिटाई राहों पर ही क्यों दौड़ा जा रहा है? लेकिन इस तरह की आपत्तियाँ आपके दकियानूस होने की निशानियाँ ही मानी जाएँगी। यह भी कहा जाएगा कि आप भावुक और नासमझ हैं। आपका दिमागी हाजमा कमजोर है और गरिष्ठ बौद्धिक रचनाएँ आपको रास नहीं आतीं। बौद्धिकता का बहुत आतंक है और स्वयं यह आतंक इस बात का परिचायक है कि हमारे यहाँ इसकी बहुत किल्लत है। जिस चीज की कमी हो उसी की कीमत बढ़ती है।

अर्थशास्त्र, समाजशास्त्र, इतिहास, विज्ञान, मनोविज्ञान, सौन्दर्यशास्त्र, नृतत्त्व, दर्शन आदि के क्षेत्रों में हमारे यहाँ इधर मौलिक चिन्तन बहुत ही कम हुआ है और विशिष्ट उपलब्धियों के नाम पर भी हम ज्यादा कुछ गिना नहीं सकते। अधिकतर लेखकों का इस सीमित चिन्तन और इन सीमित उपलब्धियों से भी कोई सीधा सम्बन्ध नहीं रहा है। यह कहना गलत नहीं होगा कि ज्ञान-विज्ञान की विविध शाखाओं से परिचित होने के अर्थ में पढ़े-लिखे लेखक भी मुट्ठी भर ही हैं। इसी तरह प्रयोगधर्मिता का भी बहुत आतंक है जो शायद यही बताता है कि हम भीतर से रूढ़िवादी और परम्पराप्रेमी हैं। खरी प्रयोगधर्मिता एक खास प्रकार की सूझ-बूझ वाली कौतुकप्रिय बौद्धिकता की माँग करती है। यहाँ तक कहा जा सकता है कि इसके

लिए उसी प्रतिभा की अपेक्षा होती है जिसका विज्ञान में उपयोग होता है। ऐसी प्रतिभा के अभाव में कोई नया प्रयोग सम्भव नहीं, दूसरों के लिए प्रयोग की नकल अलबत्ता की जा सकती है। 'मैं, वह और कुछ नहीं' का बोलबाला इस बात का प्रमाण है कि हम आधुनिकता, बौद्धिकता और प्रयोगशीलता से आतंकित और आक्रांत हैं और इन्हें प्राप्त करने के लिए जो कुछ आवश्यक है वह करने को हम प्रस्तुत नहीं हैं। एक जबर्दस्त ठहराव हमारे भीतर और बाहर है जिसे हम सतही उथल-पुथल से झुठलाना चाहते हैं। यह कतई आवश्यक नहीं कि हर अच्छा लेखक आधुनिकता का अनुयायी हो, दार्शनिकता की सभी ऊँचाइयाँ-गहराइयाँ नाप चुका हो, और नित नए प्रयोग करता हो। यह हमारा दुर्भाग्य है कि पिछले बीस वर्षों में इस अनावश्यक मानदंड का आग्रह हुआ और इस कसौटी पर खरे न उतरने वाले भी उसी तरह 'पास' किए गए जिस तरह विभिन्न बोर्डों की परीक्षाओं में नतीजा ठीक रखने के लिए किए जाते हैं। इस स्थिति के लिए केवल नए लेखकों को जिम्मेदार ठहराना कुछ वैसा ही होगा जैसा कि आज की गड़बड़ राजनीति की सारी जिम्मेदारी आज के नेताओं पर थोप देना। इस अव्यवस्था और अराजकता की जड़ें ज्यादा पुरानी और गहरी हैं।

# डाक्टर चाहिए हड़ताल के मर्ज के लिए

हड़ताल के मर्ज के लिए डाक्टर की जरूरत भारत की राजधानी में एक अर्से से महसूस की जाती रही है और अब जब कि खुद राजधानी के डाक्टरों ने हड़ताल कर दी है यह जरूरत कुछ और भी आग्रह से प्रस्तुत हुई है। देश की अन्य हड़तालों की तरह इसकी शुरुआत भी ऐसी घटना को लेकर हुई जिसमें आए दिन का एक मसला कुछ नाटकीय रूप से पेश हुआ। राजधानी के एक अस्पताल में किसी रोगी की मृत्यु हो जाने पर उसके घर वालों ने सम्बद्ध डाक्टरों और नर्सों पर लापरवाही का आरोप लगाया। बताया जाता है कि इस सिलसिले में उन्होंने कुछ हाथापाई भी की। इस पर नर्सों ने हड़ताल की घोषणा कर दी फिर डाक्टर भी हड़ताली हो लिए।

डाक्टरों ने राजनीतिक हस्तियों और दफ्तरशाहों की लाट साहेबी पर एतराज किया। इस सिलसिले में जिस घटना का प्रमुख रूप से उल्लेख हुआ उसे भी हम आए-दिन के एक मसले का नाटकीय संस्करण कह सकते हैं। एक कार्यकारी पार्षद की कोई सम्बन्धी दाँत के दर्द से परेशान थी। इस सिलसिले में वह अस्पताल गए और उनका कहना है कि कैज्यूअल्टी विभाग का डाक्टर उनसे ठीक तरह से पेश नहीं आया। उधर सम्बद्ध डाक्टर का कहना है कि मैं उस समय एक गरीब बच्चे के फटे हुए सिर पर टांके लगा रहा था, उसे छोड़कर पार्षद महोदय की आवभगत करना मेरे लिए सम्भव नहीं था। इस डाक्टर का यह भी कहना है कि पार्षद महोदय ने इसे अनावश्यक रूप से अपनी प्रतिष्ठा का प्रश्न बना लिया और मुझे सबके सामने बड़े डाक्टर से झाड़ पड़वाई। यही नहीं, मुझे इस्तीफा लिख देने के लिए भी मजबूर किया गया।

ये दोनों ही घटनाएँ ऐसी हैं जो 'भारत दैट इज इंडिया' उर्फ 'लोकशाही दैट इज दफ्तरशाही' में रोजमर्रा घटती रहती हैं। इन घटनाओं को लेकर हड़ताल होना इस बात का संकेत देता है कि आए दिन की यह अंधेर-गर्दी फिलहाल बर्दाश्त से बाहर हो गई है। हड़ताल का इतने दिन चल जाना यह बताता है कि सरकार में ऐसे लोग शायद रहे ही नहीं जिनमें मामले रफा-दफा करा सकने की नैतिक और राजनैतिक शक्ति हो। रोज तरह-तरह के वक्तव्य जारी हो रहे हैं और हर पक्ष समझौते की सारी

जिम्मेदारी दूसरे पक्ष पर डाल रहा है। इस बीच मरीजों को जो परेशानी हो रही है, उससे किसी को कोई मतलब नहीं है। जनतन्त्र का अर्थ शायद हम जन-यंत्रणा लगाते हैं। जनता का राज हमारे लिए वह है जिसमें जनता को मुसीबत उठानी पड़े।

इसमें कोई शक नहीं कि हमारे अस्पतालों में भीड़-भाड़ इतनी ज्यादा रहती है और रोगियों की संख्या देखते हुए चिकित्सा की सुविधाएँ इतनी कम होती हैं कि हर मरीज को सन्तोषप्रद सेवा-शुश्रूषा मिल नहीं पाती। इस वजह से मरीजों और उनके रिश्तेदारों को शिकायत होना स्वाभाविक है। काम के बोझ के कारण डाक्टरों का चिड़चिड़ा उठना भी उतना ही स्वाभाविक कहा जाएगा। सुविधा के अभाव और कार्य के आधिक्य की यह स्थिति अस्पतालों में ही नहीं, देश के लगभग सभी संस्थानों में है। कार्यकुशलता के आधुनिक और लोकतन्त्रात्मक मानकों के अनुसार जितना और जैसा प्रबन्ध चाहिए उतना और वैसा प्रबन्ध हमारे यहाँ शायद ही कहीं होता हो। इसके अभाव में पूरी ईमानदारी से काम करने के मतलब होते हैं अपने ऊपर बोझ बहुत बढ़ा लेना। जरूरत से ज्यादा काम करना साधारण रूप से किसी भी व्यक्ति को पसन्द नहीं होता, और तब तो खास कर जब श्रम और त्याग के लिए सरकार और समाज में ऊपर से लेकर नीचे तक कोई उत्साह न हो।

कार्य-क्षमता के आधुनिक और लोकतन्त्रात्मक मानकों के अनुसार सारे प्रबन्ध को अपूर्ण सिद्ध कर देने के बाद हम उतना भी काम करने को प्रस्तुत नहीं होना चाहते जितना अधूरे साधनों से सम्भव हो। अधूरी व्यवस्था के अन्तर्गत हम कार्यकुशलता के ठेठ सामन्ती मानकों का उपयोग करने लगते हैं और लोकशाही के आँगन में दफ्तरशाही मजे से फलती-फूलती है।

मुसीबतें मिल-बाँट कर उठा लेना, राहत के लिए अपनी-अपनी आवश्यकता को देखते हुए सही क्रम से प्रस्तुत होना—यह सब हम नहीं सीखना चाहते। क्यू और कानून तोड़ने के लिए हम हर जगह, हर सम्भव और असम्भव उपाय आजमा देखना चाहते हैं। यही वजह है कि अस्पतालों में इलाज कराने तक के लिए सिप्पे और सिफारिश की दरकार होने लगी है। बड़े आदमी अपने पद के प्रताप का पूरा सुख उन संस्थाओं में भी भोगना चाहते हैं जिनके सुचारु संचालन के लिए मानवीय दृष्टि और लोकतन्त्रात्मक पद्धति का निर्वाह अनिवार्य है। जब बड़े आदमी यह सब करने हैं तब मामूली आदमी 'सोर्स भिड़ाने' का महातम सीखने-सिखाने लगते हैं।

इस तरह हर संस्थान में आवश्यकताओं का नहीं, दबावों का क्यू लगता है। ज्यादा वजनदार दबाव को पहले और कम वजनदार को बाद में निबटाते हुए हर कर्मचारी कार्यकुशलता के सारे मानक ताक पर रखता चला जाता है। फिर 'गरीबों की कोई सुनवाई न होने' का शोर मचता है और इस शोर से भ्रष्टाचार दूर करने का

संकल्प नहीं, भ्रष्टाचार में आस्था बढ़ा देने का वातावरण बनता है। होते-होते एक ऐसी स्थिति आती है जिसमें किसी भी पक्ष के लिए, किसी भी स्तर पर सदाचार सम्भव नहीं रह जाता। आज हमारे देश में ऐसी ही अराजक स्थिति पैदा हो रही है। अस्पताल तक उसकी चपेट में आ गए हैं। इसी वातावरण में चिकित्सा जैसी आवश्यक सेवा में हड़ताल हो सकी। अब आवश्यकता ऐसे नेतृत्व की है जो देश में लोकतन्त्र की नैतिकता प्रतिष्ठित कर सकने का नैतिक साहस रखता हो।

# हर व्यक्ति को प्रधानमंत्री बना दीजिए

तेलुगु-भाषी आन्ध्र राज्य की स्थापना की माँग से कभी इस देश में राज्यों के पुनर्गठन का सिलसिला शुरू हुआ था। आज उसी आन्ध्र का तेलंगाना क्षेत्र एक अलग राज्य के रूप में स्वीकार किए जाने की माँग पेश कर रहा है। इस बात की पूरी आशंका है कि यह माँग आन्ध्र के ही नहीं, अन्य राज्यों के भी विघटन की जननी सिद्ध हो। एक चक्कर खत्म हुआ कि दूसरा चल निकला। इतिहास अपने को दुहराता है। यह विडम्बनापूर्ण पुनरावृत्ति सर्वथा द्रष्टव्य है।

जब आन्ध्र राज्य की स्थापना के लिए आन्दोलन हुआ था तब ऊपरी तौर से भाषाई व्यक्तित्व का आग्रह अधिक था। यह कहा जा रहा था कि विभिन्न भाषा-भाषी प्रदेशों को विभिन्न राज्यों का रूप देना प्रशासनिक दृष्टि से भले ही कुछ असुविधाजनक हो, सांस्कृतिक उत्थान की दृष्टि से परम आवश्यक है। इस ओर ध्यान दिलाया गया था कि कांग्रेस ने स्वाधीनता-संघर्ष के दौर में राज्यों के भाषावार पुनर्गठन की आवश्यकता और उपादेयता स्वीकार की थी। इसी आधार पर राज्यों के भाषावार पुनर्गठन के लिए कमीशन बैठाया गया, लम्बी-चौड़ी जाँच हुई और फिर कुछ महत्त्वपूर्ण निर्णय किए गए। इन निर्णयों के अनुसार भाषाई राज्यों की स्थापना हुई। इससे जनसाधारण को क्या लाभ हुआ—यह कह सकना मुश्किल है। जिस सांस्कृतिक उत्थान का जिक्र होता रहा था उसके लिए राजनीति में कहीं कोई स्थान रह नहीं गया था। भाषावार राज्य बनने से विभिन्न क्षेत्रों का खालिस व्यक्तित्व उभरता और ये व्यक्तित्व मिलकर किसी विशिष्ट भारतीय व्यक्तित्व का निर्माण करते तो कुछ बात बनती। लेकिन अधकचरी अंग्रेजियत अपनी जगह बनी रही, बल्कि कुछ और भी बढ़ गई। भाषाई राज्य बन्नने से इतना ही हुआ कि सत्तारूढ़ दल के कुछ और व्यक्तियों को मुख्य मन्त्री और मन्त्री बनने का सुअवसर मिला और इन नए सत्ताधारियों के कृपापात्र अफसरी के नए ओहदे बनवा और पा सके। भाषा तक किसी सांस्कृतिक व्यक्तित्व की नहीं, नौकरशाही लूट की वाहिनी बनी।

आन्ध्र की स्थापना के समय भी यह स्पष्ट था कि भाषावार राज्य बनाने की माँग के मूल में कोई सांस्कृतिक नहीं, शुद्ध राजनीतिक और आर्थिक आग्रह है। जो लोग किसी बहुभाषी क्षेत्र के अन्तर्गत अल्पसंख्यकों की बिरादरी में आ गए हैं, वे अपना अलग राज्य बनवाकर राजनीतिक सत्ता चाहते हैं और मानते हैं कि सत्ता हाथ में आ

जाने पर आर्थिक उन्नति अपने आप ही आ जाएगी। एक ही भाषा बोलने वालों में भी सत्ता-संघर्ष की नौबत आ सकती है इस बात का भी तब पूरा इमकान था। तेलंगाना क्षेत्र आन्ध्र में अपनी स्थिति के विषय में खासा आशंकित था और उसे आश्वस्त करने के लिए विशेष व्यवस्था करनी पड़ी थी। यह व्यवस्था कानूनी दृष्टि से लोकतन्त्र के विरुद्ध ठहरती थी। यों भी इसके पालन में सत्ताधारियों ने कोई खास उत्साह दिखाया नहीं। राजनीतिक सत्ता की दौड़ में भी तेलंगाना पीछे रहा। और आर्थिक दृष्टि से वह पहले से ही पिछड़ा हुआ था। लिहाजा तेलंगाना के अलग राज्य की माँग बुलन्द हो गई।

इस माँग को पूरी तरह न मानते हुए तेलंगाना-वासियों की तुष्टि के लिए जो उपाय किए जाएँगे वे शायद ही कारगर हों। तेलंगाना वाले को उप-मुख्यमन्त्री बनाने का रिवाज शुरू किए जाने की चर्चा है। लेकिन उप-मुख्यमन्त्री आखिर अलग तेलंगाना लेकर मुख्यमन्त्री क्यों न बन जाए! सब आन्दोलन की जड़ में सत्ता का यही सीधा-सा सवाल है। यों होते-होते शायद कभी हर जिले को राज्य का दर्जा देने की और हर व्यक्ति को प्रधानमन्त्री बना देने की नौबत आ जाए। हमारी राजनीति का मूल तर्क बहुत तेजी से इसी परिणति की ओर बढ़ रहा है। आश्चर्य, असंगति और अनर्थ यह है कि इस क्रम में हमें कहीं कुछ भी आश्चर्यजनक, असंगत या अनर्थकारी नजर आ नहीं रहा है।

एक ही दल के मन्त्रिमण्डल में अनेक गुट होना और हर गुट द्वारा अपने नेता को दल के निर्वाचित नेता से बड़ा समझा जाना हमारे लिए एक रोजमर्रा की-सी चीज हो गई है। छुटभैये नेताओं की लड़ाई में बड़भैयों की महत्त्वाकांक्षाएँ ही टकरा रही हैं यह जानकर हमें कोई परेशानी नहीं होती। दल-बदल की बीमारी को 'अत्यन्त चिन्ताप्रद' ठहरा चुकने के बाद अब हम सर्दी-जुकाम मान बैठे हैं। सत्ता का मौसम बदलने पर यह मामूली-सा मर्ज हो ही जाता है। मन्त्रिमण्डलों का आकार तेजी से बढ़ रहा है। कांग्रेसी तथा गैर-कांग्रेसी दोनों तरह की सरकारों में 'उप' प्रत्यय से विभूषित दूसरे नम्बर का एक विशिष्ट स्थान दल के भीतर के मुख्य प्रतिद्वन्द्वी की तुष्टि के लिए बनाया जा रहा है। ये इस बात के लक्षण हैं कि लोकतन्त्र को सिद्धान्तहीन सत्ता-संघर्ष का पर्याय मानने वाली राजनीति अपनी और अपने साथ सारे राष्ट्र की हास्यास्पद गति कराने पर तुली हुई है। जाहिर है कि इसके चलते आर्थिक दशा और प्रशासनिक व्यवस्था सुधारने का कोई ठोस आयोजन हो नहीं सकता। ऐसे आयोजन के अभाव में राज्य केन्द्र को, केन्द्र राज्यों को, क्षेत्र क्षेत्र को, जिला जिले को, धर्म धर्म को, जाति जाति को, नेता उप-नेता को, उप-नेता नेता को, सत्तारूढ़ दल प्रतिपक्ष को, प्रतिपक्ष सत्तारूढ़ दल को कोसते रह सकता है। मृतप्राय देश में राजनीति आन्दोलित रह सकती है।

# कितनी तारीक हुई कौम की मंजिल साकी

आहट तक सुनाई नहीं दी। किस कदर दबे पाँवों आई कजा। ले चली। चले। चले गए। पहली खबर देने का श्रेय उसी चिरपरिचित अफवाह को मिला, आकाशवाणी को नहीं–'प्रेसिडेंट गुजर गए।' कानों पर विश्वास नहीं हुआ–'कौन जाकिर साहेब? अजी नहीं! अभी सवेरे तो...'

लेकिन कुछ घंटों में खबर सरकारी तौर पर दे दी गई। 'ताजा खबर' की तख्तियों में नए अक्षर लटकाए जाने लगे। अखबारों के दफ्तरों के आगे भीड़ जमा होने लगी। नए अक्षर, नए शब्द, और एक नई मनहूस खबर–'राष्ट्रपति नहीं रहे।'

सारा राष्ट्र शोक में डूब गया। यह शोक महज औपचारिक राजकीय शोक नहीं था। हर किसी को एक युगान्त का बोध हुआ। जटिल भावी समस्याओं की त्रासद प्रतीति हुई। शायर और संसद-सदस्य पंडित आनन्दनारायण मुल्ला के शब्दों में–

**"एक ही शमअ बुझी मौत के हाथों लेकिन**
**कितनी तारीक हुई कौम की मंजिल साकी!"**

एक-एक करके उस दौर के सभी लोग हमारे बीच से उठते जा रहे हैं जिस दौर में इस देश ने महत्ता का स्वप्न देखा था। उस दौर में हम यह मानकर चल सके थे कि भारतीय उप-महाद्वीप भौगोलिक ही नहीं, राष्ट्रीय संज्ञा भी है। हमारी एकता और अखंडता अंग्रेजों के औपनिवेशिक प्रशासन की सुविधा की नहीं, हमारे जीवन और दर्शन के समूचे विधान की देन है। हम पहले सारे देश के हैं, अपने-अपने धर्म, प्रान्त और जाति के बाद में। यह भी कि हम अपने राष्ट्रीय संस्कारों के प्रति सच्चे रहते हुए अपने देश और समाज को आधुनिक बना सकते हैं। डॉक्टर जाकिर हुसैन इसी दौर के नुमाइन्दे थे। इसीलिए पुनर्जागरण के अन्य पुजारियों की तरह उन्होंने विद्या-प्रसार और समाज-सुधार को राजनीति से अधिक महत्त्वपूर्ण माना। उन्होंने ऊँची से ऊँची विदेशी शिक्षा प्राप्त की लेकिन स्वदेशी संस्कार नहीं छोड़े। वह मजहब के पाबन्द रहे लेकिन यह मानकर कि असली मजहब आपस में बैर रखना नहीं सिखाता।

इस दौर के राष्ट्रवादियों के स्वाधीनता-संघर्ष की परिणति सर्वथा विडम्बनापूर्ण हुई। भारतीय उप-महाद्वीप आजाद तो हुआ मगर दो टुकड़ों में बँट कर। दो राष्ट्रों का सिद्धान्त न मानते हुए भी मान लिया गया। यह एक विराट स्वप्न-भंग की घड़ी थी लेकिन आजादी की खुशियों में हम इस दर्द को नजरअन्दाज कर गए। लेकिन भीतर-ही-भीतर हम जानते थे कि यह विभाजन अपनी लघुता का पहला ही स्वीकार है। सत्ता की राजनीति नित नई विभाजक-रेखाएँ खींचती चली गई और हम टुकड़ों में बँटते चले गए। हम यह मानकर चले थे कि देश में ऐसे दो-एक दल प्रमुख रहेंगे, जो राष्ट्रवादी, धर्मनिरपेक्ष और मध्यममार्गी होंगे। इसी हिसाब से हमने अपने को लोकतन्त्रात्मक संघीय संविधान दिया था। लेकिन अब तक यह सब कोरा भरम सिद्ध हो चुका है।

डा. जाकिर हुसैन का राष्ट्रपति-पद के लिए निर्वाचन इन्हीं बिगड़ती हुई परिस्थितियों में हुआ था। यह पहला अवसर था जब कि राष्ट्रपति-पद के लिए उम्मीदवार तय करने में कांग्रेसियों में भी काफी मतभेद हुआ था। यह पहला अवसर था जब कि प्रतिपक्ष के विभिन्न दलों ने मिलकर राष्ट्रपति-पद के लिए कांग्रेसी उम्मीदवार के खिलाफ अपना एक उम्मीदवार खड़ा किया था। जाकिर साहेब अगले जमाने के आदमी थे और उनकी अच्छाई राष्ट्रपति के पद की गरिमा को समसामयिक राजनीति की कटुता से बचाए रख सकी।

डा. जाकिर हुसैन के उठने के साथ ही देश के इस सर्वोच्च पद को रोजमर्रा की राजनीति से परे रख सकने का युग सामप्त हो चला है। राष्ट्रपति को संयत, सुशील और समृद्ध राष्ट्र को दार्शनिक गरिमा और पितृवत आशीर्वाद प्रदान करने वाला नितान्त औपचारिक और आलंकारिक पदाधिकारी मान सकना असम्भव होता जाएगा। सन् 72 के चुनाव के बाद विधानसभाओं और लोकसभा का राजनीतिक नक्शा क्या होगा, इसकी चिन्ता सत्ता की राजनीति को अभी से परेशान किए हुए है। विभिन्न दलों में भीतर-ही-भीतर मात्र सत्ता-प्रेम के आधार पर ध्रुवीकरण शुरू हो चुका है। केन्द्र बनाम राज्य की भावना खुले तौर पर जोर पकड़ती जा रही है। राजनीतिक हस्तियाँ आगामी आम चुनाव के बाद केन्द्र में मिली-जुली सरकार बनने की सम्भावना के आधार पर विभिन्न गठजोड़ों की उपयोगिता कूतने में जुट गई हैं। अब आगामी चुनाव और उसके बाद के दो वर्षों तक के लिए जो राष्ट्रपति चुना जाएगा उसे सत्ता की राजनीति का यह सारा यथार्थ भोगना ही पड़ेगा। सम्भव है कि उसे स्वयं भी कुछ मामलों में हस्तक्षेप के लिए अपनी सत्ता का उपयोग करना पड़े। इसलिए राष्ट्रपति-पद के लिए उम्मीदवार का चयन और निर्वाचन भी अब अपेक्षाकृत बहुत कठिन हो सकता है। राष्ट्र-निर्माण की जिस गाँधीवादी परिकल्पना से डा.

जाकिर हुसैन जैसे लोग प्रेरित हुए थे, उसके लिए उठा-पटक की नई राजनीति में कोई जगह नहीं रही है। इन लोगों के रहते हम उस परिकल्पना के किसी अंश में हमारे मध्य उपस्थित होने का थोड़ा-बहुत भरोसा कर सकते थे। लेकिन अब हमें आशंका है कि कहीं फूल के साथ खुशबू भी दफ्न न हो जाए। यथार्थ अपनी पूरी क्रूरता के साथ हमारे सम्मुख प्रस्तुत हुआ चाहता है। अगर हम अपनी सारी आन्तरिक शक्ति लगाकर उस पर हावी न हुए तो वह हम पर हावी हो जाएगा।

# कौन होगा राष्ट्र की डगमगाती नैया का खेवैया?

एक ऐसे राष्ट्रपति की, जो मात्र शोभार्थ न हो। एक ऐसे दलपति की, जो विभिन्न राजनीतिक दलों की डफलियों को एक राग और लय में बाँध सके। एक ऐसे सेनापति की, जो दुश्मनों के इरादों को उनके भ्रू-विपेक्ष से ही भाँप कर उन्हें मसल दे। एक ऐसे लोकपति की, जिसमें जनमानस का सच्चा प्रतिबिम्ब झलकता हो। एक ऐसे करुणापति की, जो देश के दुख-दर्द से विह्वल हो सके। एक ऐसे विधानपति की, जो हमारे संविधान की व्याख्या लोकहित में कर सके। एक ऐसे मानवपति मनु की, जिसमें राष्ट्र का पति होने की पूर्ण क्षमता विद्यमान हो।

1972 का चुनाव आ रहा है। उस समय केन्द्र में कौन-सा राजनीतिक दल शक्ति-सम्पन्न होगा, कहा नहीं जा सकता। कांग्रेस की वर्तमान स्थिति भी तब रह पाएगी या नहीं, कौन जाने! आज उसके धनी-धोरी भी यह दावा नहीं कर सकते। उन्हें भी द्विविधा है। पंचमेल सरकार का चित्र ही 72 के क्षितिज पर उभरता नजर आ रहा है। तब क्या होगा! उस माहौल में कौन होगा राष्ट्र की डगमगाती नैया का खेवैया? किन सबल हाथों में पतवार होगी? कौन विपरीत दिशागामी राजनीतिक दलों की रास को कसकर देश के हित में संचालित कर सकेगा?

बदलते समय के परिप्रेक्ष्य में राष्ट्र की सत्ता कार्यतः एवं व्यवहारतः राष्ट्रपति के हाथों में ही रहेगी। अब तक तो आपात्कालीन स्थिति में ही राष्ट्रपति के हस्तक्षेप का प्रश्न उठता रहा है। वैसे राष्ट्रपति के अधिकार का प्रश्न एक बार और उठ चुका है। वह जिस तरह उठा था, उसी तरह दब भी गया। उस समय राष्ट्रपति थे राष्ट्ररत्न डा. राजेन्द्रप्रसाद और प्रधानमन्त्री थे लोकनायक पं. जवाहरलाल नेहरू। उस समय देश एक दल के शासन के अन्तर्गत था। देश में उतनी अशान्ति नहीं थी। तब केन्द्र में और प्रान्तों में कांग्रेस का पर्याप्त बहुमत था। उस समय लोकसभा में कांग्रेस के 371 सदस्य थे। वह और समय था। अब और है। इस समय लोकसभा में कांग्रेस के 283 सदस्य हैं। कल कुछ और स्थिति हो सकती है। अब हमें राष्ट्रपति की कल्पना कल के परिप्रेक्ष्य में करनी चाहिए।

राष्ट्रपति के अधिकार की थोड़ी चर्चा इस सन्दर्भ में समीचीन होगी। संविधान की वैज्ञानिक मीमांसा तो विवादास्पद हो सकती है, लेकिन उससे परे हटकर भी उस

पर विचार तो किया ही जा सकता है। अधिकार के प्रश्न पर हमें अपने राष्ट्रपति की स्थिति क्या ब्रिटेन के राजा की तरह की समझनी चाहिए? ब्रिटेन का राजा या रानी अपने मन्त्रिमण्डल के परामर्श से ही कुछ कर सकते हैं। शासन मन्त्रियों का होता है। नाम अवश्य नाममात्र के सम्पूर्ण अधिकार सम्पन्न राजा का होता है। एक दूसरी स्थिति आती है अमेरिकी राष्ट्रपति की। ब्रिटेन के राजा और अमेरिका के राष्ट्रपति के अधिकारों का प्रश्न हमारे सम्मुख विचारणीय इसलिए हो उठता है, क्योंकि हमारा संविधान मूलतः ब्रिटेन और अमेरिकी संविधान की कतरन है। अमेरिका का राष्ट्रपति सम्पूर्ण अधिकारों का एकमात्र स्वामी होता है। वह अपने मन्त्रियों की सलाह माने या न माने, यह उसकी अपनी मर्जी होती है। वह सच्चे अर्थों में राष्ट्रपति और देश का नियंता होता है। हमारा राट्रपति न तो ब्रिटेन की तरह का राजा है, क्योंकि भारत गणराज्य है और न अमेरिकी राष्ट्रपति की तरह वह सामान्य परिस्थितियों में अपने अधिकारों का उपयोग कर सकता है। हमें क्या अपने राष्ट्रपति की स्थिति इन दोनों के बीच की समझनी चाहिए? आगामी चुनाव के सन्दर्भ में राष्ट्रपति के अधिकारों में संशोधन की पर्याप्त सम्भावनाएँ उभरती नजर आ रही हैं।

इधर लोकसभा के सदस्यों का ध्यान एक नवीन सम्भावना की ओर गया है। वह यह है कि यदि मरण या त्यागपत्र के कारण राष्ट्रपति न रहे और नए राष्ट्रपति के चुनाव तक स्थानापन्न या कार्यकारी उपराष्ट्रपति की मृत्यु अथवा किसी अन्य कारण से स्थान रिक्त हो जाए तब क्या होगा, ऐसी आसन्न स्थिति के सम्बन्ध में प्रधानमन्त्री ने शीघ्र ही एक विधेयक रखने का आश्वासन दिया है।

राष्ट्रपति के चुनाव को लेकर राजनीतिक क्षेत्रों में एक हंगामा-सा हो रहा है। कांग्रेसी क्षेत्रों में वर्तमान कार्यवाहक राष्ट्रपति के इस वक्तव्य से और भी सरगर्मी बढ़ गई है कि उन्हें यदि राष्ट्रपति नहीं बनाया गया तो वह उपराष्ट्रपति रहना भी पसन्द नहीं करेंगे। उन्होंने अपना मन्तव्य प्रधानमन्त्री को बता भी दिया है। साथ ही कांग्रेस के हाई कमाण्ड को भी उन्होंने अपने भावी रुख से अवगत करा दिया है। कांग्रेस अध्यक्ष श्री एस. निजलिंगप्पा भी इस सम्बन्ध में मौन हैं। दक्षिणपंथी नेताओं ने भी अभी कोई निर्णय नहीं लिया है। श्री जगजीवन राम को ले कर कई तरह की अटकलबाजियाँ चल रही हैं। गिरि इस बात से खिन्न हैं कि राष्ट्रपति के चुनाव को लेकर अब तक की परम्परा का पालन न कर, उसे बदलने का उपक्रम हो रहा है। पाटिल की जीत से कांग्रेस-क्षेत्र में नई सम्भावनाएँ उभर सकती हैं। यह स्थिति तो कांग्रेस के भीतर की है। अन्य राजनीतिक दलों में भी भावी राष्ट्रपति को लेकर विचार-विनिमय बड़ी तीव्रता से चल रहा है।

इसमें कोई सन्देह नहीं कि राष्ट्रपति के चुनाव की कमान अब भी कांग्रेस के हाथ में ही है। उसके लिए अपने मन का राष्ट्रपति चुनवा ले जाना अधिक सम्भव है। नया राष्ट्रपति आगामी 5 वर्षों के लिए चुना जाएगा। अर्थात् 1972 के चुनाव के बाद भी वह दो वर्षों तक राष्ट्रपति बना रहेगा। यहाँ विचारणीय प्रश्न यह है कि यदि आगामी चुनाव में कांग्रेस का बहुमत केन्द्र में स्थापित न हो सका तो मिली-जुली सरकार के साथ राष्ट्रपति का सम्बन्ध कैसा रहेगा? यदि संघर्ष चला तो देश के लिए एक नए दुर्भाग्य का श्रीगणेश होगा। उलझनें केवल केन्द्र में ही नहीं होंगी। राज्यों की विभिन्न समस्याएँ भी इसके साथ नत्थी रहेंगी। हमारा गणतन्त्रीय संविधान संघरूप का है। शासन का अधिकार राज्यों के हाथ में होते हुए भी वह केन्द्र से भी चोली-दामन की तरह सम्बद्ध है। राज्य केन्द्र की सहायता पर निर्भर है। उनकी चोटी केन्द्र के बलिष्ठ हाथों में हमेशा फँसी रहती है। अब भी अ-कांग्रेसी राज्यों और केन्द्र के बीच अधिकार के प्रश्न को लेकर खींच-तान चलती रहती है। इसमें कोई सन्देह नहीं कि केन्द्र का शक्तिशाली होना अन्तर्राष्ट्रीय और सामरिक दृष्टि से महत्त्वपूर्ण है। भावी स्थितियों में केन्द्र और विशेष कर राष्ट्रपति का महत्त्व बहुत बढ़ जाता है। भारत के लिए यह अशोभनीय होगा कि वह अपनी घरेलू समस्याओं और झगड़ों को ही समेटता रहे और उसके शत्रु अपनी सड़कें और सीमा बढ़ाते रहें।

इन सम्भावनाओं और स्थितियों में हमें राष्ट्रपति का चुनाव करना है। कौन है वह मनु राष्ट्रपति, जिसके पास जाकर हम प्रणत भाव से एक बार फिर से यह कह सकें कि 'भगवन्, आओ हमारा उद्धार करो और हमारे लोकतन्त्र को रक्षित रखो।'

# निष्क्रिय कर्मण्यता के बढ़ते कदम

जिस तरह विविध भारती का विज्ञापन-विभाग एक अच्छे-खासे रस या भक्ति-गीत की सरसता को बीच-बीच में अपने विद्रूप स्वर से विरस कर जाता है, उसी तरह देश की गृहस्थी को आए दिन के हंगामे उत्तरोत्तर विच्छिन्न करते जा रहे हैं। कोई-न-कोई घटना कोने-अँतरे में अपना मुँह बाए खड़ी मिलती है। हमेशा आशंका बनी रहती है। कहाँ, कब, क्या हो जाए—इसका कुछ ठिकाना नहीं। यह एक अजीब मनोवैज्ञानिक सत्य है कि कभी-कभी शान्तिप्रियता भी शान्ति के अभाव में अशान्ति को गलबहियाँ दे अपनी झेंप या निष्क्रियता मिटाना चाहती है। निष्क्रिय शान्तिप्रियता भी कभी-कभी मनुष्य को विचलित कर जाती है और वह घर के सामने से गुजरते हुए हंगामे के पीछे अकारण चलने लगता है। मुट्ठी भर हंगामाई लोगों के आंतक की सफलता का राज खंचिया भर निष्क्रिय शान्तिप्रिय नागरिकों की अकर्मण्यता किंवा अकारण कर्मण्यता के अतिरेक में कुण्डली मारे बैठा रहता है। इस तथ्य को इस कथ्य द्वारा अधिक स्पष्ट किया जा सकता है—'एक बार किसी कुल्फी वाले का खोमचा स्कूली लड़कों ने लूट लिया। कुछ देर तक तो वह स्तब्ध-सा खड़ा रहा, लेकिन उसे अपनी निष्क्रियता जँची नहीं। अचानक वह भी लूटने वालों के साथ अपनी ही कुल्फियों की लूट में शामिल हो गया।'

देश का माहौल आज कुछ ऐसा ही है। हम अपने लुटेरे स्वयं बने हुए हैं। कुछ अज्ञानवश, कुछ परिस्थितिवश और शेष अकर्मण्यतावश। हम लुट रहे हैं या लूट रहे हैं, बात एक ही है। वामपंथी बनकर हम चुनावों में विदेशी सहायता लें या दक्षिणपंथी बनकर देश की रक्षा के दावेदार बनकर ऐन मौके पर सोते रहें, बात एक ही है। धातु वही 'लुण्ट' है। क्रिया सकर्मक और अकर्मक दोनों।

हाल ही में हमारे गृहमन्त्री श्री यशवन्त राव चव्हाण ने लोकसभा में यह स्वीकार किया है कि पिछले आम चुनावों में विदेशी धन का उपयोग खुलकर हुआ है। इस शर्मनाक घटना की निरीह स्वीकृति में जितना क्लैब्य है, उतनी ही विस्फोटक है इसकी कार्यान्विति। हमारी सरकार का रवैया भी कम-वेश निगोड़ी पुलिस की तरह का बनता जा रहा है। फसाद से पूर्व जिस तरह वह कानों में तेल डाले और आँखों को बन्द किए दुर्घटना की प्रतीक्षा करती रहती है, वैसा ही रवैया हमारी सरकार ने भी अपना लिया है। सरकार न हुई कोई सूचना-केन्द्र हो गया! अकर्मण्यता के आंवे

में पकी-पकाई सूचना निष्काम भाव से देशवासियों को देकर, अपने कर्त्तव्य की इतिश्री समझ लेने वाली सरकार को प्रणम्य समझने के अलावा और चारा भी क्या है? इससे अधिक त्वरित-गति से खबर देने का काम कोई न्यूज एजेन्सी भी कर सकती थी!

सरकार की आँखों में अँगुली डालकर उसकी तन्द्रा तोड़ने का असफल प्रयास बहुत पहले से कतिपय जानकार संसद-सदस्यों और नेताओं ने किया था। लेकिन हमारी सरकार ऐसी है कि ऊँघती ही रही। 1967 में आम चुनाव हुए। उसके बाद मध्यावधि चुनाव भी हुए। विदेशी सहायता के बल पर वामपंथी नेताओं और पार्टियों ने सभी चुनावों में डटकर मुकाबला किया और दक्षिणपंथी पार्टियों की ध्रुवता विचलित कर दी, किन्तु सरकारी तौर पर इस तथ्य का प्रकाशन हो रहा है दो वर्षों और कई महीनों बाद।

यह भी तथ्य प्रकाश में आया है कि पश्चिमी बंगाल की संयुक्त मोर्चा सरकार जिस समय शपथ-ग्रहण कर रही थी, उस समय चीनी दूतावास के अधिकारी कलकत्ता में उपस्थित थे। इतना ही नहीं, रूसी 'रेडियो पीस एण्ड प्रोग्रेस' भी हमारे स्वनामधन्य नेताओं की आलोचना कर नमक छिड़कने में पीछे नहीं रहा।

देश की आन्तरिक स्थिति बड़ी जटिल होती जा रही है। राजनीति में अतिवादियों की मुखरता बढ़ रही है। पिछले दिनों हमारे गृह-मन्त्री चव्हाण ने अतिवादी दलों के साथ सख्ती से निपटने का ऐलान राज्यसभा में किया था। उन्होंने नक्सलवादी कनू सान्याल के नेतृत्व में गठित एक सर्वथा नवीन मार्क्सवादी-लेनिनवादी कम्युनिस्ट पार्टी की स्थापना को एक खतरनाक घटना भी माना है। कहा जाता है कि यह नई पार्टी माओ-त्से-तुंग के उस सिद्धान्त के आधार पर गठित हुई है, जो शक्ति का उत्स बन्दूक की नली मानते हैं। इस पार्टी के सम्बन्ध में जो इधर समाचार आए हैं वे तो और भी विभीषणी वृत्ति के परिचायक हैं। अब वे माओ के मानसपुत्र शक्ति का स्रोत केवल बन्दूक की नली को ही नहीं मानते, बल्कि शक्ति-संचयन और शिक्षण के लिए चीनी प्रशिक्षण के उम्मीदवार बने सीमा-अतिक्रमण के लिए सन्नद्ध एक निष्क्रिय सरकारी झपकी की राह देख रहे हैं।

जो कुछ भी इस समय देश में घटित हो रहा है, वह राष्ट्रीय सन्तुलन को बिगाड़ने में पर्याप्त सक्षम है। ऐसी स्थिति में यह स्वाभाविक है कि जनमानस में यह भावना गहरी पैठ जाए कि शासनाधिकार की भूखी राजनीतिक पार्टियाँ जनता से वोट तो ले सकती हैं, लेकिन उन्हें भौतिक, मानसिक और आध्यात्मिक पोषण नहीं दे सकतीं। एशिया और अफ्रीका के अधिकतर राज्यों में लोकतन्त्र का गला जिस तरह सेनाध्यक्षों द्वारा घोटा जा रहा है, उसी तरह यदि यहाँ की स्थिति ने भी पलटा खाया तो हमें उसको पुनरुज्जीवित करने में एक बार और अपने प्राणों की बलि देनी पड़ेगी।

# भीड़, भीड़ और भीड़

आज का मनुष्य एकाकी नहीं। वह भीड़ में है। वह भीड़ जो अपने आप जमा हो जाती है। वह भीड़ जो अपने आप छँट जाती है। वह भीड़ जो निष्क्रिय है। वह भीड़ जो सक्रिय है। वह भीड़, जिसका प्रत्येक व्यक्ति निकम्मा है। वह भीड़ जिसका प्रत्येक व्यक्ति नेता है। वह भीड़ जो भेड़ है। वह भीड़, जो भेड़िये की तरह भयानक है। वह भीड़ जो भिड़ की तरह किसी से भी भिड़ सकती है। वह भीड़ जो घेराव के जनक और बंगाल के वाणिज्य एवं उद्योगमन्त्री सुशील घाड़ा का भी लिहाज नहीं करती। वह भीड़....

गाँधी जी के नेतृत्व में एक दिन वही भीड़ राह-हाट और राजमार्गों में जमा हुआ करती थी। उसने डांडी-यात्रा की थी। नमक-कानून तोड़ा था। सन् बयालीस के आन्दोलन में 'करो-मरो' की बुलन्दी पर उसने ब्रिटिश शासन को थर्रा दिया था। उस भीड़ का अपना चरित्र था। अपनी संहिता थी। अपना दर्शन था। बुद्धि, व्यवहार, व्यापार और चरित्र में भिन्न होते हुए भी निरंकुश नहीं थी। उसमें मानसिक एकता की एषणा थी। राष्ट्रीय चरित्र का अंकुश था। उसकी अबाध यात्रा तब तक चलती रही, जब तक परदेशी लुटेरे उसी समुद्र के रास्ते पलायन नहीं कर गए, जिससे एक दिन वे समुद्र जैसी न बुझने वाली प्यास लेकर यहाँ आए थे।

आज यह कौन-सी भीड़ जमा हो रही है! यह चाहती क्या है? यह कहाँ जा रही है? इसका मालिक कौन है? यह कहना क्या चाहती है? इसका मैनिफेस्टो कहाँ है? क्या यह आक्रमणकारी भीड़ है, पलायनवादी भीड़ है, अवसरवादी भीड़ है, अर्जनात्मक भीड़ है, निरुद्देश्य भीड़ है या उत्तरदायित्वहीन भीड़ है?

जरा ठहरिए, गाँधी-भीड़ और इस भीड़ के बीच की भीड़ पर भी एक दृष्टि हम डालते चलें। वह भीड़, नवाबों की भीड़ थी। वह भीड़ जनता के नामी-गरामी नेताओं की भीड़ थी। वह भीड़, हारे-थके सेनानियों की भीड़ थी। वह भीड़, पिछलग्गू दलालों की भीड़ थी। देश स्वतन्त्र हो गया था। पाकिस्तान बन गया था। गाँधी जी की हत्या हो चुकी थी। पंचवर्षीय योजनाओं का दौर-दौरा शुरू हो चुका था। वह 1947 से 1960 तक का समय था। इसे आप स्वर्णकाल कह सकते हैं। इसे आप पतन की

पृष्ठभूमि कह सकते हैं। इसे आप जीवन के मूल्यों का अवमूल्यन-काल कह सकते हैं। इसे आप कांग्रेस-काल भी कह सकते हैं।

इस काल में राजसी वृत्ति के कांग्रेसी संगमरमर की तरह संसद-भवन और विधानसभाओं में चमकने लगे। तामसी वृत्ति के पिछलग्गू रायबहादुर मनोवृत्ति के दलाल नेताओं के पथ-प्रदर्शक बन गए। सात्विक वृत्ति के कार्यकर्त्ता नींव के पत्थर बनकर कुण्ठा और त्याग के द्वन्द्व में जमींदोज हो गए। इतिहास की पुनरावृत्ति हुई। राजनीति और व्यापार नीति में कोई फर्क नहीं रह गया। ऐय्याशी, भ्रष्टाचार, कदाचार, नेतागिरी के गुण, स्वभाव और कर्म बन गए। नेतृत्व प्रभुत्व का पर्याय बन गया। आस्थाविहीन सम्पर्कहीन नेतृत्व प्रभुता के मद में चूर हो गया। जब तक लौह पुरुष पटेल थे, लोकपुरुष नेहरू थे और थे राष्ट्रपुरुष डा. राजेन्द्र प्रसाद, तब तक इनके व्यक्तित्व का सम्मोहन भीड़ की दुर्दान्त प्रवृत्ति पर अंकुश डाले रहा। धीरे-धीरे ये स्तम्भ ढहते गए। तिब्बत पर निर्मम प्रहार हुआ। चीन का आक्रमण हुआ। पाकिस्तान भी हमारी पीठ में छुरा भोंकने से बाज नहीं आया। यह ठीक है कि हम इन दोनों युद्धों में हारे नहीं, लेकिन निर्बल नेतृत्व और बाहरी आक्रमणों की क्रोड़ में पंचमांगी वृत्ति एवं आयातित राजनीति पलने लगी। जनता तटस्थ हो कर तमाशबीन बन गई और भीड़ों के जादूगर अपना जादू-टोना लेकर भीड़ को सम्मोहित करने लगे।

भीड़ बढ़ने लगी। इसमें अवसरवादी आए, आक्रमणकारी आए, उत्तरदायित्वहीन तबका आया और अधिकतर वे लोग आए जिन्हें हम निःसंकोच, निरुद्देश्यवादी कह सकते हैं। सुदूर केरल से यह बढ़ती हुई भीड़ धुर पूरब की ओर बढ़ आई है। बिहार पर भी इसकी नजर पड़ चुकी है। आगे का कार्यक्रम अजाना होते हुए भी नाक की सीध को यदि उसका दिशा-बोधक यन्त्र माना जाए तो अनुमान तो लगाया ही जा सकता है।

पश्चिमी बंगाल में विशेषकर कलकत्ता व्यापार और उद्योग का एक महत्त्वपूर्ण केन्द्र है। देश के विभिन्न भागों से लोग काम की तलाश में वहाँ खिंचे चले जाते हैं। बड़े-बड़े उद्योग-धंधे और सरकारी कल-कारखाने वहाँ स्थापित हैं। देश की बेकारी को दूर करने की एक बहुत बड़ी जिम्मेदारी इस शहर विशेष पर है। आज वह नगर घेराव के घेरे में घिरा हुआ है। वहाँ का व्यापारी वर्ग परेशान है। उद्योग-धंधेदार आशंकित हैं। सामान्यजन भयभीत हैं। उपमुख्यमन्त्री ज्योति बसु के आश्वासन के बावजूद लोग भयमुक्त नहीं हो पा रहे हैं। यह भी आश्चर्य नहीं कि अब उस भीड़ को रोकने का मन्त्र संयुक्त मोर्चा सरकार भी आपाधापी में भूल गई हो और स्वयं

हतप्रभ हो। कुल मिलाकर स्थिति यह है कि कलकत्ता शहर आए दिन के हंगामों से निरापद नहीं है। वहाँ कभी भी लूटपाट मच सकती है।

क्या अब भी इस भीड़ को नहीं रोका जा सकता? क्या उस भूल की लेनी-देनी नहीं हो सकती, जो इसके मूल में है? क्या इस आस्थाविहीन भीड़ को कान पकड़कर वापस नहीं लौटाया जा सकता? '72 का चुनाव आ रहा है। ध्रुवीकरण का नारा उस सन्दर्भ में जोरों से बुलन्द किया जा चुका है। ध्रुवीकृत (!) संयुक्त मोर्चा सरकार की देन तो यह भीड़तन्त्र है! अब दक्षिणपंथी पार्टियों का ध्रुवीकरण कौन-सा गुल खिलाएगा, यह अभी से कहना छोटे मुँह बड़ी बात हो सकती है। देश का हित इसी में है कि दलगत राजनीति से ऊपर उठकर एक देशव्यापी राष्ट्रीयता का ध्रुवीकरण किया जाए, जो आयातित अराष्ट्रीयता को ढाल बनकर पीछे ढकेल सके।

# लोकतन्त्र राजतन्त्र का पर्याय बन जाएगा

कांग्रेस से लोग खुश नहीं हैं। फिर भी, सबसे अधिक मत अब भी कांग्रेस को मिल रहे हैं। इसका एक लोक-मनोविज्ञान है। आस्थावान मतदाता सोचता है कि जिन सेनानियों ने वर्षों तक त्याग-तपस्या की, घर-फूँक तमाशा देखा, जेल गए, देश को स्वतन्त्र कराया—वही लोग जब कुर्सी प्र बैठकर प्रभुता के मद में अकर्मण्य हो गए, तब इन छुटभइयों का क्या ठिकाना, जो कल तक पोतड़ों में लिपटे अँगूठा चूस रहे थे। जो नई पौध है, उसका मनोविज्ञान कुछ और तरह का है। वह इस वीर-पूजा से परे है। वैसे समय भी आस्थावान मतदाताओं की स्मृति को दिन-पर-दिन क्षीण करता जा रहा है। वह भी खीझ में है। नया खून तो कांग्रेस से प्रभावित ही नहीं होता। उसका वहाँ प्रवेश भी निषिद्ध है। जब तक आस्थावान परम्परा के मतदाता हैं, तब तक कांग्रेस की गाड़ी टुटरूं-टूं चलती रहेगी।

यह बात ठीक नहीं कि कांग्रेस ने देश के लिए कुछ नहीं किया। देश के विकास में उसका कम हाथ नहीं। यह बात अलग है कि महँगाई के साथ-साथ सामान्य जन का स्तर भी बढ़ गया। स्तर के साथ उसकी आकांक्षाएँ भी ऊँची और परिष्कृत हो गईं। उसे अब सामान्य विकास नहीं भाता। वह दुनिया की दौड़ के साथ, जब अपने देश की पहुँच की तुलना करता है, तब उसी तरह मर्माहत हो जाता है, जिस तरह मोर अपने पैरों को देखकर। लेकिन अब कांग्रेस के कर्णधारों और उसके नेतृवर्ग में वह ताजगी और रवानी नहीं रही, जो देश की रफ्तार के साथ अपेक्षित थी। महंती का दौर-दौरा शुरू हो गया। कुर्सियों पर, खासकर अपनी गद्‌दी पर नेताओं की दृष्टि स्थिर हो गई। उन्हें अपने उत्तराधिकारियों की चिन्ता नहीं रही। आज का नवजवान जब उनकी वज्रतुंड आँखों में यह सब कुछ पढ़ता है, तब स्वभावतः उसे खीझ होती है। 1921 से 1947 तक कांग्रेस में निरन्तर नया खून प्रवाहित होता रहा। उसने इधर के 22 वर्षों में अपने उसी धराऊँ ब्लड-बैंक के खून से ही अपने को जिलाए रखने का प्रयत्न जारी रखा। आश्चर्य की बात तो यह है कि इस लड़खड़ाहट में भी कांग्रेस-विरोधी राजनीतिक दल उससे पार नहीं पा रहे। अकेले लोहा लेने की क्षमता किसी एक पार्टी में नजर नहीं आती। उसे नीचा दिखाने के लिए कई पार्टियाँ मिलकर

कंधा लगा रही हैं। काश! इस कलयुगी हनुमान को आज उसकी शक्ति का बोध कराने वाला कोई जामवन्त मिलता!

जनसंघ, भारतीय क्रान्ति दल और स्वतन्त्र पार्टी के विलय की इधर चर्चा हुई, पर फल कुछ नहीं निकला। जब राजनीतिक दल अपने सिद्धान्तों को ताक पर रखकर विलय की बात करते हैं, तब हँसी आती है। गिरोहों का विलय समझ में आता है, लेकिन राजनैतिक दलों का? जिन कार्यक्रमों और सिद्धान्तों के आधार पर दल बनते हैं, वे क्या नितान्त पुस्तकीय होते हैं? दल और उसके अनुयायियों के परस्पर सम्बन्धों को लेकर एक मत यह हो सकता है कि अनुयायी की अपनी कोई सत्ता या महत्ता नहीं। वह जो कुछ भी है, अपने दल के लिए है। उसकी अपनी कोई आवाज नहीं। दल की आवाज ही सर्वोपरि है। अनुयायी की नैसर्गिक आस्था, सिद्धान्त और मान्यता दल के अगुआ की इच्छा या सनक के मातहत है। दूसरा मत यह हो सकता है कि अनुयायी दलों का महत्त्वपूर्ण अंग होता है, वह जिन सिद्धान्तों और मान्यताओं को स्वीकार कर दल के झण्डे के नीचे आता है, उस विश्वास की रक्षा करना दल के अगुआ का परम कर्त्तव्य होता है। निश्चय ही दूसरा मत लोकतान्त्रिक है। इस मत की अवज्ञा कर जो दल राजनैतिक मृग-मरीचिका के व्यामोह में दलों के विलयीकरण की बात करते हैं, वे निश्चय ही किसी आस्था और सिद्धान्त के कर्त्ता नहीं, हर्त्ता भले ही हों।

मान लिया कि एक दिन ये दल कांग्रेस को पराजित कर देंगे। फिर क्या होगा? क्या फिर सभी दल राम, लक्ष्मण, भरत और शत्रुघ्न की तरह मिलकर देश में रामराज्य स्थापित कर देंगे? या वरीयता की होड़ में अन्धक, भोज और वृष्णियों की तरह लड़कर समाप्त हो जाएँगे? यदि ऐसा हुआ तो यह देश विशुद्ध पदलोलुप राजनीतिज्ञों का अखाड़ा ही बना रहेगा। लोकतन्त्र राजतन्त्र का पर्याय बन जाएगा। राजतन्त्र साध्य बन जाएगा और लोकतन्त्र साधन। शासन जनसेवकों के हाथ में न रहकर सरकारी कर्मचारियों के हाथ में रहेगा। लोकतन्त्र के नाम पर राजतन्त्र शासन करेगा।

इधर कांग्रेस में भी ध्रुवीकरण की चर्चा है। प्रधानमन्त्री इसके पक्ष में नहीं। कुछ लोग यह भी कहते हैं कि ध्रुवीकरण भारत की आबोहवा के अनुकूल नहीं। यह विदेशी पौधा यहाँ नहीं फूलने-फलने का। ध्रुवीकरण के पक्ष-विपक्ष में बहुत-कुछ कहा जा सकता है। लेकिन कोई हमें यह बताए कि देर-सवेर कांग्रेस के पास इस ध्रुवीकरण के अलावा और चारा भी क्या है? राजनीति में पिटे-पिटाए मोहरे निष्क्रिय नहीं बैठने के! वे या तो दल बदलेंगे या ध्रुवीकरण के नाम पर पार्टी की न सही, पर अपनी गोटी लाल करने से बाज नहीं आएँगे। कांग्रेस टूट कर कई दलों में बँटती जा रही है। प्रसोपा, संसोपा, स्वतन्त्र भारतीय क्रान्ति दल, ऐसी राजनीतिक पार्टियाँ

हैं, जिनमें विशुद्ध कांग्रेसी रक्त प्रवाहित हो रहा है। भविष्य में भी विघटन का यह क्रम जारी ही रहेगा। और एक दिन कांग्रेस का भविष्य ही नहीं, वर्तमान भी खतरे में पड़ जाएगा।

राजनीतिक विचारधारा का अपना एक चिन्तन होता है, धर्म होता है और होती है उसकी अपनी आचार-संहिता। यह नहीं कि जहाँ भी इच्छा हुई अपना कम्बल उठाया और जा बैठे! जहाँ दल-बदल वैयक्तिक राजनीतिक असफलताजन्य विभीषण-वृत्ति है, वहाँ विलय या ध्रुवीकरण सामूहिकता के नाम पर वैयक्तिक राज्येषणा की रावण-वृत्ति। यह कहना गलत है कि 'वैयक्तिक आशा-निराशा, ही ध्रुवीकरण के मूल में हैं। बल्कि, यह कहना अधिक सही होगा कि ध्रुवीकरण वह 'लाइफ बेल्ट' है, जो पार्टी के जहाज के डूबने पर पदलोलुप राजनीतिज्ञ की कुर्सी को तो सुरक्षित रख ही सकता है।

# जय तेलंगाना नहीं, जय भारत

सुदूर दक्षिण से 'जय तेलंगाना' का उद्घोष सुनाई पड़ रहा है। गोलीकाण्ड, लूटपाट, विध्वंस एवं भीषण जनक्षति के बाद वहाँ अफगानिस्तान की यात्रा की पूर्वसन्ध्या में प्रधानमन्त्री को जाना पड़ा। वहाँ मौके पर स्थिति का मूल्यांकन कर उचित निर्णय करने के लिए गृहमन्त्री श्री य. ब. चव्हाण को भी जाना पड़ा। तेलंगाना के इस विक्षोभ को एक ओर असन्तुष्ट एवं निराश राजनीतिज्ञों की कार्यवाही कहा जाता है। दूसरी ओर यह भी कहा जाता है कि उन्होंने सत्ता ग्रहण करने के लिए समाज-विरोधी गुण्डा तत्त्वों को हिंसक एवं उपद्रवपूर्ण कार्य करने के लिए उकसाया हुआ है। प्रशासन की ओर से कहा जाता है कि यह आन्दोलन जनता का नहीं है, यह कानून और व्यवस्था को प्रतिष्ठित करने की समस्या है। स्थिति के निष्पक्ष प्रेक्षकों एवं विवेचकों का खयाल है कि तेलंगाना का विक्षोभ आज उस गम्भीर स्थिति में पहुँच गया है, जिसकी उपेक्षा उचित नहीं। पाँच महीने पहले जो केवल 'मुल्की' निम्न कर्मचारियों के भविष्य का प्रश्न था, आज वह तेलंगाना क्षेत्र की जनता के भाग्य का सवाल बन गया है।

प्रेक्षकों का कथन है कि पाँच महीने पहले तेलंगाना में अधिक से अधिक यही माँग थी कि शिक्षा, रोजगार, उद्योगों आदि के बारे में तेलंगाना के मुल्की (स्थानीय) लोगों को 1956 के समझौते के अनुसार न्याय मिलना चाहिए। सुप्रीम कोर्ट द्वारा 'मुल्की संरक्षण' की बात को अवैध घोषित करने पर इस आन्दोलन की आग प्रचण्ड हो गई। स्थिति का तकाजा था कि उसी समय उस समझौते को कार्यान्वित करने के बारे में केन्द्रीय और प्रादेशिक कार्यवाही की जाती। खेद है कि उसे उचित नहीं समझा गया। यह भी एक कटु तथ्य है कि तेलंगाना की बचत वहाँ के उपयोग में नहीं आई। वह प्रदेश के समृद्ध क्षेत्रों के अधिक विकास में लगी, इस कटु तथ्य से भी इनकार नहीं किया जा सकता कि 1956 में आन्ध्र प्रदेश का निर्माण होने के बाद प्रदेश का प्रशासन और नौकरियाँ आदि अंग्रेजी की दृष्टि से विकसित सरकार तथा रायल सीमा क्षेत्रों के व्यक्तियों के हाथ में केन्द्रित हो गईं। इन समृद्ध क्षेत्रों के किसान, पूँजीपति तेलंगाना का दोहन करने लगे। छोटी एवं बड़ी नौकरियों में भी

मुल्की लोगों की पूछ न रही। यह सब क्षेत्रीय शोषण तब तक चलता रहा, जब तक तेलंगाना के स्थानीय नेता सन्तुष्ट रहे, परन्तु जब उनका दलीय स्वार्थ खतरे में पड़ा तब उन्होंने तथ्यों के आधार पर जनता को दिखला दिया कि तेलुगु भाषा के आधार पर एक प्रदेश बनने के बावजूद तेलंगाना की जनता का भविष्य तब तक अन्धकारपूर्ण है, जब तक उसका पृथक प्रदेश न बनेगा।

सम्भव है कि केन्द्रीय नेताओं के प्रयत्नों से और केन्द्र के हस्तक्षेप से तेलंगाना का वर्तमान विक्षोभ सुलझ जाए। यह भी सम्भव है कि नए समझौते से क्षेत्र की पुरानी बचत तेलंगाना को वापस मिल जाए, यह भी व्यावहारिक है कि भविष्य में नौकरियों और प्रशासन में तेलंगाना के मुल्की लोगों को न्याय मिले।

यह सब सम्भव एवं व्यावहारिक होने के बावजूद तेलंगाना के इस विक्षोभ से कुछ बुनियादी प्रश्न हमारे सामने आए हैं। उनमें पहला बुनियादी प्रश्न हमारी 'टालने' की स्थायी प्रवृत्ति एवं रीति-नीति का है कि किसी भी समस्या को तब तक समस्या माना ही नहीं जाता, जब तक उसके लिए हिंसा, उत्पात, लूटपाट और अराजकता न हो। यद्यपि सरकार की ओर से समस्याओं के समाधान के लिए शान्तिपूर्ण उपायों के अवलम्बन की बात बार-बार कही जाती है, तथापि वह उन्हें सुलझाने के लिए तब तक अग्रसर नहीं हो जाती, तब तक तोड़-फोड़ एवं अशान्ति द्वारा उसके लिए उसे बाध्य नहीं कर दिया जाता। क्या तेलंगाना के इस विक्षोभ से केन्द्र और प्रदेश की सरकारें इस तथ्य को स्वीकार कर लेंगी कि अन्याय और असन्तुलन को दूर करना ही होगा, चाहे उसके लिए माँग की जाए या नहीं, अथवा उसके लिए कोई विक्षोभ या अशान्ति हो या न हो?

इस विक्षोभ से दूसरा बुनियादी प्रश्न यह भी उठता है कि क्या हमारे में अपने राष्ट्र के प्रति किसी प्रकार का प्रेम और भक्ति रह गई है? आज सुदूर दक्षिण से 'जय तेलंगाना' की आवाज गूँजी है, कल मध्य भाग से 'जय विदर्भ', 'जय विन्ध्य' का नारा लग सकता है, उत्तर से 'जय हिमदेश' की आवाज गूँज सकती है, पूर्व से 'जय बंग', 'जय कलिंग' का नारा उठ सकता है, पश्चिम से 'जय सौराष्ट्र', 'जय मरुभूमि' और पश्चिमोत्तर देश से 'जय खालसा' की वाणी बुलन्द हो सकती है। स्वभावतः जिज्ञासा होती है कि जब इन प्रदेशों, क्षेत्रों और जातियों की जय होगी तो हमारा देश कहाँ जाएगा? हम इतिहास की वह सीख नहीं भुला सकते कि विदेशी हमारे बन्दरगाहों में जम चुके थे, परन्तु हमारे देशवासी मिलकर उनका मुकाबला करने के स्थान पर मराठा-राजपूत, जाट-सिख, पेशवाई और मुगलाई के रूप में सब आपस में भिड़ रहे थे। आज इतिहास फिर अपने को दोहरा रहा है। गद्दियों, कुर्सियों और व्यक्तिगत स्वार्थों के लिए जैसे कुछ वर्ष पूर्व पृथक प्रान्तों की माँग की गई थी, वही

माँग अब क्षेत्रीय शोषण के विरुद्ध उठाई जा रही है। इन क्षेत्रीय शोषणों का अन्त होना चाहिए, आर्थिक असन्तुलन खत्म होना ही चाहिए, पर इन सबके साथ क्षेत्रों और प्रदेशों के नाम पर राष्ट्र की उपेक्षा एक पल के लिए भी सह्य नहीं होनी चाहिए। ये प्रदेश और क्षेत्र भारत राष्ट्र की सामूहिक समृद्धि एवं विकास के लिए हैं, ये अपनी विविधता एवं अक्षुण्णता रखते हुए भी भारत के विशाल पुष्पहार के हिस्से हैं। यदि इनकी प्रतिष्ठा और अक्षुण्णता के नाम पर राष्ट्र की उपेक्षा की गई तो उसे किसी भी रूप में अंगीकार नहीं किया जा सकता। तेलंगाना, विदर्भ, हरियाणा, हिमप्रदेश सबका विकास हो, सब समृद्ध हों, आर्थिक दृष्टि से सब सन्तुलित हों, इसके लिए सबको प्रयत्न करना ही होगा, परन्तु उसी के साथ भारत की उपेक्षा कर 'तेलंगाना' या दूसरे क्षेत्रों का उद्घोष सह्य नहीं हो सकेगा। आज हमें तेलंगाना का नहीं भारत का उद्घोष करना होगा।

# सवाल यह है कि सवाल क्या है?

भारत बेशुमार जवाबों का देश है। आप कहीं चले जाइए, किसी से बात कर लीजिए आपको एक से एक लाजवाब जवाब सुनने को मिल जाएँगे। लेकिन एक सवाल आपके मन में बना रहेगा। वह यह कि सवाल आखिर क्या है? वह कौन-सा मसला है जिससे हमारा जनमानस जूझ रहा है? वह कौन-सी समस्या है जिसके समाधान के लिए राष्ट्रमानस व्यग्र है? हमारे यहाँ के अखबार पहली बार पढ़ने वाले को या हमारे यहाँ की भाषणबाजी पहली बार सुनने वाले को यह धोखा हो सकता है कि भारत के सामने अनेक समस्याएँ हैं और भारतीय मानस उन समस्याओं से उद्वेलित है। लेकिन रोज अखबार पढ़ने वाले के लिए ये समस्याएँ और ये विवेचनाएँ रोजमर्रा की-सी बातें बन जाती हैं। इनका कोई महत्त्व उसके लिए नहीं रहता और वह यह जान जाता है कि राष्ट्र के नेताओं की भी इन समस्याओं के मारे कोई नींद हराम नहीं हो रही है।

आजादी के दो दशक बीत जाने के बाद भी जो समस्याएँ ज्यों-की-ज्यों हों उन्हें समस्या मान सकना भी एक समस्या है। अगर समाधान के सतत यत्न के बावजूद वे बनी रहतीं तो भी कोई बात होती। लेकिन यहाँ तो बस बीच-बीच में उनकी जोर-शोर से चर्चा होती है, उनके बारे में जोश-खरोश से आन्दोलन छेड़े जाते हैं और फिर इस भारी हाय-हत्या के बाद वही हुश, टाँय-टाँय के बाद वही फिस। यानी ये समस्याएँ नहीं, महज नारे हैं जिनका सत्ता-लिप्सा की आवश्यकताओं के अनुसार समय-समय पर उपयोग कर लिया जाता है। ये 'समस्याएँ' न हों तो आन्दोलन-विश्वासी राजनीति निहत्थी हो जाए। शायद इसीलिए वह इन 'समस्याओं' के समाधान के लिए चिन्तित नहीं रहती।

उन्नत तथा उन्नतिशील देशों की एक निशानी यह होती है कि वहाँ कोई सवाल तब ही उठाया जाता है जब कि उसका बुनियादी महत्त्व हो। और उठा लेने के बाद तब तक उसे सामने रखा जाता है जब तक उसके बारे में कोई अच्छा और पक्का फैसला न हो जाए। साधारण नागरिक तक इस मामले में आन का सच्चा साबित होता है। या तो वह किसी बात को 'बड़ी भारी बात' मानता नहीं और अगर मानता

है तो आखिरी दम तक उसके लिए लड़ता है। जब ब्रिटेन उन्नति के चरम शिखर पर था तब वहाँ के एक नागरिक ने चोरी के अभियोग में अपने बच्चे के नौसैनिक स्कूल से निकाल दिए जाने के विरुद्ध कई दशकों तक हर सम्भव कानूनी कार्रवाई की। जब देश की सभी अदालतों ने सैनिक अदालत के फैसले का पुनर्विचार करने से इनकार कर दिया तब उसने एक ऐसे विधान का सहारा लिया जो सदियों से प्रयुक्त नहीं हुआ था। इसके अन्तर्गत स्वयं राजा और संसद को सारे मामले का विचार करना पड़ा। इस सुनवाई में बच्चा चोरी के अभियोग से मुक्त कर दिया गया। यह बात अलग है कि वह तब तक रोजगार में लगा हुआ नौजवान बन चुका था और उसके नौसैनिक स्कूल में फिर से भरती किए जाने का सवाल ही नहीं उठता था। हमारे यहाँ राजनीति ने ऐसा कुचक्र चलाया है कि कोई भी बात कभी भी भावुकता के स्तर पर 'बड़ी' बना दी जा सकती है। इतनी बड़ी कि उसे लेकर खून-खराबा, आगजनी, लाठी-चार्ज और फायरिंग हो जाए। लेकिन वास्तविकता के स्तर पर कोई भी बात हमारे लिए कभी बड़ी बन नहीं पाती। वास्तविकता के स्तर पर 'सब चलता है।' राष्ट्र की गाड़ी भले ही अटक जाती हो!

क्या भारतीय उप-महाद्वीप की अखण्डता का सवाल हमारे लिए कभी बुनियादी महत्त्व का सवाल रहा था? अगर रहा था तो हमें विभाजन स्वीकार क्यों कर हुआ? और अगर स्वीकार हुआ तो दोनों खण्डों की सामरिक और आर्थिक एकता के लिए हम चिन्तित क्यों नहीं हुए? क्या भारत और पाकिस्तान का बैर हम बुनियादी मानते हैं? अगर मानते हैं तो कश्मीर हमने पहले संघर्ष में पूरा क्यों नहीं जीत लिया? और दूसरे संघर्ष के बाद सामरिक दृष्टि से महत्त्वपूर्ण स्थल हमने क्यों छोड़ दिए? क्या चीन को हम बुनियादी तौर से अपने अस्तित्व के लिए खतरनाक मानते रहे हैं? अगर मानते रहे हैं तो तिब्बत पर उसका अधिकार हमें क्यों स्वीकार हुआ? अगर वह स्वीकार हुआ तो सीमा की सुरक्षा की ओर तत्काल ध्यान क्यों नहीं दिया? चीन द्वारा हमारी सीमाओं के जिस अतिक्रमण से हम इतने उद्वेलित हुए थे उसे ही हम अब चुपचाप नजरअन्दाज कैसे किए हुए हैं? क्या भारतीय भाषाओं को शिक्षा और शासन का माध्यम बनवाना हमारे लिए वास्तव में महत्त्वपूर्ण था? अगर था तो भ्रष्ट अनुवाद के अतिरिक्त हम अब तक क्या प्राप्त कर सके हैं? भाषाधिकार का जैसा बुनियादी सवाल सत्ता की सतही राजनीति में कैसे विलीन हो गया है? क्या राज्यों का पुनर्गठन हमारे लिए महत्त्वपूर्ण प्रश्न था? अगर था तो पुनर्गठन के बाद भी 'समस्या' यथावत क्यों बनी रही? आन्ध्र की स्थापना तेलंगाना की स्थापना की भूमिका कैसे बाँध सकी? क्या गोवध-निरोध हमारा बुनियादी तकाजा था? अगर था तो उसका क्या हुआ? और अछूतोद्धार, मद्यनिषेध, पंचशील, स्वदेशी जैसे तमाम नारे-मुद्दे कहाँ बिला गए?

हमारे यहाँ आन्दोलन होते रहे हैं लेकिन हमारे मानस को वे सच्चे मानी में आन्दोलित नहीं कर सके हैं। नेताओं ने आन्दोलन के नाम पर कुर्सी छीनने-पाने की लड़ाइयाँ गली-बाजारों में भावुक भीड़ों के माध्यम से लड़ी हैं। ये आन्दोलन बतौर यादगार राष्ट्र की राह में लोकतन्त्र की राजनीति की लाशें ही छोड़ गए हैं। अवसरवादी सत्ता-लिप्सा ने आई-गई-सी बात को जबरदस्त तूल दिया है तो बड़ी-से-बड़ी बात को आई-गई-सी कर दिखाया है। इस अवसरवादिता के आलम में हमारी प्राथमिकताओं का कोई सिर-पैर नहीं रह गया है। हम सब कुछ कर लेना चाहते हैं और कुछ भी कर नहीं पाते! हमारे पास सिद्धान्तों के कई नुस्खे और टोटके हैं लेकिन सिद्धि के चमत्कार से हम अपनी दूरी बरकरार रखे हुए हैं। राजनीति का नाम हुज्जत और प्रशासन का नाम फजीहत हुआ जा रहा है। और हमारी नसीहतें हमारे ही तकियों पर सिर रखकर खर्राटे भर रही हैं। हर राजनीतिक उत्साह के मुखौटे के पीछे आज उदासीनता का चेहरा है। जो तरकीब से अपना उल्लू सीधा करने के लिए जनता की बेचैनी को बेतरतीब भड़काती है वह राजनीति वास्तव में इस देश और समाज में कोई सुखद परिवर्तन करना नहीं चाहती। उससे हमें बचना होगा और यह समझना होगा कि जमाना हमारे सामने किस बात का सवाल रख रहा है और हमें जमाने के सामने किस बात का सवाल रखना है। तभी आज की यह ध्वंसात्मक बेचैनी हमारे और हमारे समाज के हित में कोई रचनात्मक रूप ले सकेगी।

# यथास्थिति की राजनीति और अनिश्चय की हिंसा

जब कोई यह पूछता है कि 'देश में क्या हो रहा है?' तब एक साथ दो जवाब मन में उठते है—'बहुत कुछ' और 'कुछ भी नहीं'। एक निहायत ही दिलचस्प दिक्कत यह है कि दोनों ही जवाब अपनी-अपनी जगह सौ पैसे सही हैं। हमारे सामने जो अखबार खुला पड़ा है वह राजनीतिक गतिविधियों की खबरों से भरा हुआ है—राष्ट्रपति के चुनाव को लेकर सत्तारूढ़ दल में चुनांचे-अगरचे मची हुई है; बिहार में एक और मन्त्रिमण्डल का बंटाढार हो गया है और उसकी जगह जो मन्त्रिमण्डल बना है वह भी अब-गया-तब-गया की हालत में है; आन्ध्र में जय तेलंगाना का तहलका है और केन्द्र के कांग्रेसी नेता एक ओर इसे राज्य के कांग्रेसी नेताओं की आपसी कलह का परिणाम मान रहे हैं और दूसरों ओर अपने ही छुटभैयों में सुलह करा सकना उनके लिए दूभर हो रहा है; केरल और पश्चिम बंगाल में वामपन्थी इस बात का सबूत दे रहे हैं कि आपस में लड़ते रहने और कुछ न करने में वे कांग्रेसियों से उन्नीस नहीं; मध्य प्रदेश में विकास की सारी योजनाएँ मन्त्रिमण्डल के विस्तार पर केन्द्रित हुआ चाहती हैं; उत्तर प्रदेश में गुप्ता जी और त्रिपाठी जी का सुखी-दुखी सम्बन्ध बदस्तूर कभी नरम, कभी गरम हो रहा है; इन्दौर में साम्प्रदायिकता भारत केसरी का अलग ही दंगल आयोजित कर रही है...हलचलों का कोई अन्त नहीं है, लेकिन इनसे हमारी आन्तरिक जड़ता जरा भी हिलने वाली नहीं है।

समसामयिक भारतीय राजनीति की एक यही विशिष्टता उभरकर सामने आती है कि वह मरो-मारो का नारा देती है मगर अपना सिर सलामत रखना चाहती है। वह परिवर्तन का आह्वान करती है लेकिन यथास्थिति उसे प्रिय है। वह सत्तावान होने का दम भरती है, लेकिन उसे सुख सत्ता की दलाली में ही मिलता है। वह राजनीति अपना अधिकांश समय सत्ता की होड़ के दाँव-पेंचों में बिताती है। जब कभी इन दाँव-पेंचों से फुर्सत मिलती है या इनकी खातिर ही ऐसा करना जरूरी हो जाता है, वह लोगों को उनकी सारी तकलीफें मिटा देने का कोई आसान-सा नुस्खा समझा देती है। मिसाल के लिए अपना अलग राज्य बनवा लो, अपने राज्य से दूसरे राज्यों वालों को निकाल बाहर करो, अपने लिए ऐसे अलग जिले की स्थापना करा लो जिसमें तुम्हारा बहुमत हो, विधर्मियों का नाश कर दो, मालिकों को घेर लो, मुख्य मन्त्री बदलवा दो, भाषा के लिए लड़ मरो। इस तरह के नुस्खे हमेशा किसी ऐसी

समस्या को ध्यान में रखकर पेश किए जाते हैं जो किसी विशिष्ट सामाजिक या आर्थिक तनाव के कारण पैदा हुई हो और जिसका समाधान करने का नैतिक साहस और राजनीतिक कौशल नेताओं के बूते का न हो।

नुस्खे से एक माँग जन्म लेती है और माँग से आन्दोलन। इस आन्दोलन को उग्र बनाने के लिए ऐन लघु सामन्तों वाले अन्दाज में गुण्डागर्दी का सहारा लिया जाता है। आन्दोलन को दबाने के लिए कुछ इस तरह कार्रवाई की जाती है मानो आन्दोलनकारी अपने देश के नहीं, अपने उपनिवेश के वासी हों। इससे आन्दोलन को शहादत का सेहरा पहनने का मौका मिलता है। आन्दोलन की लोकप्रियता बढ़ती है और फिर इस 'लोकप्रियता' की गहराई के बारे में स्वयं सत्तारूढ़ नेता अनिश्चय में पड़ जाते हैं। अगला चुनाव हार जाने की आशंका उनके सामने मँडराने लगती है। वे या तो आन्दोलन से समझौता कर लेते हैं या मामले को लटकाए रखने की किसी जुगत का सहारा लेते हैं।

ये आन्दोलन अपनी तमाम हिंसा और उग्रता के बावजूद देश और समाज की अवस्था में कोई मौलिक परिवर्तन नहीं करा पाते। इनकी क्रान्तिकारिता किसी क्रान्ति को नहीं, भ्रान्ति के एक अटूट सिलसिले को जन्म देती है। वह इसलिए कि आन्दोलन विश्वासी नेतृत्व सिर्फ इतना चाहता है कि सत्ता का दलाल बनकर वह खुद खुशहाल हो जाए। वह सत्ता का रूप-स्वभाव नहीं बदलना चाहता, वह सत्ता के उपयोग की विधि नहीं बदलना चाहता, वह केवल वर्तमान सत्ताधारी को बदलना चाहता है। इसी का नाम है यथास्थिति की राजनीति। जिस देश के सामने बड़ी-बड़ी समस्याएँ और चुनौतियाँ हों उसमें ऐसी आत्म-लिप्त राजनीति जनसाधारण के मन में एक आशंकाप्रद अनिश्चय को जन्म देती है और यह अनिश्चय जब-तब निरुद्देश्य हिंसा का संवाहक बनने को प्रस्तुत हो जाता है।

राजनीति का यह नक्शा हमारे यहाँ थोड़ा-बहुत शुरू से ही रहा है। हमारी आजादी का मुहूर्त्त तक अनिश्चयजन्य हिंसा के वातावरण में हुआ था। लेकिन शुरू में राष्ट्रीय नेतृत्व के अधिक समर्थ और सबल होने के कारण यह हिंसा हमारे राजनीतिक मानस पर हावी नहीं हो सकी। लोकतन्त्र के आदर्श, हमारे अर्द्ध-सामन्ती समाज के यथार्थ से समझौता पहले भी करते रहे लेकिन इतने खुले तौर से या इतनी खुशी से नहीं। नेतृत्व हमें यह विश्वास दिला सका कि वह आर्थिक दृष्टि से अवरुद्ध समाज के पिछड़ेपन से अछूता है, उससे जूझने को तत्पर है। लेकिन आज नेतृत्व को खुद इस बात का विश्वास नहीं। वह ढुलमुल और समझौतापरस्त है। उसकी आत्मविश्वासहीनता इस राष्ट्र और समाज की खामियों को उकसा रही है और खूबियों को बिसरा रही है। छुटभैयों की राजनीति ने देखते-ही-देखते इतने बड़े देश को कितना छोटा बना डाला है।

# सोलह अगस्त के बाद क्या होगा

राजधानी के सोए हुए जल में प्रधानमन्त्री के चन्द नाटकीय निर्णयों से जो हलचल हुई थी, वह खत्म हो गई है। प्रधानमन्त्री के निर्णय जिन्हें नागवार गुजरे थे उनकी ओर से कोई सीधी चुनौती पेश नहीं की गई। यों कहा यह जाता रहा है कि संसदीय कांग्रेस दल में उनका बहुमत है। अफवाह यहाँ तक थी कि अगर प्रधानमन्त्री ने संसदीय-दल के अविश्वास प्रस्ताव में कोरा बहुमत काफी नहीं माना और विधान के अनुसार दो-तिहाई बहुमत का आग्रह किया तो कांग्रेस कार्यकारिणी से स्वयं उन्हें विश्वास प्राप्त करने का निर्देश दिलवा दिया जाएगा। उस हालत में विरोधियों से दो-तिहाई बहुमत का आग्रह किया नहीं जा सकेगा। लेकिन इस अफवाह के बावजूद न कोई चुनौती दी गई और न कोई शक्ति-परीक्षा हुई। अब यह सुनने में आता है कि सोलह अगस्त के बाद घमासान मचेगा।

सोलह अगस्त यानी राष्ट्रपति के निर्वाचन की तिथि। इसका मतलब यह हुआ कि सभी कांग्रेसी पहले यह देखना चाहते हैं कि राष्ट्रपति बनता कौन है? और इसका मतलब यह हुआ कि उन्हें अपने उम्मीदवार संजीव रेड्डी को सभी कांग्रेसियों का समर्थन मिलने की उम्मीद नहीं है। अगर कांग्रेस के सारे वोट संजीव रेड्डी के पक्ष में पड़ें तो वह कुल वोटों के पचास प्रतिशत से ज्यादा प्राप्त करके सीधे ही जीत जाएँ। कांग्रेस के कुछ वोट न मिलने की भी स्थिति में वह स्वतन्त्र, जनसंघ, और भाक्रान्द की दूसरी पसन्द के वोट पाकर जीत सकते हैं। फिर शंका क्यों? क्या बहुत ही बड़े पैमाने पर लोग इधर से उधर जाने वाले हैं? क्या स्वतन्त्र, जनसंघ और भाक्रान्द के भी सारे दूसरी पसन्द के वोट संजीव रेड्डी के पक्ष में नहीं पड़ने वाले हैं? ये सवाल राजनीतिक ज्योतिषियों को परेशान कर रहे हैं।

यों 'सोलह अगस्त के बाद देखेंगे' की एक और व्याख्या सम्भव है। संजीव रेड्डी का निर्वाचन निश्चित है। संजीव रेड्डी प्रधानमन्त्री के उम्मीदवार नहीं थे। अगर वह हार जाते हैं तो इसका मतलब यह हुआ कि प्रधानमन्त्री कांग्रेस का विभाजन करना चाहती हैं। इसके जो भी नतीजे होंगे उनके लिए वही जिम्मेदार ठहराई जाएँगी। अगर संजीव रेड्डी कांग्रेस के उम्मीदवार के रूप में जीत जाते हैं तो एक ऐसा व्यक्ति राष्ट्रपति हो जाता है जो 'प्रधानमन्त्री के पक्ष का' नहीं है। उसके रहते जब

प्रधानमन्त्री के नेतृत्व को चुनौती दी जाएगी तब किन्हीं दाँव-पेंचों से उसकी सफलता के खटाई में पड़ जाने की कोई आशंका नहीं रहेगी...आदि, आदि।

व्याख्या जो भी सही हो इतना निश्चित है कि कांग्रेस के सभी गुटों और कांग्रेस-विरोधी सभी दलों की आँखें 16 अगस्त पर लगी हैं। यों यह भी सम्भव होना चाहिए और अधिक सम्भावना है भी इस बात की कि सोलह अगस्त बाद कुछ न हो। संजीव रेड्डी राष्ट्रपति भी बन जाएँ और इन्दिरा गाँधी के विश्वासभाजन भी। कांग्रेस के भीतर एकता का नारा दिया जाए और शक्ति-परीक्षा की बात ही टल जाए। और आगे कभी शक्ति-परीक्षा हो भी तो उसमें कोई नया ही नामवर नेता प्रधानमन्त्री के प्रमुख प्रतिद्वन्द्वी के रूप में सामने आए।

जो हो, राजमहलों वाली इस राजनीति से 16 अगस्त के बाद क्या, कभी भी कोई ठोस काम हो नहीं सकता। विधायकों और संसद-सदस्यों के अलग-अलग किस्म के गठबन्धन बनाने के क्रम में देश की उन्नति का कार्यक्रम न बन सकता है, न चल सकता है। सिद्धान्तों की चर्चा अलबत्ता बढ़ सकती है। लेकिन कोरे किताबी सिद्धान्तों से आज तक किसी देश ने उन्नति नहीं की है। हर देश ने अपनी परिस्थितियों में उन्नति करने के लिए अपना रास्ता तय किया और इस तरीके को 'दक्षिणपन्थी' या 'वामपन्थी' की किताबी परिभाषाओं में बाँधना मुश्किल साबित हुआ क्योंकि वह ऊपरी सैद्धान्तिक जामे के बावजूद भीतर से शुद्ध राष्ट्रवादी था। हमारे यहाँ इस सारी जोड़-तोड़ से कोई राष्ट्रवादी चेतना उभरने की सम्भावना नहीं है। यों राष्ट्रवाद की दुहाई भी बदस्तूर दी जाती रहेगी और राष्ट्रवाद के नाम पर कुछ प्रतीकात्मक कार्रवाई कर के झमेला कुछ और भी बढ़ा दिया जाएगा।

हम समझते हैं कि सोलह अगस्त के बाद जो लोग 'कुछ करने' की बात कहते हैं वे पहले आज की दूषित और दिग्भ्रमित राजनीति से बाहर आने का साहस करें। कामचलाऊ समझौतों और संयुक्त मोर्चों से कुछ सिद्ध होने वाला है नहीं। स्वयं कांग्रेस दल इस तरह का सबसे बड़ा संयुक्त मोर्चा था और वह अपने तमाम अन्दरूनी समझौतों के बावजूद देश की उन्नति का कोई सफल-सार्थक मार्ग निश्चित नहीं कर पाया है। उसका मध्यपन्थ एक ठहरा हुआ चौराहा होकर रह गया है। प्रधानमन्त्री इन्दिरा गाँधी अगर इस गतिरोध को तोड़ना चाहती हैं तो उन्हें व्यापक समर्थन प्राप्त होगा। लेकिन गतिरोध इधर या उधर झुक जाने से नहीं, आगे बढ़ने से टूटेगा। इन्दिरा गाँधी मध्यपन्थ के दल के रूप में कांग्रेस की नीति और राजनीति को तमाम सैद्धान्तिक मायाजाल से मुक्त करके देश की राजनीतिक तस्वीर को साफ कर सकती हैं। सवाल यह है कि क्या वह और उनसे असन्तुष्ट कांग्रेसी इस असली नैतिक परीक्षा के लिए सोलह अगस्त के बाद प्रस्तुत होंगे या मोहरे चलने और पीटने वाली शक्ति परीक्षा ही सिद्धान्तों की ओट में पनपती रहेगी?

# साहित्य को धर्मखाते से बाहर निकालिए

यशस्वी, वयोवृद्ध कवि सनेही इधर एक अर्से से अस्वस्थ हैं। बताया जाता है कि 'राज्य सरकार की कृपा से' कानपुर के एक अस्पताल में उनके उपचार की अच्छी व्यवस्था हुई है। इस तरह की कृपा साहित्यिकों पर पहले भी की जाती रही है। आश्चर्य है कि हिन्दी-संसार इस कृपा की विडम्बना का पूरा साक्षात्कार आज तक नहीं कर पाया है! सनेही जी जैसा कवि, जिसने राष्ट्रीय स्वाधीनता संघर्ष और राष्ट्रभाषा दोनों के लिए बहुत कुछ किया और दिया हो, हमारी ओर हमारे शासन की दृष्टि में केवल निःशुल्क चिकित्सा का ही अधिकारी ठहरे, इससे अधिक लज्जास्पद स्थिति क्या हो सकती है! क्या यह सोचना हमारा कर्त्तव्य नहीं कि मुफ्त इलाज की सुविधा आवश्यक हो जाने की नौबत ही क्यों आती है? हिन्दी के नाम पर चलने वाली इतनी सरकारी और गैर-सरकारी संस्थाओं के रहते यह कैसे हुआ?

हिन्दी साहित्यिकों को मान-सम्मान, सुख-सुविधा और पुरस्कार दे सकने वाली जो भी संस्थाएँ हैं वे अन्धे की तरह रेबड़ी बाँटने में व्यस्त रही हैं। उनके लिए किसी का प्रतिष्ठित साहित्यिक होना उतना अर्थ नहीं रखता जितना प्रतिष्ठान का साहित्यिक होना। यह किसी से छिपा नहीं है कि आजादी के बाद हिन्दी के नाम पर कई व्यक्ति सम्पन्न सामाजिक-आर्थिक अवस्था को प्राप्त हो सके हैं। हर मंच पर उनका ही बोलबाला रहा है और हर मंच से उन्हें ही यश और धन प्राप्त होता रहा है। अगर मुट्ठी भर लोगों का ही हर कहीं सत्कार-जयकार हो रहा है तो यही मानना पड़ेगा कि या तो हिन्दी साहित्य प्रतिभासम्पन्न व्यक्तियों के मामले में बहुत दरिद्र है या फिर हिन्दी संस्थाओं में साहित्येतर मानक प्रयुक्त किए जाते हैं। अनुभवी लोग जानते हैं कि दूसरी बात ही ज्यादा सही है। हिन्दी भाषा और साहित्य से सम्बद्ध संस्थाएँ प्रचार की होड़ और प्रतिष्ठित बनने की जोड़-तोड़ से दूर रहने वाली निष्ठा का आदर करना नहीं जानतीं। उनके लिए किसी रचनाकार का रुतबा उतना महत्त्वपूर्ण नहीं है जितना कि उसका ओहदा। शायद यही वजह है कि सनेही जी को उत्तर प्रदेश की महत्त्वपूर्ण साहित्यिक-संस्थाओं तक ने उनकी गरिमा के अनुकूल कोई सम्मान या पुरस्कार देना आवश्यक नहीं समझा है।

थोड़ी-बहुत गुटबन्दी, थोड़ी-बहुत 'पालिटिक्स' सभी भाषाओं के साहित्य-संसार में होती है लेकिन इसके बावजूद साहित्य, साहित्य के और साहित्यकार, साहित्यकार के रूप में अपना अस्तित्व बनाए रख सकता है। हिन्दी में यह गुटबन्दी, यह 'पालिटिक्स' ही सब कुछ है। इसकी वजह शायद यह है कि राष्ट्रभाषा हिन्दी को राजभाषा बनाने के लिए प्रयत्नशील व्यक्तियों ने हिन्दी को पूरी तरह राजाश्रय पर निर्भर भाषा बनाकर छोड़ दिया है। हिन्दी पुस्तकें खरीद कर पढ़ने वालों की संख्या हिन्दी-भाषी क्षेत्र की विशालता को देखते हुए आज भी नगण्य है। सरकारी और अर्द्ध-सरकारी संस्थाओं द्वारा पुस्तक का बड़े पैमाने पर खरीद लिया जाना ही अच्छी बिक्री का एकमात्र उपाय बना हुआ है। सम्पर्कों का धनी कोई भी प्रकाशक, किसी भी सम्पर्कधनी लेखक की पुस्तक का एक संस्करण सरकारी ख़रीद में खपवा सकता है। इसके लिए पुस्तक का कोई साहित्यिक महत्त्व होना कतई आवश्यक नहीं है। पाठ्यक्रमों में किसी पुस्तक के लग जाने के सम्बन्ध में भी यही स्थिति है। इस तरह सारा वातावरण ऐसा होता जा रहा है जिसमें सर्वथा प्रतिभाहीन लेखक भी प्रतिष्ठान का लाड़ला बन सकता है और प्रतिभा-सम्पन्न लेखक भी अपने साहित्य की प्रतिष्ठा के बूते स्वावलम्बी बनने का स्वप्न नहीं देख सकता।

हिन्दी के प्रतिष्ठान ने समाज में हिन्दी का सम्मान और उपयोग बढ़ाने के लिए, हिन्दी को लोकप्रिय बनाने के लिए इधर शायद ही कोई ठोस काम किया है। हिन्दी-प्रसार की नीति से उसे उतना मतलब नहीं रहा है जितना कि हिन्दी-भक्ति की अच्छी-बुरी राजनीति से। यही वजह है कि लेखक के लिए आत्मसम्मान और आत्मनिर्भरता का जीवन सम्भव बनाने वाली परिस्थितियाँ पैदा करने में वह सर्वथा विफल रहा है। हाँ, लेखक को अनाथ मानकर वह सरकारी, अर्द्ध-सरकारी और गैर-सरकारी अनाथालय चलाने के लिए सहर्ष प्रस्तुत हुआ है। निष्ठावान साहित्यिकों के लिए वह हद से हद दान का प्रबन्ध कराने को आगे आया है और इस सिलसिले में स्वयं नियमित दक्षिणा प्राप्त करता रहा है। आम तौर पर उसकी दृष्टि निष्ठावान साहित्यकार की ओर तब गई है जब वह घोरतम संकट में फँसा हुआ हो और उसकी दुर्दशा पर चार आँसू बहा कर, उसे किसी सरकारी-गैर-सरकारी धर्म-खाते से चार पैसे दिलाकर अपनी कीर्ति में चार चाँद लगाने का डौल नजर आता हो।

हिन्दी साहित्य को सामन्ती ढर्रे पर चलने वाले इस प्रतिष्ठान से मुक्ति दिलाना बहुत जरूरी है। आधुनिकतम शैलियों-विधाओं का दम भरने वाला हिन्दी साहित्य दम घोंटने वाली इस व्यवस्था को कैसे अंगीकार किए हुए है—यह भी एक विचारणीय विडम्बना है! यह सही है कि इस वातावरण को किसी चमत्कार से चुटकियों में बदला नहीं जा सकता, लेकिन बदलने की कोई कोशिश ही न हो तो यही मानना

पड़ता है कि हमारे साहित्यिकों की तथाकथित आधुनिकता भी सामन्ती ढंग के प्रतिष्ठान बनाना चाहती है। साहित्य के समूचे वातावरण को आधुनिक बनाने में उसे विश्वास नहीं है। अगर वह अब भी इस विश्वास को लेकर आगे बढ़े तो एक ऐसा वातावरण तैयार हो सकता है जिसमें हिन्दीभाषी क्षेत्र की सीमित आर्थिक समृद्धि के बावजूद साहित्यिक प्रतिभा को सम्मानपूर्ण ढंग से अपना विकास करने का अवसर मिल सके। नए प्रतिभाशाली लेखकों की सही परख हो और उन्हें उचित प्रोत्साहन मिले। पुराने लेखकों का महत्त्व उनके सामाजिक या राजनीतिक पद से नहीं, साहित्यिक परम्परा के विकास में उनके योगदान के महत्त्व से आँका जा सके। साहित्यिक वातावरण सुधारने के लिए बहुत-से काम तो ऐसे करने होंगे जिनके लिए धन की कोई आवश्यकता नहीं। जिन कामों के लिए धन चाहिए उनके लिए वह राशि पर्याप्त होगी जो आज साहित्य के नाम पर खर्च की जा रही है। और अगर ज्यादा धन की आवश्यकता हो उसकी व्यवस्था करना भी असम्भव नहीं है। आवश्यकता इस बात की है कि साहित्य और साहित्यकारों का मामला धर्मखाते से निकालकर साहित्य के खाते में डाला जाए।

# नाटकीय हो चुका : सार्थक की प्रतीक्षा है

धुरन्धर पण्डितों के पूर्वानुमान गलत साबित हुए। वे कह चुके थे कि राष्ट्रपति-चुनाव में मतगणना के पहले दौर में किसी को भी जबरदस्त बहुमत नहीं मिलेगा, और दूसरे दौर की नौबत आने पर कांग्रेसी उम्मीदवार संजीव रेड्डी निश्चय ही विजयी हो जाएँगे। लेकिन आन्ध्र ने श्री वराहगिरि वेंकटगिरि को अच्छा-खासा बहुमत देकर अप्रत्याशित नतीजों का जो सिलसिला शुरू किया वह अन्त तक बना रहा। जिस समय राज्यों के बाद संसद की मतगणना शुरू हुई, राजधानी में श्री गिरि के पहले ही दौर में जीत जाने की बात जोर-शोर से कही जाने लगी। जब श्री गिरि 35 संसदीय वोटों की कमी के कारण इस मंजिल पर पहुँचते-पहुँचते रह गए तब पण्डितों ने श्री संजीव रेड्डी की जीत निश्चित ठहरा दी। लेकिन पहली बार जबरदस्त राजनीतिक अनिश्चय के दौर में सम्पन्न राष्ट्रपति का यह चुनाव अन्त तक अनिश्चय बनाए रखने और आश्चर्यचकित करते जाने में सफल रहा। दूसरे दौर की गणना पूरी हुई और श्री गिरि बहुत ही मामूली बहुमत से विजयी घोषित हुए। मतदान से पहले और बाद में और मतगणना के दौरान इस चुनाव ने सनसनी के मामले में रहस्य-रोमांच की किसी अद्‌भुत गाथा को भी मात दे दी। अब सवाल यह है कि हमारी राजनीति सनसनीखेज के इस दौर से उबर कर मानीखेज के दौर में कब पहुँचेगी?

राजधानी में पर्यवेक्षकों और पण्डितों का यह खयाल है कि 'कांग्रेस बनाम कांग्रेस' की इस लड़ाई में श्री गिरि की यह जीत इन्तिहा की नहीं, इब्तदा की सूचक है। उनके अनुसार यह मान लेना गलत होगा कि जो लड़ाई होनी थी, सो हो चुकी है; अब सुलह-सफाई हो जाएगी। उनका आग्रह है कि असली लड़ाई तो अब शुरू होगी। प्रधानमन्त्री इन्दिरा गाँधी चौथे राष्ट्रपति के निर्वाचन में विभिन्न राज्यों के कांग्रेसी विधायकों और कांग्रेस के संसद सदस्यों पर अपने प्रभाव का परिचय दे चुकने के बाद उन सब नेताओं से एक-एक कर के बदला लेंगी जिन्होंने श्री संजीव रेड्डी को कांग्रेसी उम्मीदवार बनाकर उनके नेतृत्व को परोक्ष चुनौती दी थी। उधर श्री निजलिंगप्पा के नेतृत्व में कांग्रेस का संगठन-पक्ष भी इस हार के बाद प्रधानमन्त्री

की शक्ति पर कोई-न-कोई जबरदस्त प्रहार जरूर करेगा। प्रधानमन्त्री द्वारा मन्त्रिमण्डल में नाटकीय उलट-फेर किए जाने से लेकर प्रधानमन्त्री को कांग्रेस से मुअत्तिल करने या उनके विरुद्ध अविश्वास प्रस्ताव का समर्थन किए जाने तक कई प्रकार की सनसनीखेज घटनाओं की भविष्यवाणी की जा रही है। कई राज्यों में कांग्रेसी नेतृत्व में परिवर्तन होने की अफवाह भी जोरों पर है। इन अफवाहों से कांग्रेस-विरोधी दल निश्चय ही प्रसन्न होंगे। कांग्रेस की आपसी फूट का अपने हित की साधना के लिए वे इस अवसर पर ज्यादा से ज्यादा उपयोग करना चाहेंगे। लेकिन 'कांग्रेस बनाम कांग्रेस' की लड़ाई में जुटे हुए योद्धाओं को अब 'जिन्दाबाद और मुर्दाबाद' दोनों को भुलाकर शान्तिपूर्वक कुछ आत्म-निरीक्षण करना चाहिए अगर उनकी यह लड़ाई सिद्धान्तों की नहीं, व्यक्तित्वों की है तो लोकतन्त्र में निश्चय ही उन्हें सत्ता उसे देनी होगी जो उन्हें अधिक वोट दिला सकता है। श्री गिरि की विजय का आम जनता ने जिस उत्साह से स्वागत किया उसके बाद यह किसी से छिपा नहीं रह जाता कि शक्ति किसके व्यक्तित्व में है। आम जनता की राजनीतिक समझ के आगे प्रश्नचिह्न लगाने से बात नहीं बनेगी क्योंकि मतदान से पहले राजनीतिक समझ की परीक्षा का कोई विधान नहीं है! अगर कांग्रेसियों की आपसी लड़ाई व्यक्तियों की नहीं, सिद्धान्तों की है तो यह बहुत जरूरी हो जाता है कि मध्यपन्थ के दल के रूप में कांग्रेस की नीति स्पष्ट की जाए और जो भी उससे असहमत हों वे कांग्रेस से अलग होकर अपने-अपने पसन्द के पन्थ में चले जाएँ। मठाधीशों और काफी-हाउसी-क्रान्तिकारियों दोनों से कांग्रेस को मुक्त कर लिया जाए। अगर मतभेद बहुत ही गहरा है तो कांग्रेस का विधिवत दो दलों में बँट जाना ही उचित होगा लेकिन उस हालत में अराजकता अवश्यम्भावी है।

देश के लिए सबसे खराब स्थिति वह होगी जिसमें तथाकथित सैद्धान्तिक एकता के नाम पर अतिवादियों के सहयोग से कांग्रेस या कांग्रेस का कोई हिस्सा केन्द्र का शासन चलाएगा। इससे दल-बदल तो चल ही निकलेगा, साथ ही शासकीय अकर्मण्यता भी बढ़ेगी। सुकर्ण के इण्डोनेशिया अथवा जिन जिएम के दक्षिण वियतनाम वाला राजनीतिक नक्शा हमारे मध्य उपस्थित होगा जिसमें विदेशी शक्तियाँ हमें 'समाजवादी' या 'स्वतन्त्र-संसार-वादी' होने के प्रमाणपत्र देंगी और हम दिन-पर-दिन अधिक अशक्त और अकर्मण्य होते जाएँगे। प्रधानमन्त्री इन्दिरा गाँधी ने कांग्रेस के संगठन-पक्ष को चुनौती देकर, बैंकों का राष्ट्रीयकरण करके और राजनीति को जनता के पास ले जाने का नारा लगाकर यथास्थिति और शान्तिप्रियता के नाम पर बने हुए राजनीतिक ठहराव को तोड़ने का साहस किया है। ठहराव तोड़ना एक बात है, सही गति और दिशा देना कुछ और। हमें विश्वास है कि वह अपने

साहस के बाद अपनी सूझ-बूझ का परिचय देंगी और श्री मोरारजी देसाई को मन्त्रिमण्डल में आ जाने का आमन्त्रण देकर नाटकीयता के इस अध्याय की प्रभावशाली समाप्ति कर देंगी। वह यह समझेंगी कि जनता उनसे कांग्रेस की आपसी लड़ाई जीतने के बाद अब एक पिछड़े गरीब देश को उन्नत और समृद्ध राष्ट्र बनाने की लड़ाई का नेतृत्व करते देखना चाहती है।

# लीपा-पोती से काम नहीं चलेगा

कांग्रेस के मंच पर प्रस्तुत नेतागिरी की नाटकीय सृष्टि 'सिण्डीकेट बनाम इण्डिकेट' का यवनिका-पतन सद्‌भावना-प्रस्ताव के जिस दृश्य के साथ हुआ उससे टी. एस. इलियट की यह उक्ति याद हो आई कि 'सृष्टि धमाके के साथ नहीं, टाँय-टाँय फिस्स करके खत्म होती है।' यह सही है कि इस घड़ी कांग्रेस की एकता को बनाए रखना कांग्रेस के ही नहीं, देश के हित में भी बहुत जरूरी था। लेकिन क्या लीपा-पोती को वास्तविक सद्‌भावना की संज्ञा देना और उसके आधार पर किसी ठोस एकता की परिकल्पना कर बैठना शुद्ध आत्म-प्रवंचना न होगी? और अगर प्रधानमन्त्री के समर्थक इस 'समझौता-प्रस्ताव' को सिण्डीकेट की सद्‌भावना का नमूना न मानकर सिण्डीकेट के अनमने समर्पण की निशानी मान लें तो उन्हें गलत व्याख्या करने का दोषी किस आधार पर ठहराया जाए? कांग्रेस का संगठन-पक्ष प्रधानमन्त्री की 'अन्तरात्मा की राजनीति' की निन्दा कर चुका था और इस सिलसिले में उनके विरुद्ध कार्रवाई करने के लिए कमर कसे बैठा था। कांग्रेस संसदीय दल के अधिकतर सदस्यों द्वारा प्रधानमन्त्री का समर्थन किए जाने, अपनी कुर्सी के लिए खतरा बढ़ता हुआ देखकर घबराए कुछ मुख्यमन्त्रियों और मन्त्रियों द्वारा सहसा तटस्थ हो जाने और श्री चव्हाण द्वारा मध्यस्थ की भूमिका अपना लिए जाने से नक्शा बदल गया। सिण्डीकेट के प्रवक्ता बार-बार कह चुके थे कि अनुशासन के अभाव में एकता अर्थहीन है पर कांग्रेस कार्यकारिणी की सभा में उन्हें निरर्थकता नामंजूर नहीं हुई। एक मोरारजी देसाई ही, जो सिण्डीकेट के स्तम्भ कभी नहीं रहे हैं और जिन्हें सिण्डीकेट के हिस्से की सारी सजा खुद भुगतनी पड़ी है, आखिर तक अनुशासनात्मक कार्रवाई की माँग पर अड़े रहे। इससे फिर यह प्रमाणित हुआ कि मोरारजी भाई हठधर्मी की हद तक सिद्धान्तों के पक्के हैं और इसीलिए राजनीति की शतरंज में बहुत कच्चे हैं।

क्या यह माना जा सकता है कि सिण्डीकेट इतनी जबरदस्त नैतिक और राजनीतिक हार को चुपचाप स्वीकार कर लेगा? क्या यह समझना ज्यादा उचित न होगा कि आइन्दा कभी दो कदम आगे बढ़ने के खयाल से वह फिलहाल परिस्थितियाँ विपरीत देखकर एक कदम पीछे हट गया है? अगर ऐसा है तो सिद्धान्तों की उस

एकता का क्या होगा जिसे प्रधानमन्त्री आवश्यक, बल्कि अनिवार्य ठहरा चुकी थीं? अगर कांग्रेस में व्यक्तित्व अथवा सिद्धान्त के आधार पर दो गुट बने रहे और दोनों मौका मिलने पर एक-दूसरे को नीचा दिखाने में जुटे रहे तो नीति-निर्धारण और परिपालन की फुर्सत किसे मिलेगी? क्या शासन उसी दुविधा और अकर्मण्यता का शिकार नहीं रहेगा जिसके खिलाफ प्रधानमन्त्री इधर कई बार आवाज उठा चुकी हैं? और इस प्रश्न का उत्तर कौन देगा और कब देगा कि मध्यपन्थ के दल के रूप में कांग्रेस संगठन के लक्ष्य क्या हैं और कांग्रेस शासन को इन लक्ष्यों की सिद्धि कितनी अवधि में कर लेनी है? अगर कांग्रेस कार्यकारिणी द्वारा स्वीकृत सद्भावना प्रस्ताव किसी प्रभावशाली एकता का सूचक होता तो निश्चय ही उसे नीति-सम्बन्धी किसी स्पष्ट सन्दर्भ में प्रस्तुत और पारित किया जाता। संगठन और शासन के दायित्व-क्षेत्रों के निर्धारण की विस्तार से चर्चा होती। अगर कभी कांग्रेस का केन्द्र में बहुमत नहीं रहा तो वह किस या किन-किन दलों का सहयोग लेगी यह प्रश्न भी किसी न किसी रूप में उठाया जाता। नीति-सम्बन्धी कोई भी फैसला किए बगैर जो समझौता होता है उसका मतलब हद से हद यही लगाया जा सकता है कि फिलहाल खुल्लम-खुल्ला लड़ाई नहीं की जाएगी। लेकिन भीतर ही भीतर जो लड़ाई चलती रहेगी वह कांग्रेस के लिए शायद ज्यादा ही घातक सिद्ध होगी।

समझौता कराने वालों की राजनीति भी इस शतरंज में एक नया रंग लाएगी। समझौते के लिए श्री चव्हाण ने जो कुछ किया वह निश्चय ही प्रशंसनीय है। कांग्रेस दल इसके लिए उनका आभारी भी रहेगा। लेकिन बंगलौर में आर्थिक-नीति-सम्बन्धी समझौता प्रस्ताव तैयार करने से लेकर कांग्रेस कार्यकारिणी में सुलह-सफाई कराने तक श्री चव्हाण ने जो कुछ किया है वह उनकी कुशल रण-नीति का परिचायक भी माना जा सकता है। वह यह सिद्ध कर सके कि कांग्रेसी युद्ध और शान्ति दोनों में उनकी भूमिका महत्त्वपूर्ण है। उनके समर्थन के बिना श्री संजीव रेड्डी न राष्ट्रपति-पद के लिए उम्मीदवार बन सकते थे और न उतने वोट पा सकते थे जितने कि उन्हें मिले। उनकी मध्यस्थता के अभाव में कांग्रेस कार्यकारिणी में किसी प्रकार का समझौता हो सकने की कल्पना भी नहीं की जा सकती थी। श्री चव्हाण इस सारे संघर्ष में से शक्तिशाली होकर निकले हैं और अगर उन्हें इस नई शक्ति का परिचय देने वाला कोई विशिष्ट स्थान मिले तो राजनीति के पर्यवेक्षकों को आश्चर्य नहीं होगा। श्री चव्हाण के इर्द-गिर्द एक अच्छा-खासा दल तैयार होता जा रहा है जो समाजवाद और स्फूर्ति के मामले में प्रधानमन्त्री के समर्थकों से उन्नीस नहीं रहेगा, लेकिन उनमें पूरी तरह घुल-मिल नहीं जाएगा।

प्रधानमन्त्री इन्दिरा गाँधी को शासन में नए सिरे से सन्तुलन लाने के लिए

अपने समर्थकों और मध्यस्थों दोनों के दावों और दबावों का विचार करना पड़ेगा। कांग्रेस में फौरन फूट न पड़ने से गैर-कांग्रेसी दलों में जो निराशा छाएगी वह भी उन्हें दो-तरफा हमलों का निशाना बना देगी। अगर इस खींच-तान और हो-हल्ले में वह अनिश्चयग्रस्त हो गईं या वर्तमान विजय को ही उन्होंने चरम सिद्धि मान लिया तो वह लोकप्रियता हवा हो जाएगी जो उन्होंने इधर अपने स्वतन्त्रचेता और साहसी होने के प्रमाण देकर जुटाई है। कांग्रेस को मठाधीशों के मायाजाल से मुक्त करने के लिए उन्होंने अपने इन्द्रजाल का प्रयोग किया और शक्ति-स्पर्द्धा में विजयी हुईं इसके लिए उनका जयघोष किया जा रहा है। लेकिन जालों का जंजाल जब तक रहेगा तब तक राष्ट्र और समाज में तो दूर, कांग्रेस में ही कोई परिवर्तन नहीं हो सकता। प्रधानमन्त्री को अब यह सिद्ध करना होगा कि वह अपने दल और अपने देश दोनों को अनिश्चय से उबारकर प्रगति की राह पर लगा सकती हैं। हम आशा करते हैं कि प्रधानमन्त्री नियति का यह न्यौता स्वीकार करेंगी।

# दर्शनों का राजनीतिक जीवन-दर्शन

कांग्रेस के अध्यक्ष श्री निजलिंगप्पा देश और दल में व्यक्ति पूजा बढ़ जाने से परेशान हैं। दूसरे और अधिक स्पष्ट शब्दों में कहा जाए तो वह 'इन्दिरा गाँधी की जय' के नारों से दुखी हैं। जिस हद तक 'इन्दिरा जी की जय' में सिण्डीकेट की पराजय की ध्वनि निहित है उस हद तक श्री निजलिंगप्पा का दुखी होना सर्वथा स्वाभाविक है। लेकिन व्यक्ति पूजा का मसला उन्होंने व्यक्तिगत नहीं सैद्धान्तिक स्तर पर उठाया है। उनके वक्तव्य में इन्दिरा जी के अभिनन्दन में उस प्रदर्शन का कोई उल्लेख नहीं है जिसकी अभिव्यक्ति पिछले दिनों राजधानी में हुई और शीघ्र ही प्रधानमन्त्री के दौरे पर निकलने पर देश के अन्य भागों में भी निश्चय ही होगी। श्री निजलिंगप्पा ने तो कहीं भी किसी की भी व्यक्ति पूजा को आपत्तिजनक ठहराया है। उनकी यह आपत्ति लोकतन्त्र के आदर्शों के अनुसार उचित होते हुए भी व्यावहारिक राजनीति की दृष्टि से आश्चर्यजनक ठहराई जाएगी। श्री निजलिंगप्पा जैसे मँजे हुए राजनीतिक खिलाड़ी का यथार्थ से आदर्श में यह पलायन समझ में नहीं आता।

अगर राजनीति के लिए नेता का अस्तित्व अनिवार्य है तो व्यवहार में वह व्यक्ति-पूजा से बच कैसे सकता है। सामन्तशाही में सामन्त को और तानाशाही में तानाशाह को पूजा गया है। लोकशाही में नेता की व्यक्ति पूजा अपने को देवता घोषित करना थोड़ा आश्चर्यजनक माना जाता है मगर इस बात की पूरी कोशिश की जाती है कि जनता नेता को देवता मान बैठे। इसी कोशिश को अखबारी भाषा में 'पब्लिक इमेज' (लोकप्रतिमा) बनाना कहा जाता है। अगर प्रतिमा बनेगी तो पूजी ही जाएगी। यह मानना कि प्रतिमा संग्रहालय में रखने के लिए बनाई जा रही है, परम मूर्खता की निशानी पेश करना होगा। लोकप्रतिमा का निर्माण पश्चिम के सम्पन्न लोकतन्त्रों में तो राजनीति का सबसे महत्त्वपूर्ण कार्य बनता जा रहा है। अमेरिका में हर नेता जन-सम्पर्क, विज्ञापन और प्रचार के विशेषज्ञों को वही दर्जा देता है जो अगले जमाने के सामन्त राज-ज्योतिषियों को दिया करते थे। सामन्तों की सत्ता के लिए अगर कोई खतरा हो सकता था तो नौ ग्रहों से ही हो सकता है जो उनके लिए महत्त्वपूर्ण नहीं था। लेकिन लोकतन्त्र के नेता की कुण्डली में तो जनता दशमी ग्रहों वाला मामला है। यही वजह है कि सम्पन्न पश्चिमी देशों में, जहाँ

सिद्धान्तवाद के वातावरण में सिद्धान्तों का कोई विशेष महत्त्व रह नहीं गया है, नेता को अपने राजनीतिक नक्शे से ज्यादा चिन्ता अपनी लोकप्रतिमा के नाक-नक्श की रहती है। सम्पन्न लोकतन्त्रों में विभिन्न राजनीतिक सिद्धान्तों का कोई विशेष महत्त्व नहीं रह गया है और सभी दल एक माने में लोकप्रियता का लक्ष्य साधने वाले मध्यपन्थ के होकर रह गए हैं। इसलिए विज्ञापन महत्त्वपूर्ण हो चला है। विज्ञापन के सहारे ही एक चीज के अनेक मार्का बाजार में चल और खप सकते हैं।

शायद श्री निजलिंगप्पा की आपत्ति की वजह यह हो कि हमारे देश में अभी सम्पन्नता की वह स्थिति नहीं आई है जिसमें राजनीतिक सिद्धान्तों का कोई महत्त्व नहीं रहता। शायद उनका यह आग्रह हो कि हमारे लिए उन्नति का रास्ता यही हो सकता है कि कुछ उच्च राष्ट्रवादी सिद्धान्तों से प्रेरित होकर कोई पूरा दल का दल किसी संकल्पनिष्ठ नेतृत्व में खून-पसीना एक कर दे। अगर ऐसा है तो किसी भी समझदार आदमी को उनसे सहमत होने में आपत्ति नहीं होगी। लेकिन समझदार आदमी उनसे यह जरूर पूछना चाहेगा कि आप और आपकी संस्था अब तक इस बारे में चेते क्यों नहीं? और अगर अब चेते हैं, तो कर क्या रहे हैं? आप तो इन्दिरा जी की 'सस्ती' लोकप्रियता से महज इसलिए चिढ़ रहे हैं कि वह आपके लिए राजनीतिक दृष्टि से काफी महँगी पड़ रही है। चिढ़ना और आदर्शवादी होना दो अलग-अलग बातें हैं।

व्यक्ति-पूजा से कांग्रेस और कांग्रेसियों को कभी आपत्ति नहीं हुई। वोट पाने के लिए वे गाँधी के सर्वोदय और नेहरू के समाजवाद दोनों का समान उत्साह से जयकार करते रहे। वे यह भी मानते रहे कि खांटी राजनीति का न समाजवाद से कोई सम्बन्ध होगा, न सर्वोदय से। वहाँ तो सत्ता की माया होगी और माया की सत्ता! आजादी के बाद कांग्रेस यह मानकर चली कि उसकी सत्ता को कभी कोई आँच नहीं पहुँच सकती और जनता को ऊँचे आदर्शों की बातें कर के और स्वाधीनता-संग्राम के बड़े-बड़े नेताओं का नाम जपकर बहलाए रखा जा सकता है। राजनीति का सारा उद्देश्य सत्ता के लिए आपसी लड़ाई में ध्यान लगाए रखना है। इस तरह कांग्रेस में ढोंग, व्यक्ति-पूजा (चाटुकारिता वाले अर्थों में) और समन्वय के नाम पर चलने वाली सिद्धान्तहीनता की प्रतिष्ठा हुई। 'सिण्डीकेट' शब्द का, जो घुड़दौड़ में सारे इनाम जीतने के लिए की गई साँठ-गाँठ के लिए प्रयुक्त होता है, कांग्रेसी राजनीति में प्रचलित और प्रतिष्ठित होना ही यह बताता है कि कांग्रेस स्वाधीनता-सघंर्ष के दौर के आदर्शवाद से कितनी दूर हो चली थी। कांग्रेस में वह यथास्थितिवाद भी आ गया जो विशिष्टता सिद्ध करने के लिए विज्ञापनबाजी के लटके जरूरी मानता है और सामन्तशाही का वह सत्ता-भय भी जो गद्दी को माई-बाप पुकारता है।

बंगलौर अधिवेशन के बाद से अब तक जो कुछ हुआ है वह कांग्रेस और कांग्रेस-विरोधी दलों की राजनीति के खोखले और बेपेंदे होने का सबूत पेश करता है। प्रधानमन्त्री इन्दिरा गाँधी ने मठाधीशों की राजनीति की कमजोरियों और अन्तर्विरोधों का पूरा-पूरा लाभ उठाया है। जिन लोगों ने उन्हें आपस में कोई समझौता न होने के कारण इस खयाल से गद्दी पर बैठाया था कि वह इस कृपा के लिए आजन्म आभारी रहेंगी और नेहरू की बेटी होने के नाते कांग्रेस के लिए अच्छी लोकप्रतिमा बना सकेंगी उनका ही चन्द वर्षों में पत्ता साफ करके उन्होंने दर्शा दिया है कि मठाधीश कितने थुल-थुले हो चले हैं। राजनीति की कुश्ती के दर्शक इसीलिए उनका जयकार कर रहे हैं। जब तक दर्शन के लिए आने और अभिनन्दन-ग्रन्थ भेंट चढ़ाने वाला अर्द्ध-सामन्ती वातावरण हमारी राजनीति में बना रहता है तब तक सत्ता की जयकार करना ही पर्याप्त समझा जाएगा। इस वातावरण में इन्दिरा गाँधी इसी वातावरण के पोषकों को फिलहाल परास्त कर चुकी हैं। इसलिए उनका व्यक्ति-पूजा की शिकायत करना खम्भा नोचने का ही नमूना माना जाएगा। लेकिन जयकार करने वाली जनता और जयकार पाने वाली प्रधानमन्त्री दोनों को ही इस तथ्य का सामना करना पड़ेगा कि भारत जैसे समस्याग्रस्त देश के लिए राजनीति दाँव-पेंचों वाला खेल नहीं हो सकती। सत्य के साक्षात्कार का वही क्षण हमारे पुनरुद्धार का क्षण होगा। तब तक दर्शनों का मात्र दर्शनीय दर्शन तो है ही!

# आतंक के मूल में आशंका

इधर के कुछ समाचार दिमाग में चक्कर काट रहे हैं—पूर्वी पाक से विस्थापितों का आगमन जारी, संसद-सदस्यों द्वारा अणुबम बनाने की माँग, लन्दन सेण्ट्रल बैंक घोटाला काण्ड, हिन्द महासागर में विदेशी बेड़ों से चिन्ता, लू से मरने वालों की संख्या 650 हुई, ट्रक-ट्रेन-टक्कर में 32 बराती मरे, तलाक लेने में और सुविधा, गैस के दाम 3 रु. प्रति सिलिण्डर की कमी, महाराष्ट्र में साम्प्रदायिक दंगे, रूसी सहायता से चलने वाले उद्योग घाटे में—1,000 रूसी कर्मचारियों का वेतन-बिल 4 करोड़ रुपए, राशन के गेहूँ का 6 पैसे प्रति किलो दाम बढ़ा, एक बाल्टी पानी 50 पैसे में, पश्चिम बंगाल में 2,100 नक्सलपन्थी गिरफ्तार, कलकत्ता में पुलिस का सफाया करने वाले पोस्टर आदि।

ध्यान देने पर इनमें दो समाचार सुविधाजनक प्रतीत होते हैं—तलाक लेने में सुविधा और गैस के दाम में कमी। शेष समाचार घबराहट पैदा करने वाले हैं। देश की बाह्य और आन्तरिक स्थिति का संक्षेप में यह सिंहावलोकन है।

दो बढ़ते हुए मर्ज तेजी से देश में विस्तार पा रहे हैं—नक्सलपन्थ का विस्तार और साम्प्रदायिकता का प्रसार। पहले रांची में दंगे हुए, फिर अहमदाबाद और महाराष्ट्र में। राजनीतिक दलों ने एक-दूसरे को जिम्मेदार ठहराकर अपने-अपने कर्त्तव्यों की इतिश्री मान ली। बेचारे आक्रान्ता अपने आँसू स्वयं पोंछकर रह गए। मुख्यमन्त्रियों की बैठक में प्यूनिटिव टैक्स का सुझाव दे दिया गया। इस बार यह बड़ा घराऊ सुझाव सामने आया है। ब्रिटिश जमाने का यह एक पुराना अस्त्र है। इन्दिरा जी ने अपने वक्तव्य में जो कहा उसका सारांश यह है कि साम्प्रदायिक दंगों के पीछे राजनीतिक षड्यन्त्र है। जनसंघ के अध्यक्ष श्री अटलबिहारी वाजपेयी का कहना है कि उनके वक्तव्य को प्रधानमन्त्री ने तोड़-मरोड़ कर पेश किया है।

यह सत्य है कि देश में साम्प्रदायिकता का विष महँगाई की तरह उत्तरोत्तर वृद्धि पर है, यह भी तथ्य है कि सभी दल अपने-अपने ढंग से इसके निराकरण का उपाय भी कर रहे हैं, लेकिन न महँगाई रुक रही है और न साम्प्रदायिकता का विष। यह इस देश का दुर्भाग्य है कि विभाजन के बाद भी यह विष-गाँठ यहाँ की जमीन से

निर्मूल नहीं की जा सकी। यदि यह कहा जाए कि यह बीमारी यहाँ चिरकाल से थी तो असत्य नहीं होगा। उसकी एक झलक आज के लोगों के लिए पर्याप्त होगी।

सन् 1937 में प्रदेशों में लोकसम्मत सरकारें बनी थीं, लेकिन केन्द्र में अंग्रेज सरकार ही थी। उसे कांग्रेस का ही शासन कहना अधिक उचित था। महायुद्ध में सहयोग के प्रश्न पर कांग्रेसी मन्त्रिमण्डल ने सन् 1939 में त्यागपत्र दे दिया। इस खुशी में मुस्लिम लीग की बांछें खिल गईं। उसने सार्वजनिक ढंग से मुक्ति-दिवस (यौंमे नजात) मनाया और दीपावली (चिरांगा) का आयोजन किया। अंग्रेजों की कूटनीति सफल रही। लीग की पीठ ठोंकी गई। न तो आज देश से लीगी मनोवृत्ति मिटी है और न हिन्दुओं का विश्वास ही मुसलमानों पर जम सका है। 'पाकिस्तान जिन्दाबाद' के नारे लगाने वाले आज भी यहाँ भारत की धरती पर साँस ले रहे हैं और पिंडी के इशारे की ताक-झाँक में हैं।

साम्प्रदायिकता का दमन न तो प्यूनिटिव टैक्सों से होगा और न हिन्दू-धर्म की ध्वजा फहराने से। मुसलमान यहाँ हैं और रहेंगे। फिर क्यों न एक ऐसी भावभूमि तैयार की जाए जो दोनों के लिए ग्राह्य हो। नेतागिरी के आश्वासनों और वाणी विलास से तो हम भर पाए। इस सन्दर्भ में एक लोककथा का स्मरण हो रहा है–

एक गाँव में चार जने रहते थे। एक अन्धा था, दूसरा बहरा, तीसरा लँगड़ा और चौथा नंगा। एक दिन चारों एकत्र हुए। अन्धे ने कहा–'हमारे गाँव को लूटने के लिए एक बहुत बड़ी फौज आ रही है। उसकी चकाचौंध से मेरी आँखें चौंधियाँ रही हैं।' बहरे ने तुरन्त इसका समर्थन करते हुए कहा–'उसके धमाकों से मेरे तो कान के परदे फटे जा रहे हैं।' लंगड़े को भी जोश आ गया। उसने ललकारते हुए कहा–'मारो बदमाशों को, भागने न पाएँ।' इन तीनों के प्रलापों से नंगा घबरा गया और उसने बिलखते हुए कहा–'तुम लोगों का कुछ नहीं बिगड़ेगा, लेकिन मैं लुट जाऊँगा।'

आतंक के मूल में सदा आशंका छिपी रहती है। साम्प्रदायिक दंगों में सार नगण्य होता है। अकारण आशंका से ग्रस्त नेताओं की बहक ही दंगों की बुनियाद होती है। दुर्भाग्य है कि सरकारी तौर पर ऐसे बहके लोगों के इलाज का कोई प्रबन्ध नहीं है। वे अवसर देखकर अपना प्रलाप आरम्भ कर देते हैं और निरीह जनता के घर लुट जाते हैं, बच्चे अनाथ हो जाते हैं और सरकारी कोष से एक बहुत बड़ी रकम इन दंगाग्रस्त क्षेत्रों की भेंट हो जाती है। निर्माण के नाम पर ध्वंस की धूल उड़ती दिखाई देती है। रांची, अहमदाबाद, चाईबासा और महाराष्ट्र के दंगे जिस क्रम से हुए, वे यदि इसी रफ्तार से अपना सिर उठाते रहे तो किसी भी प्रान्त की बारी कभी भी आ सकती है।

साम्प्रदायिकता एक मनोविकार है। यह एक ऐसा वहम है जो मानव की आतंक-भावना पर तुरन्त हावी हो जाता है। इसका निराकरण भाषणों से नहीं होगा। इसके लिए राष्ट्रीय स्तर पर सार्वजनिक मनोविश्लेषण की आवश्यकता है। श्रीमती इन्दिरा गाँधी का कहना है कि साम्प्रदायिक दंगों के पीछे राष्ट्रीय स्वयंसेवक संघ और जनसंघ जैसे संगठनों का हाथ है। उन्होंने यह भी चेतावनी दी है कि साम्प्रदायिक हिंसा, गुमराह करने वाले व्यक्तियों और पार्टियों का सख्ती से दमन किया जाएगा। काश! प्रधानमन्त्री की यह चेतावनी अहमदाबाद के दंगों के बाद ही अमल में आ जाती तो आज चाईबासा और महाराष्ट्र में हुई राष्ट्रीयता की जघन्य हत्या से तो बचा ही जा सकता था। अब भी समय है। यदि हमारी प्रधानमन्त्री इस देश को साम्प्रदायिकता के दंश से निरापद कर सकें तो यह इस अभागे राष्ट्र के लिए सौभाग्य की बात होगी। साथ ही हम प्रधानमन्त्री से यह भी निवेदन करेंगे कि देश में व्याप्त उन अराष्ट्रीय तत्त्वों का भी लगे हाथ राष्ट्रीयकरण कर डालें, जो बसते तो भारत में हैं, लेकिन स्वप्न पाकिस्तान का देखते हैं। आज दोषारोपण की राजनीति से अधिक आवश्यक है विष की गाँठ को पहचानकर उसका राष्ट्रहित में जड़ से उन्मूलन करना।

# बड़े सवाल : छोटे समाधान

भारत परमाणु बम बनाए या नहीं? भारतीय लोकतन्त्र की सफलता के लिए क्या आवश्यक है? साम्प्रदायिकता क्यों कर दूर हो? चीन और पाकिस्तान में से किसी एक से कोई समझौता कर लिया जाए तो कैसा रहे? नक्सलपन्थियों से कैसे निपटें? गुट-निरपेक्षता की नीति कितनी सफल रही? प्रशासन में सुधार के लिए क्या किया जाए? हिन्द महासागर की सुरक्षा के लिए क्या करें? मन्त्रिमण्डलों का दिन-दूना बढ़ता मोटापा कैसे दूर हो?—सवाल सैकड़ों हैं, फिर भी हम बहुत मायूसी से यह कहना चाहते हैं कि आज सम्पादकीय के लिए कोई विषय नहीं सूझ रहा है। यों इन या ऐसे ही अन्य किन्हीं सवालों के बारे में कुछ कह गुजरना कोई खास मुश्किल काम नहीं। स्वाधीन भारत की नेता-बिरादरी एक मात्र दर्शनार्थ किस्म का राजनीतिक दर्शन सार्वजनिक उपयोग और उपभोग के लिए तैयार कर चुकी है। हर बड़े सवाल के बारे में कुछ बड़ी ही आदर्श उक्तियाँ इसके साँचे में ढलकर हमें मिली हैं और हम आप सब उन्हें दोहराते नहीं थकते। सार्वजनिक मंच पर हम इस राजनीतिक दर्शन द्वारा निर्मित सीमाओं का पूरा आदर करते हैं। इस दर्शन के पुण्य वचनों से हमारे यहाँ हर कहीं कहने वाले भी धन्य होते रहे हैं और सुनने वाले भी। इस सीमा का अतिक्रमण सनसनीखेज का सगा और बदतमीजी का बिरादर माना जाता रहा है।

परेशानी यह है कि इन पुण्य वचनों को हम इतना बारीक पीस चुके हैं कि अब इनसे कोई भी ठोस बात बनती नजर नहीं आती। हमें इनसे परहेज हो रहा है तो बस इसलिए कि अनुभव बताता है कि इनसे हमारा परलोक भले ही सुधरा हो, इहलोक बदतर होता चला गया है। और पत्रकारिता का तकाजा है कि हम इहलोक की चिन्ता पहले करें। इसलिए सैकड़ों सवालों की भीड़ में से एक सवाल अलग होकर हमारे सामने आता है—क्या वजह है कि बड़े-बड़े सवालों पर बड़ी-बड़ी चिन्ताएँ-चर्चाएँ करने वाले हमारे राजनीतिक मानस के पास उपलब्धियों के नाम पर कोई छोटी-मोटी चीज भी नहीं है? बगैर किसी लम्बी-चौड़ी जासूसी के इसका सीधा-सा जवाब यह खोजा जा सकता है कि बड़े-बड़े सवालों के बारे में ये बड़ी-बड़ी

चिन्ताएँ खोखली और बनावटी हैं। हम देखते आए हैं कि हमारे राजनीतिक मानस द्वारा बड़े सवाल पर की गई बड़ी चिन्ता से प्राप्त हर बड़ा सिद्धान्त किसी छोटी और नितान्त प्रतीकात्मक कार्रवाई पर ही तन-मन न्यौछावर किए देता है। यथार्थ चिन्तन तो ऐसी सांकेतिक कार्रवाई से कभी सन्तुष्ट हो नहीं सकता था।

थोड़ा और ध्यान से देखने पर पता चलता है कि हमारा राजनीतिक मानस इस बड़े सार्वजनक चिन्तन के प्रति अनास्थावान ही नहीं है, बल्कि उसने निजी उपयोग के लिए एक छोटा चिन्तन भी बना छोड़ा है। हमारे सामाजिक यथार्थ से पहला चिन्तन जितना आगे या ऊँचा है, दूसरा चिन्तन उतना ही पीछे या नीचा है। एक ओर सिद्धान्तों का स्वर्ग और दूसरी ओर तथाकथित गहरी राजनीति का नरक—जिस जमीन पर भारतीय जनसाधारण खड़ा है उसके लिए फुर्सत ही किसे है? अगर इस राजनीतिक मानस से बड़ी-बड़ी उपलब्धियों की माँग करें तो वह निजी उपयोग वाले चिन्तन का नौन-तेल-चिट्ठा सामने फैला देगा और कहेगा कि यह तो हमारी सामाजिक-राजनीतिक स्थिति की क्षुद्रता है और आप बड़ी उपलब्धियों का सवाल उठा रहे हैं। और अगर आप किसी छोटी-मोटी उपलब्धि की चर्चा छेड़ें तो वह सार्वजनिक चिन्तन वाला पोथा खोलकर बैठ जाएगा और आपको यह महसूस करा देगा कि इतने बड़े-बड़े सवालों से उलझी हुई हस्ती के सामने ऐसे मामूली काम की चर्चा करना हिमाकत है। इस प्रकार का दुहरा चिन्तन नेता-बिरादरी से होता हुआ अनुयायी-बिरादरी में भी पहुँच चुका है और हर व्यक्ति अपने को व्यापक और तात्कालिक दोनों प्रकार के दायित्वों से मुक्त पा रहा है।

एक नितान्त सुविधाजनक दायित्वहीनता शासन और समाज में व्याप्त हो गई है। हम नागरिक की छोटी-मोटी परेशानियों के सामने भी अपने को उतने ही सुखद रूप से लाचार पा रहे हैं जितना राष्ट्र की बड़ी-बड़ी समस्याओं के। अगर यह जड़ता नहीं तोड़ी गई तो सारा मध्यमार्गी सत्ता-प्रतिष्ठान ही ढह जाएगा लेकिन तब भी दायित्वहीनता से जनसाधारण को कोई मुक्ति नहीं मिलेगी। केवल नाम बदल जाएगा—आज की 'आदर्शपरायणता' कल 'क्रान्तिकारिता' कहलाएगी यानी आज की अकर्मण्यता कल अराजकता के रूप में गुल खिलाएगी। इसलिए जड़ता को तोड़ना आज की सबसे बड़ी जरूरत है और जड़ता तभी टूटेगी जब दर्शनार्थ राजनीतिक दर्शन के मिथक तोड़े जाएँगे। यहाँ यह समझ लेना जरूरी है कि मिथक तोड़ने का मतलब एक मिथक की जगह दूसरा मिथक प्रतिष्ठित कर देना नहीं होता। किसी भी देश ने मिथकों के सहारे प्रगति नहीं की और तो और उन साम्यवादी देशों ने भी नहीं जिन्हें ऊपरी तौर से देखने पर मिथकग्रस्त कहा जा सकता है। हर कहीं यथार्थवादी मूल्यांकन पर आधारित व्यावहारिक दृष्टि ही सफलता की कुंजी बनी है।

तो जड़ता तोड़ने के लिए यह जरूरी है कि हम अपने राजनीतिक मानस को बदलें। अपने निजी चिन्तन और आचरण को कुछ अधिक आदर्शपरायण और सार्वजनिक चिन्तन और व्यवहार को कुछ अधिक यथार्थवादी और सिद्धिविश्वासी बनाएँ। यही नहीं, सर्वव्यापी राजनीतिक नेता-बिरादरी को उसके विशिष्ट कार्यक्षेत्र तक सीमित रहने को बाध्य करें और जनजीवन के विभिन्न क्षेत्रों से विशिष्ट नेतृत्व उभरने दें। जब तक जनजीवन के केन्द्र से 'राजनीतिकता' को हटाकर वहाँ 'सामाजिकता' प्रतिष्ठित नहीं की जाएगी तब तक हमारे सार्वजनिक दर्शन की ऊँची दुकानों में फीके पकवान ही तैयार होते रहेंगे। सामाजिकता ही विराट योजनाओं की जगह व्यापक योजनाओं का आग्रह कर सकेगी। बड़े पैमाने पर किए गए छोटे-छोटे काम छोटे पैमाने पर किए गए बड़े-बड़े आयोजनों से कहीं अधिक कारगर सिद्ध होंगे। जरूरी है कि हम बड़े-बड़े सवालों और बुलन्द खयालों की परलोकवादी राजनीति से अपने को और अपने देश को मुक्त करें।

# मध्यमार्ग अपना मर्सिया पढ़ रहा है

नई दिल्ली से कलकत्ता भेजा गया एक मनीआर्डर महीने भर बाद भी जब मंजिले-मकसूद तक नहीं पहुँचा तब हम कुछ चिन्तित हुए। उसी पते पर बराबर पत्र और मनीआर्डर भेजते रहे थे। और कभी कोई गड़बड़ नहीं हुई थी, इसलिए यही तय पाया कि शायद वह डाक में ही इधर का उधर हो गया हो। लिहाजा सम्बद्ध डाकखाने में शिकायत लिखवाई। वहाँ से चिट्ठी मिली कि शिकायत बड़े दफ्तर भेज दी गई है और विचाराधीन है। शिकायत बहुत इतमीनान से विचाराधीन हो चली होगी क्योंकि बड़े दफ्तर से हमें कोई पत्र नहीं मिला। फिर एक दिन मनीआर्डर ही लौट आया—डाकिए ने बताया कि कलकत्ता से लिखकर आया है 'पेई नाट नोन' (इस नाम का और इस पते पर कोई व्यक्ति नहीं है)। मनीआर्डर देखा नाम और पते में कोई भूल नहीं थी। अगर नाम-पता देवनागरी में लिखना ही भूल में शुमार हो तो बात दूसरी है। लिहाजा फिर बड़े दफ्तर को शिकायती चिट्ठी भेजी। वहाँ से जवाब मिला—"पेई नाट नोन होने के कारण मनीआर्डर आपको लौटाया जा चुका है इसलिए इस प्रसंग को यहीं समाप्त समझा जाता है।"

अब हम समाप्त समझने को न तैयार हों तो क्या कर लेंगे? बड़े-से-बड़े दफ्तर में शिकायत करने पर इसी जवाब का कुछ भिन्न संस्करण सुनने को मिलेगा। हम इसे हिन्दी-विरोध का नमूना मानकर हंगामा खड़ा करें तो भी कोई बात नहीं बनेगी क्योंकि हिन्दी-समर्थन और हिन्दी-विरोध वाला राजनीतिक तमाशा अब ठण्डा पड़ चुका है। और गरमागरम होता तो भी मामला किसी नतीजे पर नहीं पहुँचता। समर्थक कुछ अधिक समर्थक और विरोधी कुछ अधिक विरोधी हो जाते और वोट पाने की जरूरतों को ध्यान में रखते हुए कोई टालू किस्म का फतवा दे दिया जाता। हमारा यह मान लेना भी गलत होगा कि कलकत्ता का सारा डाक-विभाग हिन्दी-विरोधी है। आखिर देवनागरी नाम-पते वाली हमारी ही अनेक चिट्ठियाँ वहाँ रोज सही-सलामत पहुँच जाती हैं। यही समझना होगा कि सम्बद्ध किसी एक कर्मचारी ने अपना हिन्दी-विरोध उस मनीआर्डर को लौटवाकर व्यक्त किया। सवाल यह है कि उसे मनमानी करने का साहस कैसे हो सका? और जवाब

शायद यही है कि वह जानता था कि समूचा राजनीतिक तन्त्र, सारा शासन-प्रशासन सिद्धान्त और दायित्व से मुक्ति पा चुका है। शिकायत किए जाने पर बेतुका और गोलमाल जवाब देने में उसे महारत हासिल है। सिद्धान्त की या सही-गलत की बात उठने की सारे तन्त्र में कहीं कोई गुंजाइश नहीं है।

कुछ भी ऐसा नहीं है जिसे हम अपने विवेक का प्रयोग कर पूरी आस्था से अच्छा या बुरा मानते हों। सब चलता है इसलिए हर कोई छलता है—औरों को ही नहीं, अपने को भी। भले और बुरे की कोई वास्तविक पहचान न रह जाने के बाद अब जो भी है सो हार-जीत की पहचान है और हार-जीत भी कैसी—शुद्ध राजनीतिक, नितान्त तात्कालिक। नैतिक कसौटी या ऐतिहासिक महत्त्व का सवाल ही उठाना व्यर्थ है। नैतिक अन्धे अपनी-अपनी महत्त्वांकाक्षी मूर्खता की सीमा में अपने-अपने धन्धे से लगे हुए हैं और स्वार्थ के इस क्षण से उस क्षण तक जी लेने की प्रक्रिया को क्षण-क्षण जीवन्त रहने की संज्ञा दिए ले रहे हैं।

रोज का अखबार, रोजमर्रा का अनुभव हमें मध्यवर्ग द्वारा प्रतिष्ठित मध्यमार्गी सत्ता के ढहने की सूचना दे रहा है। पूर्व के पौधे पर पश्चिम की कलम लगाने को कृतसंकल्प अंग्रेजीदां और अंग्रेज-भगत मध्यमार्ग, देसी और देहाती के सहारे नई दुनिया बसाने का स्वप्न देखने वाला गाँधीवादी मध्यमार्ग और अतीत के गौरव के बारे में आज की लफ्फाजी से देश की सांस्कृतिक शुद्धि और अभिवृद्धि सम्भव मानने वाला मध्यमार्ग सब चूक गए हैं, चुक गए हैं। इन तीनों की बची-खुची जूठन को मिला-हिला कर तैयार की गई 'भेल-पूरी' ही हमारे समाज में अब मध्यमार्ग के नाम पर परसी जा रही है। आदत के आग्रहवश मध्यमार्गी और राष्ट्रवादी कुछ फतवे हम बीच-बीच में, मानो नींद से जागकर, जोर-जोर से दोहराए जा रहे हैं मगर अपनी-अपनी जगह, अपने-अपने ढंग से मध्यमार्ग की मूल्यहीनता और राष्ट्रवाद की निरर्थकता के विषय में पूरी तरह आवश्स्त हैं। अशान्त दिखने वाले समाज में एक निहायत शान्त सड़ाँध फैली हुई है।

मूल्यहीन, आस्थाहीन मध्यमार्ग के इस दौर में समाज का हर सदस्य अब केवल दो चीजों से डरता है—भीड़ के भड़क उठने से और अपने क्षेत्र की 'राज-नीति' के दाँव-पेंचों में मात खा जाने से। दूसरी आशंका को दूर करने के लिए वह पहले भय का अपने प्रतिद्वन्द्वी के विरुद्ध प्रयोग करते रहना बहुत जरूरी समझता है। इन दो राजनैतिक डरों से निर्मित सीमाओं के भीतर हर किसी को पूरी नैतिक छूट है कि लूटे। एक आदमी देवनागरी नाम पते के कारण मनीआर्डर लौटा सकता है तो दूसरा पायदान पर पाँव रख चुकी, गोदी के बच्चे वाली औरत की उपेक्षा करके बस चलाने

के लिए घण्टी दे सकता है। एक अपनी सरकार बचाए रखने के लिए अपने दल के लगभग सभी सदस्यों को मन्त्री बना सकता है तो दूसरा करोड़ों का गबन कर सकता है। एक मुनाफे की खातिर जनता के लिए आवश्यक माल दबा सकता है तो दूसरा कला-प्रतिभा को भी दोस्ती-दुश्मनी के तराजू पर तोल सकता है।

मध्यमार्ग अपना मर्सिया खुद पढ़ रहा है और कुछ आशंका और काफी कुतूहल से अतिवाद की प्रतीक्षा कर रहा है।

# अब्बर देवी जब्बर बकरा

आज हम जितनी सिद्धान्त की बातें करते हैं, व्यवहार में उतने ही शून्य हैं। समाजवाद की जितनी चर्चा है, उसका व्यवहार-पक्ष उतना ही हवाई है। समाजवाद को एक आतंक के रूप में उपस्थित किया जा रहा है। निश्चय ही इस गलेबाजी के पीछे एक वर्ग-विशेष को सब्जबाग दिखाने की जितनी कलाबाजी है, उतनी इसमें निहित सैद्धान्तिक विश्वास की आस्था नहीं। जिसे देखिए वही समाजवाद का झण्डा लिए अपना उल्लू सीधा करने के प्रयत्न में है। समाजवाद एक राजनीतिक स्टण्ट बनकर रह गया है। राजनीति जब सत्ता-संघर्ष का एक अस्त्र मात्र बनकर रह जाती है, तब इस तरह के सामयिक नारों का बाजार गर्म हो उठता है और महँगाई, बेरोजगारी और भ्रष्टाचार पतनशील समाज को और भी पतनोन्मुखी बनाकर देश को महागर्त में ढकेल देते हैं।

पश्चिम बंगाल में जितनी उग्रता है, उतनी ही नित्य नई दुर्भाग्य की रेखाएँ उसके भाल पर उभरती नजर आ रही हैं। वहाँ के पौरुष में एक मुट्ठी चावल अर्जित करने का उद्रेक अब नहीं रहा। उन खुरदरी मुष्टिकाओं में अब विध्वंसक बम को धारण करने की दुर्भावना कुलबुला रही है। वहाँ के सभ्य एवं सुसंस्कृत मानस को हिलोर कर कदर्य कर्दम को निरन्तर अस्थिर रखने की जो प्रतियोगिता चली है, उसके परिणाम अब प्रत्यक्ष हैं। उन जन नेताओं ने बंगाल के अपुष्ट शरीर को भले ही अन्न का एक दाना न दिया हो, लेकिन उसके अशुद्ध मानस के विष को वे अपनी राजनीतिक उपलब्धि का अमृत मानने लगे हैं।

अब स्थिति यह हो गई है कि पश्चिमी बंगाल पर वियतनाम का रंग चढ़ने ही वाला ही। केन्द्र इस तमाशे को बड़ी तटस्थता से निहार रहा है। मार्क्सवादी कम्युनिस्ट पार्टी नक्सलपंथियों के साथ किसी भी क्षण कोई हिंसात्मक आन्दोलन छेड़कर वहाँ की बची खुची शान्ति पर हावी हो जाने की बाट देख रही है। और आश्चर्य की बात तो यह है कि ऐसे विकट समय में भी जिस नजरबन्दी कानून को वहाँ लागू होना चाहिए था वह राजस्थान पर लागू हो रहा है। निरीह जनता को जिन दरिन्दे भेड़ियों की दया पर छोड़ दिया है, वह स्थिति हमारे मन में केन्द्रीय सरकार की एक कमजोर तसवीर अंकित कर रही है। इच्छा होती है कि हम चीखकर कहें

कि केन्द्र अब पश्चिम बंगाल से सन्त्रस्त है। देवी बलि के बकरे के सामने कमजोर पड़ रही है। 'अब्बर देवी जब्बर बकरा' वाली कहावत अब चरितार्थ होना ही चाहती है।

आज पश्चिम बंगाल की भूमि में गड़ी लोहे की मशीनें तो उखाड़कर बाहर नहीं ले जाई जा सकतीं, लेकिन जिस पूँजी से उनका संचालन होता है वह तो अब निष्क्रिय हो रही है। कोढ़ में खाज़ की तरह वहाँ का रहा-सहा उद्योग आज निर्जीव पड़ा घोर अमंगल का आस्वान कर रहा है। देश की निरन्तर बढ़ती बेरोजगारी में एक बड़ा पैबन्द और लग गया है।

बंगाल की समस्या केवल वहीं तक सीमित नहीं है, बल्कि यह पूरे भारत की समस्या के रूप में उभर कर देश के सिर के ऊपर मँडरा रही है। सुरक्षा के नाम पर वहाँ शून्यता व्याप रही है। वहाँ के साधारण नागरिक का जीवन तो मच्छर-मक्खियों की तरह क्षणभंगुर है ही, अब उद्योगपति भी अपनी सुरक्षा के अभाव में दफ्तर जाने में घबराने लगे हैं। पुलिस हाथ पर हाथ धरे बैठी है। वह जानती है कि इस क्षण-क्षण परिवर्तित राजनीति में यदि उनके पुराने आका किसी क्षण लौट आए और उन्होंने अपना पिछला हिसाब माँग लिया तो वह क्या जवाब देगी! कहने को आज वहाँ राष्ट्रपति शासन है, लेकिन वहाँ की स्थिति की भयानकता पूर्ववत आँकी जा रही है। आतंक का सूत्र मार्क्सवादी कम्युनिस्टों और नक्सलपंथियों के हाथ में ही है। अब तो लोग यह भी कहने लगे हैं कि राष्ट्रपति शासन में नक्सलपंथियों का जोर और भी बढ़ गया है। पहले वह संयुक्त मोर्चा सरकार की इज्जत रखने के लिए कम उपद्रव मचाते थे, लेकिन अब तो उन्हें खुली छूट मिल गई है।

बेरोजगारी को उपद्रव की जननी माना जाता है। यह स्थिति पूरे देश में व्याप्त है। बंगाल में उसका अनुपात अधिक हो गया है। छात्रों के उपद्रवों के मूल में भी बेरोजगारी की ही बात कही जाती है। गरीबी में आटा गीला करने के लिए पूर्वी पाकिस्तान से हिन्दू शरणार्थियों का निरन्तर आगमन भी वहाँ जारी है। ग्रामीण उद्योग और खेती की प्रगति तो पहले से ही वहाँ नगण्य रही है। इन समस्याओं ने वहाँ की राजनीतिक उग्रता को उकसाने में घी का काम किया है। अब रहे-सहे उद्योग भी वहाँ की विध्वंसक नीति के कारण ठप पड़ गए हैं। दुर्भाग्य की बात तो यह है कि चिर अकर्मण्यता के अभिशाप से ग्रस्त बंगाल में यदि सुगबुगाहट आई भी तो एक अभिशप्त आत्मघाती कुण्ठा की तरह। स्वाभिमान की एक मर्यादा होती है। आत्मघाती स्वाभिमान वैयक्तिक रूप से तो शायद निभ भी जाए, उसका सार्वजनीकरण कभी-कभी हास्यास्पद हो उठता है। कलकत्ता-नगर के विकास के लिए अमेरिकी फोर्ड फाउण्डेशन ने कुछ आर्थिक सहायता का प्रस्ताव संयुक्त मोर्चा सरकार के

सम्मुख रखा था। उसने सिर्फ इस बिना पर वह अयाचित सहायता ठुकरा दी कि वह सहायता अमेरिकी थी। चीन के उच्छिष्ट विचारों पर पलने वाले इन कम्युनिस्टों और नक्सलपंथियों की हिमाकत देखकर हँसी नहीं, रोना आता है। देश को पतन के गर्त्त में ढकेलने का संकल्प ही क्या उनका अब एकमात्र लक्ष्य रह गया है? इस विध्वंस-लीला में वे किस स्वप्निल निर्माण की बात सोच रहे हैं!

केन्द्र ने अपने इस बंगाली बालक के बहुत-से नाबालिग करतब देख लिए। अब उसको यह विश्वास हो जाना चाहिए कि उसका यह विद्रोह क्रान्ति-प्रेरित न होकर उन्मादग्रस्त हो उठा है। यह संक्रामक रोग अन्य प्रान्तों में भी अपने कीटाणु न बिखेर दे इससे पहले ही इसका उन्मूलन देश-हित में वांछनीय हो गया है।

बलि की प्रथा इस देश में बड़ी प्राचीन है। हमें इसका रूढ़ रूप ग्रहण न कर उसके प्रतीक रूप को लेना चाहिए। जब मानसिक विकार विवेक पर हावी होते हैं, तब मनुष्य अपने में सुप्त देवत्व का आह्वान करता है। जब्बर बकरा हमारी देवी का अब्बरत्व सिद्ध न कर दे, इससे पूर्व ही हम उसे खड्गहस्ता देखना चाहते हैं। जब शिव में स्थित मांगलिक 'स्वर' लुप्त हो जाता है, तब वह शव की तरह निष्क्रिय-निस्पन्द पड़ा केवल दुर्गन्ध को ही बढ़ाता है। उससे सुगन्ध की आशा रखना एक दुराशा मात्र है।

# जो मारे सो मीर की राजनीति

प्रधानमन्त्री इन्दिरा गाँधी ने मन्त्रिमण्डल में जो परिवर्तन किए हैं वे प्रशासनिक दृष्टि से अनावश्यक ठहरते हैं और कई मामलों में तो उन्हें अनुचित भी कहा जा सकता है। कट्टर से कट्टर इन्दिरा-भक्त भी यह दावा नहीं कर सकता कि परिवर्तित मन्त्रिमण्डल अधिक कार्यक्षम सिद्ध होगा। इसलिए हम इस हेर-फेर को रणनीति के आग्रह के अनुसार की गई हेरा-फेरी ही मानने को बाध्य हैं।

इस रणनीति की सफलता के लिए यह आवश्यक था कि कांग्रेस का विभाजन कराने वाले झगड़े की पहली वर्षगाँठ के अवसर पर नई-पुरानी दोनों कांग्रेसों पर इन्दिरा गाँधी ही छाई रहें। भारतीय रणनीति में प्रधानमन्त्री का व्यक्तित्व सबसे आगे और सबसे ऊपर नजर आए। पुरानी कांग्रेस पर यों भी इन्दिरा गाँधी का भूत शुरू से सवार था। ऐन उसके नई दिल्ली अधिवेशन के अवसर पर मन्त्रिमण्डल में परिवर्तन का सनखनीखेज नाटक प्रस्तुत करके श्रीमती इन्दिरा गाँधी ने न सिर्फ सारी सुर्खियाँ उससे छीन लीं बल्कि अधिवेशन को भी बदस्तूर प्रधानमन्त्री-पुराण बाँचते जाने के लिए बाध्य किया। पुरानी कांग्रेस राजनीतिक शतरंज में इन्दिरा गाँधी से पिटे हुए मोहरों की संस्था ही नजर आ सकी। राजनीतिक कार्यक्रम के नाम पर वह 'समाजवादी लोकतन्त्रात्मक शक्तियों के आह्वान' का पुराना लटका ही दुहरा सकी और साम्यवाद को साम्प्रदायिकता से अधिक चिन्ताप्रद मानने में जनसंघ का साथ देती हुई पाई गई।

नई कांग्रेस में तो इन परिवर्तनों के बाद बस इन्दिरा गाँधी ही सब कुछ नजर आईं। वफादार पुरस्कृत किए गए, गड़बड़ करने या कर सकने वाले राजनीतिक संकट में डाल दिए गए। यह पूरी तरह प्रदर्शित और प्रमाणित कर दिया गया कि बनाने-बिगाड़ने की सारी शक्ति प्रधानमन्त्री के हाथ में है। श्री दिनेश सिंह, जो श्रीमती इन्दिरा गाँधी के कृपापात्र होने के कारण ही केन्द्र की राजनीति में उतर सके थे, इस बार कोपभाजन बनने पर सर्वथा असहाय सिद्ध हुए और राजनीतिक दृष्टि से कई आत्मघाती मूर्खताएँ सिलसिलेवार किए चले गए। वह मन्त्रिमण्डल में खासे अच्छे स्थान पर भले नजर आ रहे हों परन्तु राजनीति में उनके लिए आगे कोई

सम्मान का स्थान नजर नहीं आ रहा है। श्री चव्हाण, जो कांग्रेस को दो धड़ों के बीच पुल बनकर और अपने युवा तुर्कों के सहारे प्रधानमन्त्री को चुनौती देते रहकर शायद आगे कोई क्रान्तिकारी कदम उठा सकते थे, वित्तमन्त्री बना दिए गए हैं ताकि 'आर्थिक कार्यक्रम' पूरा न होने के दोष के भागीदार बन सकें। अगर श्री चव्हाण नई कांग्रेस में बेइज्जत होने के बाद इतने विलम्ब से पुरानी कांग्रेस में लौटें तो उन्हें वहाँ खास इज्जत मिल नहीं सकती। अगर वह केन्द्र की राजनीति से हटकर महाराष्ट्र लौटना चाहें तो वहाँ इस बीच उनकी शक्ति काफी कम कर दी गई है और जो रही-सही है, सो लौटने से उत्पन्न प्रतिद्वन्द्विताओं में खत्म हो सकती है। लिहाजा श्री चव्हाण को धैर्य साधकर गृहमन्त्री से नाम मात्र का, बल्कि बदनाम मात्र का, वित्तमन्त्री बन जाना पड़ा है।

श्री फखरुद्दीन अली अहमद को पहले शिक्षा मन्त्रालय देने की बात कहकर पर्याप्त आतंकित किया गया और फिर खाद्य-कृषि मन्त्रालय देकर उनके आँसू पोंछे गए। जगजीवन बाबू को कांग्रेस अध्यक्ष बनाया ही इस खयाल से गया था कि वह मन्त्रिमण्डल छोड़ देंगे। मगर उन्होंने ऐसा नहीं किया। प्रधानमन्त्री के प्रति उनकी वफादारी असंदिग्ध रही है और उनके भक्तों का समर्थन प्रधानमन्त्री के लिए आवश्यक भी है। लेकिन विभाग उनका भी बदला गया, भले ही परिवर्तन से उन्हें ऐसा मन्त्रालय मिला जो अपेक्षाकृत अधिक महत्त्वपूर्ण माना जा सकता हो। अब जगजीवन बाबू को देर-सवेर कांग्रेस की अध्यक्षता छोड़नी होगी और सम्भावना इस बात की है कि यह स्थान भी प्रधानमन्त्री खुद ग्रहण कर लें। प्रतिरक्षा विभाग का फिलहाल घरेलू राजनीति में कोई महत्त्व नहीं है और जिस दिन होगा उस दिन राजनीतिक नेतृत्व का कोई महत्त्व नहीं रह जाएगा।

सवाल यह है कि प्रधानमन्त्री ने इतना जोखम क्यों उठाया है? इसकी एक वजह तो यह हो सकती है कि भारतीय राजनीति की वर्तमान, दिग्भ्रमित परिस्थितियों में पहले वार करने वाला ही सिपहसालार हो जाता है। हतप्रभ करते रहना ऐसी परिस्थितियों में रणनीति का प्रमुख अंग समझा जाता है। दूसरी वजह यह हो सकती है कि श्रीमती इंदिरा गाँधी को नई-पुरानी कांग्रेसों के अपने प्रतिद्वन्द्वियों से कोई डर नहीं रह गया है क्योंकि उनके एक-दूसरे से मिल जाने की बात अब बनती नजर नहीं आती। कुछ नए कांग्रेसियों का समर्थन हट जाने से जो खतरा पैदा हो सकता था वह पहले ही मौजूद है। इस बात की पूरी आशंका है कि संसद के मानसून सत्र में इन्दिरा-सरकार को मार्क्सवादी कम्युनिस्ट पार्टी, अकाली दल और द्रविड मुनेत्र कषगम का समर्थन नहीं मिलेगा। पंजाब, केरल, बंगाल और बिहार में स्थिति नए चुनाव का आग्रह कर ही रही है। जब मध्यावधि चुनाव की सम्भावना इतनी प्रबल

हो तब हाथ जोड़ते रहने से बेहतर है कि सारी शक्ति अपने हाथों में संचित करके दूसरों से हाथ जुड़वाए जाएँ। यही श्रीमती इन्दिरा गाँधी कर रही हैं। इस रणनीति के निर्धारण में मध्यप्रदेश के चाणक्य पण्डित द्वारिकाप्रसाद मिश्र का बड़ा हाथ रहा है।

हमें शिकायत हो सकती है कि इस रणनीति में राजनीतिक गरिमा के दर्शन नहीं होते। लेकिन गरिमा हमारी राजनीति में रह ही कहाँ गई है? वह कुछ हवाई नारों और अर्द्ध-सत्य आरोपों के सहारे चल रही है। समाजवाद लाने वालों को यह पता नहीं कि समाजवाद कैसे आएगा और भारतीयकरण कराने वालों को वह खबर नहीं कि यह शुद्धि कैसे की जाएगी। एक-दूसरे पर साम्प्रदायिकता को भड़काने या उग्र साम्यवाद को उकसाने के आरोप लगाने वाले नेतागण सत्ता-संघर्ष के कुछ सधे-बँधे रास्तों के चक्कर लगा रहे हैं। निरर्थकता का बोध तीव्रतर हो रहा है, राजनीतिक अस्थिरता बढ़ रही है और आदर्शवादिता के बगल में दबा छुरा अब सामने आया चाहता है। ऐसे नाजुक दौर में राजनीतिक शक्ति-प्रदर्शन और शक्ति-संचय सफलता के लिए ही नहीं, अस्तित्व-रक्षा के लिए भी जरूरी है। लोकतन्त्र रहे तो और जाए तो, अब भारतीय राजनीति में जो मारे सो मीर रहेगा।

# गैर-कांग्रेसवाद की कांग्रेसी गति

कभी ऐसा माना जाता था कि कांग्रेस के टूटने से देश और समाज का सारा गतिरोध टूट जाएगा। सोया हुआ सड़ाँधभरा जल निकास की नालियाँ मिलने पर बह जाएगा और फिर राजनीति के पोखर में इस धरती से फूटा हुआ ताजा मीठा पानी भर सकेगा। दूसरे शब्दों में यह कि भीतर के दबे-दबे द्वन्द्व बाहर लाने वाली, रिश्ते बनाने-बिगाड़ने वाली वह हलचल शुरू होगी जो सार्थक ध्रुवीकरण की नींव रखेगी और यह ध्रुवीकरण राजनीति को साफ-सुथरा बनाएगा। दुर्भाग्य कि कांग्रेस के विघटन के पहले वर्ष का अनुभव इस परिकल्पना को परी-कथा की सहोदरी सिद्ध करता है। कांग्रेस के विघटन से राजनीति की गन्दी तलैया का सड़ा हुआ जल निकालने का कोई उपाय नहीं हो सका है। उस पानी को खूब हिला-हिलाकर कुछ और गँदला जरूर बना दिया गया है। सड़ाँध अब कुछ ज्यादा दूर तक फैल गई है।

मध्यावधि चुनाव की सम्भावना या आशंका के मारे 'ध्रुवीकरण' की बातें हो जरूर रही हैं लेकिन राजनीतिक दृष्टि से उन्हें निरर्थक ही कहा जाएगा। 'इन्दिरा गाँधी को बनाए रखो' और 'इन्दिरा गाँधी को हटा दो' इन दो नारों के सहारे जो भी गठबन्धन होंगे वे निरर्थक ही नहीं, शायद अनर्थकारी भी सिद्ध हों। व्यक्ति-पूजा या व्यक्ति-विरोध को इतना महत्त्वपूर्ण स्थान देने वाले लोकतन्त्र का सफलतापूर्वक निर्वाह कर नहीं सकते। एक व्यक्ति को बनाए रखने या हटा देने के दाँव-पेंचों को राजनीतिक ध्रुवीकरण की संज्ञा देना आत्मघाती आत्मप्रवंचना का ही नमूना माना जा सकता है।

सार्थक ध्रुवीकरण किन्हीं स्पष्ट सिद्धान्तों के आधार पर ही हो सकता है। लेकिन जहाँ ढोंग ही सबसे बड़ा सिद्धान्त रहा हो वहाँ सैद्धान्तिक आधार ढूँढ़ने का बस ढोंग ही किया जा सकता है। सो हो रहा है। सत्तारूढ़ कांग्रेस का भारतीय क्रान्ति दल को अपने में मिलाने का प्रयास भारतीय स्तर पर कोई सामाजिक क्रान्ति करने की योजना का अंग नहीं माना जा सकता क्योंकि भारतीय क्रान्ति दल अपने नाम के बावजूद न भारतीय है और न क्रान्तिकारी। वह मुख्य रूप से उत्तर प्रदेश का और गौण रूप से आसपास के चन्द राज्यों का दल है जो एक खास जाति का और एक विशिष्ट किसान-वर्ग का प्रतिनिधित्व करता है। उसकी नीतियाँ कुल मिलाकर किसी

बड़ी उथल-पुथल के विरुद्ध ही जा सकती हैं। तो समाजवाद के नाम पर भाक्रान्द से आक्रान्त रहने के मूल में उत्तर प्रदेश में श्रीमती इन्दिरा गाँधी का पक्ष प्रबल रखने की चिन्ता ही है। इसीलिए दोनों दलों के विलय की बातचीत में सौदेबाजी प्रमुख है। सुना जाता है कि सौदा इसलिए आसानी से नहीं पट रहा है कि भाक्रान्द के श्री चरण सिंह इस विलय को उत्तर प्रदेश में अपना और अपने समर्थकों का एकछत्र राज स्थापित करने का आधार बनाना चाहते हैं। उनका आग्रह है कि श्री कमलापति त्रिपाठी उत्तर प्रदेश से हट जाएँ—चाहे सत्तारूढ़ कांग्रेस के अध्यक्ष बनकर चाहे केन्द्र सरकार के मन्त्री बन कर। उधर सत्तारूढ़ कांग्रेस यह चाहती है कि श्री चरण सिंह या तो केन्द्र में आ जाएँ या उत्तर प्रदेश में कांग्रेसियों से कुछ ज्यादा हिलमिल कर रहें। श्री चरण सिंह जानते हैं कि इस सौदेबाजी में उनका पलड़ा भारी है क्योंकि मामला न पटने पर वह संगठन कांग्रेस से मुखातिब हो सकते हैं। आखिर कांग्रेस-कांग्रेस में क्या अन्तर?

संगठन कांग्रेस को भाक्रान्द से सौदा करने में कोई परहेज नहीं होगा। वह तो 'इन्दिरा हटाओ' अभियान के लिए सभी विरोधी दलों को संगठित करने का बीड़ा उठा चुकी है। वह संसद में स्वतन्त्र पार्टी और जनसंघ से गठबन्धन करके संयुक्त मोर्चा बनाने की सम्भावनाओं का विचार कर रही है। उसने उनसे मश्विरा करने के बाद ही 'लोकतन्त्रात्मक समाजवादी' शक्तियों का आह्वान करने का प्रस्ताव प्रस्तुत किया था। यहाँ यह पूछना बेकार होगा कि स्वतन्त्र पार्टी, जो मुक्त व्यवसाय की पक्षधर रही है, कैसे समाजवादी है? इसी तरह जनसंघ के 'लोकतन्त्रात्मक समाजवादी' स्वरूप की बाल की खाल निकालने का किसी को कोई हक नहीं है। आप यह भी नहीं कह सकते कि जनसंघ वस्तुतः राष्ट्रीय स्वयंसेवक संघ का ही राजनीतिक मोर्चा है। और राष्ट्रीय स्वयं सेवक संघ के सांस्कृतिक कार्यक्रम का साम्प्रदायिकता से भला कैसे नाता जोड़ा जा सकता है?

यहाँ भी जो झगड़े हैं सो सौदे के हैं। तीनों ही दल अपना अलग अस्तित्व समाप्त करते हुए हिचकते हैं खासकर उन जगहों में जहाँ उनकी काफी शक्ति है। मिसाल के लिए गुजरात में पुरानी कांग्रेस की टक्कर स्वतन्त्र पार्टी से ही होती रही है, वहाँ के नेता स्वतन्त्र पार्टी से मिल जाने के खिलाफ हैं। कुछ झगड़े मिले-जुले दल के केन्द्रीय नेतृत्व को लेकर भी हैं। कौन नेता बनेगा और किसे कितना मिलेगा—यही अहम सवाल है! संसोपा और प्रसोपा एक-दूसरे से मिलने की बात करते हुए खुद कई-कई टुकड़ों में बँटने को तैयार दिख रहे हैं। दक्षिणपन्थी कम्युनिस्ट पार्टी रूस का नाम लेकर सत्तारूढ़ कांग्रेस के समर्थन के लिए पूरी तरह प्रस्तुत है मगर वामपन्थी कम्युनिस्टों से चुनाव गठबन्धन न होने पर बंगाल-केरल में उसकी क्या शक्ति रह

जाएगी इस बारे में चिन्तित भी है। नई कांग्रेस भी पूरी तरह उसके समर्थन में प्रस्तुत होना अपने लिए अहितकर मानती है। यों केरल और बंगाल में वामपन्थी कम्युनिस्टों को हराने के लिए दक्षिणपन्थी कम्युनिस्टों का सहयोग लेना ही पड़ सकता है।

कांग्रेस के टूटने के बाद की यह स्थिति इस ओर संकेत करती है कि कांग्रेस का कोई सार्थक विकल्प नहीं है। सारे गैर-कांग्रेसी अखिल भारतीय दल कांग्रेस के ही प्रतिरूप हैं और कांग्रेस के ही अन्तर्विरोधों से ग्रस्त हैं। लोकतन्त्रात्मक समाजवाद के नाम पर दोनों कांग्रेसें किसी भी दल से समझौता करने को प्रस्तुत हैं बस उन्हें एक-दूसरे से परहेज है। प्रतिद्वन्द्वी कांग्रेस को सत्ता में आने से रोकना ही उनका एकमात्र लक्ष्य है और अन्य दल अपनी-अपनी कीमत वसूल करके इस लक्ष्य की सिद्धि में योगदान करने के लिए क्यू लगाए खड़े हैं। कांग्रेस के टूटने के बाद भी कांग्रेस का आपसी झगड़ा ही भारतीय राजनीति का केन्द्र-बिन्दु बना हुआ है। और इस झगड़े का कोई सैद्धान्तिक औचित्य अब तक प्रस्तुत नहीं किया गया है। सारी लोकतन्त्रविश्वासी राजनीति एक व्यक्ति के पूजन और प्रताड़न तक ही सीमित होकर रह गई है। ऐसी बेसिर-पैर की राजनीति देश को बड़ी तेज अतिवाद की ओर ले जाएगी। समय रहते दोनों कांग्रेसों का फिर एक हो जाना बहुत जरूरी है।

# कच्चे माल और तैयार प्रतिभा के निर्यात को समर्पित देसी आधुनिकता

जिस समय हम स्वास्थ्य मन्त्रालय के एक वक्तव्य में यह पढ़ रहे थे कि आम तौर से सारे देश में और खास तौर से देहात में डाक्टरों की भारी कमी है उसी समय हमारे एक परिचित यह परेशानी सुनाने आए कि बेटा प्री-मेडिकल में 63 प्रतिशत नम्बर पाकर पास हुआ है। हमने कहा कि फर्स्ट क्लास आना तो खुशी की बात है, इसमें परेशानी कैसी? पता चला कि 65 प्रतिशत से कम नम्बर वालों को स्थानिक मेडिकल कालेजों में दाखिला नहीं मिल पा रहा है। देश में डाक्टरों की कमी हो और प्री-मेडिकल में फर्स्ट क्लास पाने वालों तक को मेडिकल कालेजों में स्थान न मिले? स्वास्थ्य मन्त्रालय के वक्तव्य को दुबारा पढ़ा। हमारे समझने में कोई गलती नहीं हुई थी। आंकड़े साफ बता रहे थे कि देश में डाक्टरों की कमी है। उन्नत देशों के मुकाबले में हमारे यहाँ आज भी चिकित्सा की सुविधा नहीं के बराबर है। इस विरोधाभास पर गौर कर ही रहे थे कि एक पेंच और पड़ गया। एक लब्धप्रतिष्ठ डाक्टर-मित्र आए और यह प्रसंग उठने पर बताने लगे कि देश में आज भी जरूरत से ज्यादा डाक्टर हैं। अगर इसी रफ्तार से मेडिकल कालेज बढ़ाए जाते रहे तो कुछ ही वर्षों में इंजीनियरों की तरह डाक्टरों को भी भयंकर बेरोजगारी का सामना करना पड़ेगा। महँगी आधुनिक चिकित्सा कराने में समर्थ लोग देश में मुट्ठी भर ही हैं। उनके इलाज से धन कमा सकने के लिए डाक्टरी प्रतिद्वन्द्विता इतनी बढ़ चली है कि एक बीमार सौ डाक्टर वाला मामला हुआ जा रहा है। अस्पतालों की नौकरी की अपनी सीमाएँ हैं और अस्पतालों की संख्या भी सीमित है। डाक्टरी की ऊँची पढ़ाई में काफी पैसा लगता है इसलिए कोई भी सुयोग्य डाक्टर मामूली देहाती दवाखाने में बैठने के लिए तैयार नहीं हो सकता। फिर इस बात में भी क्या तुक है कि मामूली काम के लिए किसी व्यक्ति को विशिष्ट योग्यता प्रदान कराने में देश गैर-मामूली खर्च उठाए?

स्वास्थ्य मन्त्रालय, डाक्टरी पढ़ने की इच्छा रखने वाले बेटे के बाप और लब्ध-प्रतिष्ठ डाक्टर तीनों ही अपनी-अपनी जगह सही हैं लेकिन देश का दुर्भाग्य कि

वे एक जगह एक साथ सही नहीं हो सकते। जीवन के हर क्षेत्र में हमारी अधकचरी आधुनिकता ने यही विडम्बना प्रस्तुत कर दी है। आधुनिकता का आग्रह है कि हमारे यहाँ भी हर चीज का प्रबन्ध सम्पन्न देशों के स्तर पर और सम्पन्न देशों के ढंग से हो। सम्पन्नता के अभाव में न वह स्तर सम्भव है, न ढंग। छोटे पैमाने पर अनाड़ी ढंग से उसकी नकल अलबत्ता की जा सकती है। नकल का यह वातावरण हर व्यक्ति के लिए नकल करने लायक योग्यता और सम्पन्नता जल्दी से जल्दी अर्जित कर लेना आवश्यक बना देता है। इसके अभाव में वह पिछड़े देश के पिछड़े निवासी की नियति भुगतने के लिए अभिशप्त हो सकता है। इसीलिए हमारे परिचित के सुपुत्र डाक्टरी पढ़ने और फिर उच्चतर शिक्षा और अनुभव की खातिर विदेश जाने के लिए लालायित हैं। सम्भव है कि विदेश में ही बस जाने का यानी ठेठ आधुनिकता और सम्पन्नता के मध्य जीवनयापन करने का सुअवसर मिले। वह नहीं तो देश में लौटकर ऊँची सरकारी नौकरी या अच्छी प्राइवेट प्रेक्टिस का योग बैठ सकता है। लब्धप्रतिष्ठ डाक्टर इस ओर ध्यान दिलाना चाहते हैं कि हमारी लघु आधुनिकता के लिए डाक्टरी के क्षेत्र में भी इतनी अधिक महत्त्वाकांक्षाओं का भार उठा सकना शीघ्र ही बहुत कठिन हो जाएगा। इस या उस जिले को खुश करने के लिए आबादी के साथ-साथ बढ़ती हुई छात्र संख्या को खपाने के लिए उच्चतर शिक्षा का कोई नया संस्थान खोल देना बहुत मुश्किल काम नहीं है। लेकिन इस शिक्षा को देश की परिस्थिति के अनुरूप बनाना या देश की परिस्थिति को इस शिक्षा के अनुरूप बनाना दोनों मुश्किल काम है। और यह भी सच है कि पहली मुश्किल से पार पाए बगैर दूसरी मुश्किल से निपट सकने की योग्यता हममें नहीं आ सकती।

अगर लब्धप्रतिष्ठ डाक्टर-मित्र की राय मानी जाए तो मेडिकल कालेजों की संख्या बढ़ाने की जगह घटाई जानी चाहिए लेकिन उस हालत में हमारे परिचित का सुपुत्र क्या करेगा जिसने बहुत मेहनत करके डाक्टरी से पहले की परीक्षा प्रथम श्रेणी में पास की है? एक सुझाव यह दिया जा रहा है कि जो छात्र-छात्राएँ डाक्टरी के नियमित शिक्षण-क्रम में प्रवेश न पा सके हों उनके लिए संक्षिप्त शिक्षण-क्रमों की व्यवस्था की जाए। छोटी डाक्टरी पढ़े हुए इन व्यक्तियों को देहात के दवाखानों की छोटी-मोटी जिम्मेदारियाँ निबाहने के लिए भेजा जा सकता है। लेकिन 'पिछड़े देश में पिछड़ा' होना भला कौन पसन्द करेगा? और फिर एक ऐसा व्यक्ति जिसने पिछड़ेपन से मुक्ति पाने के लिए परिश्रम किया हो और आपकी ही मान्यताओं के अनुसार ली गई परीक्षा में प्रथम श्रेणी प्राप्त की हो! अगर मन मार के कर भी लेगा तो क्या बाद में 'पिछड़ेपन' की इस निशानी को मिटाने के लिए संघर्ष नहीं करेगा? आयुर्वेद और आधुनिक चिकित्सा के मिले-जुले शिक्षण-क्रम का कटु अनुभव हमारे

सामने है। गाँव-कस्बा-शहर-महानगर-विलायत, हमारे देश के नेतृत्व की अधकचरी आधुनिकता ने प्रगति की ये सीढ़ियाँ सदा के लिए सुनिश्चित कर दी हैं। तब भला युवा महत्त्वाकांक्षा की बाढ़ पर रोक लगाने का साहस कौन करे? सुविधा इसी में है कि कुछ और कालेज खोल दिए जाएँ। कल अगर इससे भी गहरा संकट हो, आज मेडिकल कालेज में दाखिला पाने में असमर्थ सुयोग्य छात्र अगर कल रोजगार पाने में असमर्थ डाक्टर के रूप में सामने आए तो देखी जाएगी! हद से हद यही होगा कि सुयोग्य इंजीनियरों की तरह तब सुयोग्य डाक्टर भी विदेशों में नौकरी ढूँढेंगे। आज भी डाक्टरी के बहुतेरे मेधावी स्नातक यही कर रहे हैं कल कुछ और ज्यादा करने लगेंगे।

यह सोचने-समझने की कोई जरूरत महसूस नहीं की जाती कि जिसे सुयोग्य और सुशिक्षित बनाने पर हमने इतना धन लगाया है उसकी प्रतिभा का दूसरे देश क्यों उपयोग करें? हम अपने नवयुवकों को इस तरह की शिक्षा क्यों न दें जिसका देश में पूरा उपयोग हो सके? और हमारा समूचा जीवन-दर्शन ऐसा क्यों न हो जिसमें देश की प्रगति के लिए 'उपयोगी' और 'व्यक्तिगत आधुनिकता के लिए उपयोगी' दो अलग और परस्पर-विरुद्ध बातें सिद्ध न होती हों? कच्चे माल और तैयार प्रतिभा के निर्यात और देश के लिए अनुपयोगी ज्ञान के आयात को समर्पित हमारी अधकचरी आधुनिकता इन प्रश्नों से दूर भागना चाहती है। लेकिन दूर भागने से देश पर घिरता हुआ संकट दूर नहीं हो जाएगा। 'पिछड़े हुए' देश में आधुनिकता का आडम्बर अतृप्त आकांक्षाओं और भ्रष्ट प्रतिद्वन्द्विताओं को जन्म दे रहा है। युवा पीढ़ी की भग्नाशा एक भयंकर विस्फोट का कारण बन सकती है। यह जरूरी है कि हर क्षेत्र में देसी आधुनिकता को छोड़कर आधुनिक देसी दृष्टि से विभिन्न समस्याओं का विचार किया जाए।

अगर स्वास्थ्य और चिकित्सा के विषय में देसी आधुनिक की जगह आधुनिक देसी दृष्टिकोण अपनाया गया होता तो ज्यादा जोर जन-स्वास्थ्य और बीमारियों की रोकथाम पर रहता। इस क्षेत्र में कितना काम करने को पड़ा है यह किसी से छिपा नहीं। राजधानी दिल्ली तक में पीने के लिए स्वच्छ पानी की व्यवस्था नहीं है और कई जानकारों का कहना है कि राजधानी की साठ प्रतिशत आबादी का इसी पानी के प्रताप से पेट खराब रहता है। यानी स्वच्छ जल की व्यवस्था मात्र से दवाखानों में भीड़-भाड़ बहुत कम हो सकती है। लेकिन देसी आधुनिकता तो यह मानकर चलती है कि इस तरह के बुनियादी काम हो चुके हैं। उसे तो स्वास्थ्य और चिकित्सा की विशिष्ट भारतीय समस्याओं के अस्तित्व तक से इनकार है। हमारे शोध-संस्थानों में स्वास्थ्य और चिकित्सा की उन समस्याओं पर ही पैसा बरवाद किया जा रहा है

जिनके विषय में सम्पन्न पश्चिमी देश चिन्तित हैं। यह कोई नहीं सोच रहा है कि इस क्षेत्र में हम उनसे बढ़िया काम किस बूते पर कर सकेंगे। इसी तरह चिकित्सा की शिक्षा में भी सारा जोर 'शहरी' मामलों पर है। शहरी अस्पताल के लिए प्रशिक्षित किया गया डाक्टर देहात क्यों जाएगा? जन-सेवा के लिए? जन-सेवा की भावना के लिए देसी आधुनिकता में स्थान कहाँ है? आज हम जन-जीवन के जिस भी क्षेत्र में जाते हैं देसी आधुनिकता के खड़े किए हुए महत्त्वाकांक्षा-दुर्ग नजर आते हैं जिनमें आधुनिक देसी दृष्टिकोण उमर-कैद काट रहा होता है।

# गुलगुलों से यह परहेज क्या गुल खिलाएगा?

मोरारजी भाई की गणना देश के अभागे राजनीतिज्ञों में करनी होगी। कांग्रेस में रहते हुए उन्होंने सुधर जाने को चतुर होने से अधिक आवश्यक माना और इस वजह से नेहरू, शास्त्री और इन्दिरा तीनों के युगों में राजनीतिक मातें खाईं। कांग्रेस के विघटन के बाद 'ग्रेण्ड एलायंस' उर्फ 'महा-गठबन्धन' की पेशकश करके उन्होंने पहली बार राजनीतिक चतुराई का परिचय दिया मगर यह चतुराई उनके खास चेलों तक को रास नहीं आई। संसद में और संसद से बाहर पुरानी कांग्रेस जनसंघ और स्वतन्त्र पार्टी का संयुक्त मोर्चा बनाने का उनका प्रस्ताव काफी वजनदार था। यह बात अलग है कि आगे चलकर उसमें 'कौन किसको हजम कर रहा है?' का सवाल उठ सकता था। तो भी पुरानी कांग्रेस को अधिक चिन्ता नहीं होनी चाहिए थी क्योंकि स्वतन्त्र दल को तो वह हर हालत में हजम कर ही जाती और इससे जनसंघ पर हावी होने की सम्भावनाएँ भी काफी बढ़ जातीं। और अगर जनसंघ से जोड़ बराबरी पर भी छूटती तो क्या बुरा था? आखिर हिन्दी-भाषी प्रदेशों में जनसंघ की खासी राजनीतिक शक्ति है। और फिर ये सब तो बाद की बातें थीं। तत्काल तो पुरानी कांग्रेस के सफल और सार्थक अस्तित्व का प्रश्न है। इसमें जरा भी सन्देह नहीं कि जितने अधिक दिन तक पुरानी कांग्रेस को प्रतिपक्ष के अन्य दलों से परहेज रहेगा और श्रीमती इन्दिरा गाँधी सत्तारूढ़ रहेंगी पुरानी कांग्रेस का भविष्य उतना ही अन्धकारमय होता जाएगा।

पुरानी कांग्रेस शायद इस आग्रह पर दृढ़ रहना चाहती हो कि वही असली कांग्रेस, असली मध्यमार्गी पार्टी है, इसलिए किसी भी दक्षिणपन्थी या वामपन्थी दल से वह समझौता कर नहीं सकती—श्रीमती इन्दिरा गाँधी 'कांग्रेस से निकाली गई हैं' वह चाहें जिससे समझौता करती रहें। लेकिन राजनीति ऐसे कानूनी नुक्तों की ज्यादा दिन परवाह नहीं करती। वास्तविकता यह है कि जिन्हें 'निकाला गया है' उन्होंने निकालने वालों को केन्द्रीय सत्ता से निकाल फेंका है। गुजरात और मैसूर इन दो राज्यों में ही निकालने वाले सत्तारूढ़ हैं। अगर इन राज्यों की कांग्रेसी सत्ता को भी केन्द्रीय कांग्रेसी सत्ता देर-सवेर अपनी ओर मिला ले तो पुरानी कांग्रेस का कोई

प्रभावशाली अस्तित्व ही नहीं रह जाएगा। पुरानी कांग्रेस के 'मध्यमार्गी' दल के रूप में मँझधार में अटके रहने का मतलब ही यह होगा कि उसकी नैया के बहुतेरे खेवैया कूदकर नई कांग्रेस के शाही बजरे में चले जाएँगे। अगर पुरानी कांग्रेस भी 'लोकतन्त्रात्मक समाजवाद' वगैरह-वगैरह की पार्टी है तो कोई वजह नहीं कि इसी वगैरह-वगैरह वाली नई कांग्रेस में शामिल होने में हिचके। इन्दिरा-विरोधियों की हार का जो सिलसिला अविभाजित कांग्रेस से आरम्भ हुआ था वह उस हालत में पूर्णाहुति को प्राप्त हो जाएगा। तब पुरानी कांग्रेस के केन्द्रीय नेतृत्व के लिए कहीं कोई स्थान नहीं बच रहेगा। मोरारजी भाई की योजना से पुरानी कांग्रेस का केन्द्रीय नेतृत्व तथाकथित दक्षिणपन्थ की शक्ति का भागीदार तो बन ही सकता था।

अब पुरानी कांग्रेस द्वारा सभी पार्टियों से किसी समझौते के सिलसिले में सम्पर्क किए जाने का प्रस्ताव रखा गया है। यह शुद्ध इन्दिरा-विरोधी राजनीति का नमूना है जिसकी सफलता और सार्थकता दोनों में सन्देह है। शुद्धतम रूप में ऐसा मोर्चा वामपन्थी कम्युनिस्ट पार्टी और जनसंघ दोनों को साथ लेते हुए ही बनाया जा सकता है और इन दोनों का साथ आना उस अंग्रेजी कहावत के बावजूद बहुत मुश्किल मालूम होता है कि राजनीति विचित्र विवाद रचती है। और अगर इस तरह का कोई मोर्चा बन भी जाए तो वह देश को अराजकता के अतिरिक्त और कुछ दे नहीं सकता। राज्यों में पिछले आम चुनावों के बाद 'कांग्रेस-विरोधी' राजनीति से जो कुछ हुआ वह हमारे सामने है। केन्द्रीय स्तर पर वैसी अराजकता हमें कहीं का भी नहीं छोड़ेगी। यह सोचना अपने को धोखा देना है कि अराजकता के बाद शक्तियों का सार्थक ध्रुवीकरण होगा। जो मध्यपन्थी सत्ता-प्रतिष्ठान होशो-हवास रहते सार्थकता को प्राप्त होने में बराबर चूक करता रहा वह बदहवास होकर देश को भला क्या दिशा दे सकेगा? केन्द्रीय स्तर पर अराजकता देश की सत्ता के आसन को अतिवाद के लिए खाली करा देगी।

संसद के वर्षाकालीन सत्र से ऐन पहले पुरानी कांग्रेस द्वारा जनसंघ और स्वतन्त्र पार्टी के साथ संयुक्त मोर्चा बनाने का प्रस्ताव ठुकरा दिए जाने से यही संकेत मिलता है कि भारतीय राजनीति को कोई नया अनुशासन मिलने की सम्भावना बहुत ही क्षीण है। कई छोटे-छोटे दल कांग्रेस की 'मध्यपन्थी' विरासत के दावेदार बने रहे और साथ ही एक-दूसरे से परहेज करते रहे तो निश्चय ही देश को उतना सुशासन भी नहीं मिल सकेगा जो अविभाजित कांग्रेस के 'मध्यपन्थ' के अन्तर्गत कभी प्राप्त था। अगर वास्तव में सभी दल हृदय से मध्यपन्थ के भक्त हैं तो उन्हें संयुक्त मोर्चा बनाने में हिचक क्यों हो रही है? अगर हिचक इस वजह से है कि 'मध्यपन्थ' की परिभाषा के बारे में वे एकमत नहीं हैं तो वे उन दलों से गठबन्धन क्यों नहीं कर लेते जिनकी

मध्यपन्थ-सम्बन्धी परिभाषाएँ काफी हद तक उनकी परिभाषा से मिलती-जुलती हों? भले ही फिर इस गठबन्धन को 'दक्षिणपन्थी' या 'वामपन्थी' की ही संज्ञा क्यों न मिले! दूसरे शब्दों में कि या तो मध्यपन्थ के नाम पर कांग्रेस फिर एक हो जाए या उसकी जगह दो नए दल लें—एक कांग्रेस के मुकाबले में कुछ अधिक वामपन्थी और दूसरा कांग्रेस के मुकाबले में कुछ अधिक दक्षिणपन्थी। दोनों ही विकल्पों से परहेज करने वाली नेता-बिरादरी अकाली, मुस्लिम लीग, द्रविड़ मुनेत्र कषगम, कम्युनिस्ट पार्टी, राष्ट्रीय स्वयं सेवक संघ, मुक्त व्यवसाय मंच आदि-आदि से अवसरवादी समझौते करके मध्यपन्थ को एक मजाक बनाकर रख देगी।

ऐसे वातावरण में किसी भी सशक्त सार्वदेशिक दल का विकास असम्भव हो जाएगा। सीमित प्रभाव क्षेत्रों वाले कई दल 'मध्यपन्थ' के दावेदार बने रहेंगे और सत्ता पाने और बनाए रखने के लिए आपस में नित नए और अधिकाधिक असंगत गठबन्धन करते-कराते जाएँगे। इनके अन्तर्विरोध क्षेत्रीय दलों की शक्ति बढ़ाएँगे और क्षेत्रीय दल अपने क्षेत्र से बाहर 'मध्यपन्थ' की दावेदारी करके राजनीतिक घोटाले को पराकाष्ठा पर पहुँचा देंगे। आज भी स्थिति बहुत कुछ ऐसी ही है और उसमें राष्ट्र की गाड़ी को खींच सकना खासा मुश्किल मालूम होने लगा है। राजनीतिक उठा-पटक के मारे मन्त्रियों की नींद हराम है। प्रशासन के लिए किसी के पास ताकत या फुर्सत नहीं रह गई है। घोटाला और बढ़ने पर क्या होगा इसकी कल्पना सहज ही की जा सकती है। लेकिन नेता-बिरादरी इससे बेखबर बदस्तूर 'पालिटिक्स' में मग्न हैं। विरोधाभासों पर पलने वाली और विरोधाभासों को पैदा करने वाली यह 'पालिटिक्स' अन्ततः देश को निहायत ही मध्यपन्थी ढंग से 'साम्प्रदायिकता' और 'साम्यवाद' की सेनाओं को अपना युद्ध स्थल बनाने के लिए सौंप देगी।

मध्यपन्थ की दावेदार नेता-बिरादरी के सदस्य इस समय एक-दूसरे पर तरह-तरह के सनसनीखेज आरोप लगाने में व्यस्त हैं—अमुक को रूस से पैसा मिलता है, अमुक को अमेरिका से। अमुक का अमुक विश्वस्त सलाहकार दरअसल अमुक के विरोधियों का आदमी है और उसकी योजना यह है कि अमुक का सभी प्रबल समर्थकों से झगड़ा करा के अन्त में अमुक को ही पटकनी दे दी जाए। सनसनी का यह मोह बताता है कि, मध्यमार्गी सत्ता-प्रतिष्ठान को अब खुद अपने में कोई आस्था नहीं रह गई है। वह कुछ घिनौना और सनसनीखेज कराकर रहेगा। अब भी अवसर है कि वह इस नाटकीयता से बाज आकर देश के सुचारु प्रशासन और राष्ट्रीय एकता के संरक्षण के गद्यात्मक गम में जुट जाए। अवसरवादिता और अस्थिरता से राजनीति को मुक्ति दिलाकर किसी सफल और सार्थक ध्रुवीकरण की नींव रखे।

# अकालबद्ध स्वाधीन भारत

तेईस साल में ही हमारी आजादी बुढ़िया नजर आने लगी है। युवा मन का प्रमुख लक्षण—उत्साह—उसके वचन या आचरण में कहीं दर्शन नहीं देता। युवा आशा का सम्बन्ध इस आस्था और आत्मविश्वास से होता है कि अगले लोगों से जो कुछ मिला था उससे कुछ बेहतर आने वालों के लिए छोड़ा जा सकेगा। आजाद भारत का समाज आज का ठिकाना करने वालों का समाज बन चला है। कल का उसमें किसी को भरोसा नहीं। भविष्य विश्वासियों के यहाँ सामुदायिक प्रगति की आशा होती है, भविष्यहीनों के यहाँ नीचे से ऊपर तक व्यक्तिगत ऐश्वर्य की आकांक्षा का राज रहता है। आजाद भारत का औसत निवासी अपने देश के उत्थान के मामले में आशावान नहीं रहा, व्यक्तिगत बढ़ोतरी की महत्त्वाकांक्षा उसमें जरूर है। अपनी दुनिया को भुलाकर अपने को ही देखने की दुनियादारी इन तेईस वर्षों में हमने कितनी तेजी से सीख ली है।

आकांक्षा की आँखें दूसरों के घोटाले देखने दिखाने में व्यस्त हैं। अपने घोटाले अव्वल तो नजर आते ही नहीं और अगर आते भी हैं तो दूसरों के घोटालों से पैदा हुई मजबूरी के नमूने बनकर। कुर्सी पाने और बनाए रखने की, अभावों के देश में सुविधाभोगी हो सकने की आकांक्षा में आकंठ डूबे हुए लोग एक-दूसरे पर भयंकर आरोप लगा रहे हैं और आरोप लगा चुकने के बाद स्वयं कुछ भयंकरतर कर गुजरने में जुट जा रहे हैं। एक-दूसरे को घटिया ठहराने की प्रतियोगिता में व्यस्त लोगों की कृपा से कुछ ऐसा घटाटोप छाया है कि अब जनसाधारण को अपने भीतर और बाहर घटियापन ही घटियापन नजर आने लगा है।

यह आकांक्षा जो अपने प्रति बद्ध है और दूसरी कोई प्रतिबद्धता नहीं जानती, नीति और राजनीति की हर धारणा का अवमूल्यन करती चली जाती है। इसका समाजवाद सम्पर्क-अधिकारियों की जमात को जन्म देता है, इसकी हरी क्रान्ति सम्पन्न किसान को समर्पित होती है, इसका हरिजनोद्धार चन्द नेताओं की शक्ति का आधार बनता है, इसकी सांप्रदायिक एकता विभाजक बन जाती है, इसका भारतीयकरण भारत-विरोध को भड़का सकता है, इसका राष्ट्रवाद अपने हित में

उप-राष्ट्रवादों को पालता-पोसता है, इसकी क्रान्ति अराजक भ्रान्ति को गले लगा सकती है, इसका अन्तर्विरोध-शास्त्र चीन के चेयरमैन को भारत का चेयरमैन घोषित करके स्वयं अन्तर्विरोधग्रस्त हो सकता है।

अभावों के देश में सुविधाजीवियों की आकांक्षा उत्पादन और उपयोग के झमेले में नहीं पड़ना चाहती। उसे दलाली, और दुकानदारी से दिलचस्पी है। अवसर के अनुकूल वह लेनिन की दुकान लगा सकती है और गाँधी की भी। वह अन्तर्विरोध का सिद्धान्त बेच सकती है और निर्बाध उद्यम का दर्शन भी। संस्कृति के क्षेत्र में जापानी हाईकू से लेकर फ्रांसीसी 'काईकू', तक की वह जय बोल सकती है। नारे अलग-अलग हैं, कंठ वही है; झण्डे कई हैं, झण्डे तले स्वार्थ का डण्डा वही है।

आकांक्षा ने देश को आदर्श-प्रेरित श्रम का आँगन नहीं, किरानी दुनियादारी का दफ्तर बनाया है। इस दफ्तर में साहब बन सकना बहुत जरूरी है और साहब बन जाना ही सब कुछ है। साहबियत और अंग्रेजियत की आकांक्षाओं का क्यू हर कहीं आतंकप्रद रूप से लम्बा हो चला है। आकांक्षियों की संख्या तेजी से बढ़ रही है और सुख-सुविधा केंचुए की चाल। सुख-सुविधाभोग की सारी व्यवस्था सम्पन्न पश्चिमी देशों से आयात की गई है इसलिए बहुत-से लोग देसी-विलायत के लिए लड़ने-झगड़ने की बजाय विलायत को ही अपना देश बनाने का उद्यम करने लगे हैं। लेकिन इसकी भी एक सीमा है और आकांक्षाओं का ज्वार असीम। इसलिए मध्यमार्गी सत्ता प्रतिष्ठान घबड़ा उठा है। नैया के खेवैया ही यह मानकर चल रहे हैं कि पेंदे में छेद हो चुके हैं। यह वह त्यक्ताश मनःस्थिति नहीं जो साहसिक कर्म की प्रेरणा बनती है। यह तो वह 'सयानापन' है जो समझाता है कि समाज तो भाड़ में जाना ही है अपना कुछ कर लो। मध्यमार्ग ही मध्यमार्ग को बचा सकता है लेकिन मध्यमार्गी तो खुद अपने को बचाने में इतना व्यस्त है कि मध्यमार्ग के लिए उसे फुर्सत नहीं।

# सत्ता की लड़ाई की लक्ष्मीबाई

केरल के चुनाव के नतीजों का केरल के सन्दर्भ में शायद ही कोई खास नतीजा निकले लेकिन राष्ट्रव्यापी स्तर पर इनका एक ठोस नतीजा निकलता नजर आता है और वह यह कि कांग्रेस जिस मध्यपन्थ की संस्था थी उसका नेतृत्व पूरी तरह श्रीमती इन्दिरा गाँधी के हाथ में आ चुका है। यह सही है कि केरल में नई कांग्रेस की या उसके चुनाव-सहयोगी मिनी-फ्रंट की या नई कांग्रेस और मिनी-फ्रंट दोनों की मिली-जुली सरकार के बनने और बने रह सकने में नौ सौ जोखों हैं। दक्षिणपन्थी कम्युनिस्टों, मुस्लिम लीगियों और प्रजा-समाजवादी तथा क्रांतिकारी समाजवादियों के मिनी-फ्रंट और नई कांग्रेस को कुल मिलाकर 3 सदस्यों का बहुमत प्राप्त है और तीन-चार सदस्य तोड़ लेना आज की जोड़-तोड़ की राजनीति में कोई मुश्किल काम नहीं है। अगर अधिक स्थायित्व प्राप्त करने के लिए केरल कांग्रेस को, जो ऐन चुनाव से पहले मिनी-फ्रंट से अलग हुई, फिर साझेदार बनाया जाता है तो सौदों के समीकरण कुछ और भी उलझ जाएँगे। केरल में कोई नई सरकार चले या न चले बहरहाल इससे कोई इनकार नहीं कर सकता कि भारतीय राजनीति में आज श्रीमती इन्दिरा गाँधी की चल रही है और चलेगी। केरल के चुनावों में नई कांग्रेस की अप्रत्याशित सफलता श्रीमती इन्दिरा गाँधी की व्यक्तिगत सफलता है।

पिछले चुनाव में केरल की अविभाजित कांग्रेस अन्य दलों से कहीं ज्यादा वोट पाने के बावजूद वामपन्थी कम्युनिस्टों द्वारा गैर-कांग्रेसवाद के नारे के सहारे बनाए गए संयुक्त मोर्चे से बुरी तरह हार गई थी। इस बार कांग्रेस का विभाजन होने के बावजूद इन्दिरा जी कांग्रेस के अपने धड़े को केरल विधानसभा का सबसे बड़ा दल बनवा सकी हैं। ऐसा इसलिए सम्भव हुआ कि श्रीमती गाँधी ने कांग्रेस में जितनी दरार डाली है उससे कहीं बड़ी दरार गैरकांग्रेसवाद में डाल दी है। थोड़ा-सा वामपन्थ की ओर झुक कर वामपन्थ पर हावी हो जाने की उनकी रणनीति केरल में कामयाब हुई है। नई कांग्रेस के सहयोग से मिनी मोर्चे के साझीदारों को विधानसभा में उतने स्थान नहीं मिल पाए हैं जितने पिछली बार वामपन्थी कम्युनिस्ट दल के गैर-कांग्रेसी मोर्चे के सदस्यों के रूप में मिले थे। मिनी मोर्चे की पार्टियों के अलग हो जाने के

बाद वामपन्थी कम्युनिस्ट दल ने संयुक्त समाजवादियों आदि के साथ जो नया मोर्चा खोला था वह तो और भी भयंकर घाटे में रहा। वामपन्थी कम्युनिस्ट दल के संकल्पबद्ध अनुयायियों की संख्या में कोई फर्क नहीं आया लेकिन अलग-अकेले पड़ जाने के कारण उसके विधायकों की संख्या में आश्चर्यजनक कटौती हो गई। उधर नई कांग्रेस, जिसका केरल में अपना कोई सक्रिय संगठन भी नहीं था, वामपन्थियों से वामपन्थी नारे छीनकर और वामपन्थियों की ही तरह मुस्लिम लीग से परहेज न बरतकर केरल विधानसभा में सबसे बड़े दल के रूप में प्रतिष्ठित हो गई।

केरल में नई कांग्रेस की 'प्रगतिशीलता' की साख जमाने का काम श्रीमती गाँधी ने अकेले अंजाम दिया। नई कांग्रेस में जो चन्द बड़े नेता और बच रहे हैं उनका इस जीत में कोई योगदान नहीं था। बल्कि यह भी कहा जा सकता है कि वे श्रीमती गाँधी की रणनीति की सार्थकता के विषय में खासे शंकालु थे। इसलिए केरल में नई कांग्रेस की जीत नई कांग्रेस के भीतरी संघर्ष में इन्दिरा गाँधी की एक और महान विजय बन गई है। केन्द्रीय मन्त्रिमण्डल में परिवर्तन करके इन्दिरा जी ने नई कांग्रेस के नए-पुराने दिग्गजों को अगर हिला दिया था तो अब केरल के चुनाव में नई कांग्रेस को अपने ही बलबूते पर, अपनी ही रणनीति के अनुसार सफलता दिलाकर उन्हें बौना बनाकर रख दिया है। अविभाजित कांग्रेस में अपने प्रतिद्वंद्वियों के खिलाफ श्रीमती गाँधी ने जो संघर्ष छेड़ा था वह केरल में पुरानी कांग्रेस की भयंकर पराजय के साथ पूरा हुआ चाहता है। यद्यपि कांग्रेस का संगठन पुरानी कांग्रेस के हाथ में था तथापि अविभाजित कांग्रेस का समर्थन करने वाले अधिकतर मतदाता नई कांग्रेस के पक्ष में रहे। कांग्रेसी युवा पीढ़ी ने तो अपनी सारी ताकत नई कांग्रेस को सफल बनाने में लगा दी। केरल के अनुभव के आधार पर यह कहा जा सकता है कि देश के अन्य भागों में भी अविभाजित कांग्रेस के पक्ष में पड़ने वाले वोट अधिकतर नई कांग्रेस के पक्ष में ही पड़ेंगे। यही नहीं, नई कांग्रेस वामपंथी दलों के काफी वोट हड़प सकेगी। उधर पुरानी कांग्रेस को दक्षिणपन्थी दलों के वोट का कोई बड़ा हिस्सा मिल सकना असम्भव है।

यह कहा जा सकता है कि केरल से चुनाव के नतीजे मिलने के साथ पुरानी कांग्रेस के टूटने की प्रक्रिया आरम्भ हो गई है। मगर उत्तर प्रदेश में श्रीमती इन्दिरा गाँधी एक ही झटके में भारतीय क्रांति दल और पुरानी कांग्रेस दोनों को नीचा दिखाकर नई कांग्रेस की सरकार स्थापित करा सकीं तो इस प्रक्रिया की रफ्तार तूफानी हो उठेगी। अगर उत्तर प्रदेश में इतनी बड़ी सफलता तुरन्त न भी मिली और फिलहाल किसी की भी सरकार न बन सकने की स्थिति से ही संतोष करना पड़ा तो भी पुरानी कांग्रेस टूटती जरूर जाएगी—भले ही उतनी तेजी से नहीं। सत्ता की

राजनीति में हर कोई विजेता के प्रति वफादार होना अपनी अस्तित्व-रक्षा के लिए आवश्यक समझता है इसलिए '72 के चुनाव तक एकाध राज्य को छोड़कर शेष की नई-पुरानी कांग्रेस पूरी तरह श्रीमती इन्दिरा गाँधी की मुट्ठी में आ चुकी होगी। यही नहीं, सन् '67 के चुनावों में जिस गैर-कांग्रेसवाद ने जोर पकड़ा था वह अपंग हो चुका होगा। यह स्थिति अतिवाद से परहेज करने वाले इस देश में श्रीमती इन्दिरा गाँधी के नेतृत्व में कांग्रेस को मध्य पन्थ और निकट वामपन्थ का अधिकांश वोट दिलाने में और नेहरू-युग की तरह शक्ति-सम्पन्न बनाने में सहायक हो सकती है। लेकिन इस बीच सौदों-समझौतों और दाँव-पेंचों का सिलसिला भी जारी रहेगा। देखना यह है कि सत्ता-संघर्ष के इस सारे सिलसिले के बाद जो सत्ता मिलेगी वह किस काम की होगी और किस रूप में इस्तेमाल की जाएगी। फिलहाल इतना तो कहा ही जा सकता है कि सत्ता की लड़ाई में कांग्रेस के नए-पुराने सेनापतियों के मुकाबले में इन्दिरा गाँधी कहीं अधिक मर्दानी साबित हुई हैं।

# उत्तर प्रदेश और उत्तरोत्तर दुर्गति

कानूनी दस्तावेज तैयार करने की एक विशिष्ट कला है। हर बात को उसमें इतना नाप-तोल और घेर-घार कर लिखा जाता है कि भूलचूक के घुस आने की कोई गुंजाइश न रहे। इतने पर भी किसी मुद्दे की व्याख्या के ब्यौरे को लेकर बहस उठ सकती है जिसका फैसला अदालत को करना पड़ता है। भारतीय संविधान भी एक कानूनी दस्तावेज है इसलिए कहीं-कहीं और कभी-कभी उसकी किसी व्यवस्था के बारे में थोड़ा-बहुत मतभेद हो जाए तो कोई आश्चर्य नहीं। लेकिन इधर जिस तरह बात-बात पर संवैधानिक व्यवस्थाओं की दो परस्पर-विरुद्ध व्याख्याएँ प्रस्तुत की जाने लगी हैं उससे आश्चर्य तो होता ही है, यह धारणा भी बनती है कि हमारा संविधान शायद एक पहेली है। कानून के पहुँचे हुए जानकारों का तैयार किया हुआ दस्तावेज कानूनी दृष्टि से पहेली भला कैसे हो सकता है? तो हम यह मानने को बाध्य होते हैं कि खोट संविधान का नहीं, व्याख्या करने वालों की पक्षधरता का है। दूसरे शब्दों में यह कि जिस आदर्श लोकतन्त्र की परिकल्पना करते हुए हमारे संविधान-निर्माताओं ने अन्य लोकतन्त्रों के संविधानों से रत्न चुन-चुन कर भारतीय संविधान तैयार किया था उसका हमारे यहाँ कहीं कोई अस्तित्व नहीं है।

सवाल उठता है कि इतनी मोटी बात संविधान बनाने वालों की पैनी निगाह से कैसे बची रह गई? जवाब यही है कि संविधान उस आधुनिक भारतीय प्रतिभा ने तैयार किया जो यह मानती आई है कि नया कानून बनाने से ही नया समाज बन जाता है। इस प्रतिभा का यह आग्रह भी रहा है कि भारत के बुद्धिजीवी ने जिस दर्जा आधुनिकता पढ़ ली है भारतीय समाज में उस दर्जा आधुनिकता आ चुकी है। समाजशास्त्र की दृष्टि से यह स्थापना भले ही गलत मालूम होती हो लेकिन अन्तरराष्ट्रीय समाज में मुँह दिखाने के शास्त्र के अनुसार इसे सहज ही स्वीकार कर-करा लिया जाता रहा है। इसका मतलब यह हुआ कि हमारे मन में हमारे समाज के आदर्श संविधान के अनुरूप होने के विषय में जो भी आशंकाएँ रही हों वे हमने अपने को आदर्श रूप में प्रस्तुत करने की आवश्यकता के मुकाबले में उपेक्षणीय समझीं। अब सवाल यह उठता है कि अपने से और दुनिया से इतना बड़ा छल आखिर इतने दिन तक चल कैसे सका और कैसे हम यह मान सके कि यह चलता

रह सकेगा? इसका जवाब यह है कि देश की सारी राजनीतिक शक्ति कांग्रेस के हाथ में थी। तब तक कांग्रेस का एकछत्र राज्य था। जब तक सत्ता की सारी लड़ाई कांग्रेस की भीतरी लड़ाई थी, तब तक राजनीतिक आचरण और संवैधानिक आदर्श में संगति बैठाने की कोई चुनौती उठ नहीं सकती थी। बाहर आदर्श संविधान अपनी जगह रह सकता था और भीतर कांग्रेसियों की सत्ता की लड़ाई अपने 'यथार्थविश्वासी' ढंग से चलती रह सकती थी। कांग्रेस के टूटते जाने और उसकी भीतरी लड़ाई के बाहरी होते जाने से 'संवैधानिक संकटों' की नौबत आई है।

उत्तर प्रदेश में लोकतन्त्र की इस उत्तरोत्तर दुर्गति के दर्शन किए जा सकते हैं। लोकसभा के लिए सबसे अधिक सदस्य उत्तर प्रदेश से चुने जाते हैं। इसलिए केन्द्रीय सत्ता की दृष्टि से इस प्रदेश का बहुत महत्त्व है। इस राजनीतिक महत्त्व से उत्तर प्रदेश को कभी कोई आर्थिक लाभ नहीं हुआ। हाँ, प्रधानमन्त्री बनाने और सत्ता-संघर्ष के केन्द्र में रहने का गौरव उसे अवश्य प्राप्त हुआ। सर्वश्री चरण सिंह और कमलापति त्रिपाठी मुख्यमन्त्री पद के लिए श्री चन्द्रभानु गुप्त के पुराने प्रतिद्वंद्वी रहे हैं। अविभाजित कांग्रेस के भीतर श्री चरण सिंह इतने शक्तिशाली नहीं थे कि श्री चन्द्रभानु गुप्त को अकेले कोई कारगर चुनौती दे सकते। लिहाजा 67 के चुनाव के बाद गैर कांग्रेसी हल्ले में वह शुद्ध भारतीय ढंग से क्रांतिकारी हो उठे। कांग्रेस से हट जाने के पुरस्कार-स्वरूप उन्हें गैर-कांग्रेसी संयुक्त मोर्चे की ओर से मुख्यमन्त्री पद प्राप्त हुआ। यह गैर-कांग्रेसी मोर्चा अधिक दिन चल नहीं पाया लेकिन उस अल्प अवधि में भी श्री चरण सिंह के भारतीय क्रांतिकारी दल को काफी मजबूत बना गया। मध्यावधि चुनाव में इस दल को पहले से कहीं ज्यादा स्थान प्राप्त हुए, मगर इसके बावजूद अविभाजित कांग्रेस श्री चन्द्रभानु गुप्त के नेतृत्व में सरकार बनाने में सफल हुई। फिर जब कांग्रेस का बँटवारा हुआ और श्री चंद्रभानु गुप्त प्रधानमन्त्री के पक्षधर बनते-बनते रह गए तब श्री कमलापति त्रिपाठी ने प्रधान मन्त्री-समर्थक कांग्रेसी विधायकों को गुप्त-सरकार के विरोध में प्रस्तुत कर दिया।

सत्ता-संघर्ष के इस चरण में श्री चन्द्रभानु गुप्त को श्री चरण सिंह की याद आई और उन्होंने विधान सभा के अधिवेशन से पहले ही इस्तीफा देकर राज्यपाल को यह सलाह दी कि श्री चरण सिंह को सरकार बनाने के लिए आमन्त्रित करें। श्री चरण सिंह ने इस मौके का पूरा लाभ उठाया और श्री कमलापति त्रिपाठी से सौदा कर लिया। अब सवाल यह था कि इस सौदे से अधिक फायदा किसका होता है? प्रधान मन्त्री के पक्षधरों की दृष्टि से यह आवश्यक था कि या तो भारतीय क्रांति दल का अलग अस्तित्व समाप्त हो या अगर वह न हो सके तो उत्तर प्रदेश में श्री चरण सिंह का नेतृत्व समाप्त हो। श्री चरण सिंह का हित इसमें था कि ऐसे किसी दाँव में न

आएँ और अगले आम चुनाव में तथा उसके बाद अपने समर्थन की ज्यादा से ज्यादा कीमत वसूल करने के लिए यथास्थिति बनाए रखें। अब जोड़-तोड़ शुरू हुई। दोनों पक्षों द्वारा यह माना गया कि अगर श्री कमलापति त्रिपाठी को तुरन्त सरकार बनाने का मौका दिया जाए तो वह बहुमत जुटा लेंगे और अगर श्री चरण सिंह मुख्यमन्त्री बने रहे तो उनका बहुमत भी बना रहेगा।

इस प्रकार 'सत्ता' दोनों ही पक्षों द्वारा सबसे बड़े सत्य के रूप में स्वीकार की गई। दोनों ही पक्ष यह मानते हैं कि अगले आम चुनाव में उत्तर प्रदेश में उसकी सफलता की सम्भावना बढ़ जाएगी जिसके हाथ में चुनाव होने से पहले सत्ता रही होगी। दोनों ही पक्ष यह मानते हैं कि जिसे भी मुख्यमन्त्री बना दिया जाएगा या बने रहने दिया जाएगा वह बहुमत जुटा लेगा। जमाने भर के संविधानों को सामने रख कर हमने अपने लिए जो आदर्श लोकतन्त्रात्मक संविधान गढ़ा है वह हमारी राजनीति के मूलतः सामन्ती दृष्टिकोण से कैसे मेल खा सकता है? ऐसे वातावरण में संविधान के अनुसार 'निष्पक्ष' निर्णय देने वाली व्यवस्था की निष्पक्षता भी इस या उस पक्ष द्वारा संदिग्ध ठहराए जाने से अपने को बचा नहीं सकती। वास्तविक संसदीय लोकतन्त्र में जब भी किसी शासनाध्यक्ष का दल टूटता है या दल में अथवा देश में उसकी किसी नीति की कड़ी आलोचना होती है वह तुरन्त इस्तीफा देकर आम चुनाव करवाता है। इस हिसाब से उत्तर प्रदेश में चन्द्रभानु गुप्त के त्यागपत्र देते ही नए सिरे से चुनाव कराए जाने चाहिए थे। यही नहीं, कांग्रेस के विभाजन के बाद संसद का चुनाव भी नए सिरे से होना चाहिए था। लेकिन चुनाव को हमारी सामन्ती राजनीति तमाम वैधानिक-संवैधानिक मर्यादाओं के बावजूद इतना खर्चीला बना चुकी है कि सभी दल चुनाव कराने से घबराते हैं। ऐसी स्थिति में 'संवैधानिक संकट' आए दिन की बात हो जाएगी और सत्ता की राजनीति उसे आया-गया करती रहेगी।

# नाजुक भावनाएँ, ठस दिमाग और ठोस स्वार्थ

बदलना जमाने का पुराना दस्तूर है लेकिन पुराने दस्तूरों से चिपके रहने का यानी आसानी से न बदलने का रिवाज भी उसके यहाँ रहा है। इसीलिए हर देश और समाज में वर्तमान के संगम पर भूत और भविष्य दोनों अपना अस्तित्व बनाए रख पाते हैं—आँखों के लिए आगे-पीछे देखने की और आशाओं के लिए 'जो नहीं है' उसका मोह कर सकने की गुंजाइश रहती है। बीता हुआ युग सामाजिक और व्यक्तिगत जीवन-दर्शन की विषुवत् रेखा पर आने वाले युग से टकराता है और अक्सर 'जो नहीं है' का मोह वर्तमान की वेदी पर 'जो था' और 'जो हो सकता है' का विवाह रचा देता है। जो टकरा रहे थे वे घुल-मिल जाते हैं। पुराने और नए की टकराहट का तीखा बोध ही समाज की सर्जनात्मकता को कोंचता है। कोंचने की यह क्रिया मात्र प्रेरित करने वाली ही नहीं होती—वह नियमित भी करती है।

यहाँ यह समझ लेना आवश्यक है कि पुराने और नए की पहचान जितनी खरी होगी, वह दुनियादारी वाली सुविधाप्रियता से उतनी ही दूर और किसी लगभग असह्य आन्तरिक विह्वलता के उतने ही निकट होगी। उसी हालत में टकराहट का बोध तीखा और उसके द्वारा प्रेरित सामाजिक कार्यकलाप खरा होगा। दूसरे शब्दों में यह कि इस टकराहट को उठा-पटक की राजनीति के नहीं, उथल-पुथल की जीवन-कविता के मुहावरे में जानने की जरूरत है। जहाँ ऐसा नहीं होता वहाँ पुराने और नए के नाम पर सुविधाप्रियता सुविधाप्रियता से टकराती है और समाज को खुले हाथों दर्द और द्विविधा लुटाती चलती है। सारी सर्जनात्मकता प्रवंचना के प्रपंचों को, गलतफहमियों की क्यारियों में खिलाए गए खुशफहमियों के सब्जबागों को समर्पित हो जाती है। जहाँ नए और पुराने की टकराहट की खरी पहचान उन दोनों के घुलने-मिलने की सूरत पैदा करती है वहाँ खोटी पहचान उनके घाल-मेल का सरंजाम जुटाती है। हमारा समाज आज इसी घाल-मेल का विस्मयकारी खेल बन चुका है।

इस खेल की मुख्य क्रिया टकराना नहीं, कतराना है। हम नए से भी कतराना चाहते हैं और पुराने से भी क्योंकि हम उसे लाने या इसे बनाए रखने की जिम्मेदारी से जुड़ना नहीं चाहते। इसलिए हम माने लेते हैं, घोषित रूप से माने लेते हैं, कि

नए और पुराने का समन्वय हम कर चुके हैं। इसके बाद हमें पूरी सुविधा है कि जहाँ परम्पराविश्वासी होने से काम बनता हो वहाँ परम्पराविश्वासी हो जाएँ और जहाँ प्रगतिशीलों को पुरस्कार बँट रहे हों वहाँ प्रगति के पाँचवें सवार के रूप में अपने को प्रस्तुत कर दें। इस तरह बेपेंदा हो सकने के लिए एक खास तरह की बेशरमी जरूरी है और वह बेशरमी हर बात को बेपेंदी मानने से ही आ सकती है। इसीलिए प्रगति और परम्परा दोनों का प्रसाद डकार जाने वाला हमारा नेतृत्व प्रगति और परम्परा दोनों के प्रति मूलतः आस्थाहीन है।

परम्परा के नाम पर हम अपनी एक औंधी पहचान स्वीकार करते हैं। यानी हम कहते हैं कि हम इस धर्म, जाति या प्रदेश के इसलिए कि तुम, मेरे प्रतिद्वंद्वी, उस धर्म, जाति या प्रदेश के हो। प्रगति के नाम पर हम अपना धर्म-कर्म, अपनी संस्कृति और जीवन-दृष्टि, अपनी खास प्रतिबद्धता और दायित्वबोध सब छोड़ सकते हैं और धड़ल्ले से छोड़ते भी रहे हैं लेकिन धर्म और संस्कृति के नाम पर, इस औंधी पहचान के अनुसार लड़ने-मरने को हम पहले से कहीं अधिक तैयार हैं। हमारी 'आधुनिकता' को भोग-विलास से कोई परहेज नहीं है लेकिन हमारा 'परम्पराप्रेम' यहाँ-वहाँ शुद्ध राजनीतिक उद्देश्य से नैतिक प्रश्न उठाने में नहीं हिचकता। गरज यह है धर्म और नीति हमारे लिए रोजमर्रा के व्यवहार के विषय नहीं, उपयुक्त राजनीतिक अवसर पर सहसा प्रकट हो जाने वाली किन्हीं रहस्यमयी कोमलांगी भावनाओं के विषय हैं। गरीबी, गड़बड़ी और सामाजिक-राजनीतिक अन्धेरखातों का भी हमने इन्हीं नाजुक भावनाओं से नाता जोड़ दिया है। हम चाहते हैं कि न हम इन्हें दूर करें और न कोई इनकी ओर अँगुली उठाए। कुछ भी न हो, या कुछ भी हुआ करे बस हमारी राजनीतिक दुकानदारी न उखड़े। इसकी खातिर हम समाज के सदस्यों को परम्परा और प्रगति के गंडे-ताबीज बाँटते रह सकते हैं। नाजुक भावना, ठस दिमाग और ठोस स्वार्थ के सहारे आन्दोलनबाजी कर के नेतृत्व की बाजियाँ जीत सकते हैं। हमें इसकी कोई चिन्ता नहीं है कि जितना ही यह आन्दोलनबाजी जीत रही है समाज को वास्तव में आन्दोलित कर सकने वाला नैतिक बल हार रहा है।

# संगीत संवर्द्धन और आकाशवाणी

पिछले दिनों आकाशवाणी के 16वें संगीत-सम्मेलन का उद्घाटन करते हुए दिल्ली के उपराज्यपाल डॉ॰ आदित्यनाथ झा ने अपने विद्वत्तापूर्ण भाषण में कई महत्त्वपूर्ण सुझाव दिए हैं। उनकी दृष्टि में अब देशी रियासतों के अभाव में आकाशवाणी के विभिन्न केन्द्र ही इन कलावन्तों के आश्रयस्थल हो गए हैं। उनका यह सुझाव है कि जिस तरह देशी रियासतों में इन कलाकारों की नौकरी में स्थायित्व था, उन्हें उचित सम्मान का अवसर मिलता था उनकी गुणी सन्तति का भविष्य जिस तरह निरापद था, उसी तरह का संरक्षण आकाशवाणी की ओर से भी इन कलाकारों को मिलना चाहिए। हम डॉ॰ झा के इस सामयिक सुझाव का स्वागत करते हुए भारत सरकार का ध्यान इस आवश्यक तथ्य की ओर दिलाना चाहते हैं कि संगीत की परम्परा पीढ़ी-दर-पीढ़ी ही फलती-फूलती है। अतः कलावन्तों के संरक्षण के साथ उनकी गुणी सन्तति के संरक्षण पर भी सरकारी दृष्टि होनी चाहिए। अन्यथा यह नई पीढ़ी संरक्षण के अभाव में किसी और कार्य को अपनी आजीविका बना लेगी। इससे संगीत-जगत की एक अपूरणीय क्षति होगी। रियासतों में 'गुनीजनों' को रिटायर कभी नहीं किया जाता था, लेकिन आकाशवाणी में एक प्रौढ़ कलाकार 60 वर्ष की वय में बिना पेंशन के रिटायर कर दिया जाता है। यह स्थिति चिन्त्य है।

डॉ॰ झा ने यह भी कहा है कि मूर्द्धन्य कलाकारों को भी आकाशवाणी से सम्मानजनक दक्षिणा नहीं मिलती। फलतः कलाकारों की दृष्टि में विभिन्न संस्थाओं द्वारा आयोजित सम्मेलनों का महत्त्व अधिक है, क्योंकि वहाँ वे अपने सम्मान के अनुरूप दक्षिणा पाते हैं। आज तो स्थिति यह है कि रविशंकर और अली अकबर जैसे विश्व-प्रसिद्ध कलावन्तों को भी आकाशवाणी के नेशनल प्रोग्राम में 400 रुपये से अधिक पारिश्रमिक नहीं मिलता। हम एक ऐसे कलाकार को जानते हैं, जिसे आकाशवाणी से 90 रुपये बतौर पारिश्रमिक मिलता है, जब कि संगीत-सम्मेलनों में उसकी फीस 1600 रुपये होती है। यह एक बहुत बड़ा फर्क है। अब तो आकाशवाणी के पास विज्ञापन-प्रसारण के कारण धन की कमी नहीं है। उस धन का सदुपयोग यदि कलाकारों के सम्मान में हो तो ऐसा करना उचित ही होगा।

संगीत सम्मेलन की उद्घाटन-गोष्ठी में श्रीमती माणिक वर्मा का न आ सकना उन सभी श्रोताओं को अखरा जो श्रीमती वर्मा को सुनने के लिए एकत्र हुए थे। सामान्य फीस की उपेक्षा यदि श्रीमती वर्मा की अनुपस्थिति का कारण हो तो कोई आश्चर्य नहीं।

एक समय था जब आकाशवाणी के संगीत सम्मेलन को सांस्कृतिक जगत की एक महत्त्वपूर्ण घटना माना जाता था। राष्ट्रपति इसका उद्घाटन किया करते थे और अपने हाथों से उन नवीन कलाकारों को पुरस्कृत करते थे जो आकाशवाणी की संगीत प्रतियोगिता में प्रथम अथवा द्वितीय स्थान प्राप्त किया करते थे। धीरे-धीरे न जाने क्यों प्रशासन की दृष्टि में इस महान पर्व का महत्त्व आँकना कम कर दिखा गया। कलाकारों, कलाप्रेमियों और सहृदय श्रोताओं की दृष्टि से यह स्थिति चिन्तनीय है।

# गम में घुल-घुल कर हाथी होने की राजनीति

पिछली बार हम समाज की नाजुक भावनाओं की चर्चा कर रहे थे जिनको ठेस पहुँचने के अन्देशे से सारा देश दुबला हुआ जा रहा है। हमने स्पष्ट किया था कि इन भावनाओं की सबसे ज्यादा 'चिन्ता' ठस दिमाग और ठोस स्वार्थ वाले नेतृत्व को रहती है। आश्चर्य है कि आज तक किसी ने उसे इस चिन्ता में घुलते हुए नहीं देखा। ऐसा लगता है कि वह मारे फिकर के मुटा रहा है। इसका मतलब यह हुआ कि समाज की इन तथाकथित नाजुक भावनाओं के भड़काए जाने से देश भले ही दुख पा रहा हो, समाज का चेता हुआ नेता इनके सहारे ही अपने राजनीतिक स्वार्थ की नैया खेता है। कभी किसी प्रतिद्वंद्वी द्वारा 'नाजुक भावना' का बेपनाह हथियार इस्तेमाल किए जाने से उसे कुछ परेशानी अवश्य हो सकती है मगर वह जानता है कि मौका पड़ने पर इसी अस्त्र का प्रयोग प्रतिद्वन्द्वी पर किया जा सकेगा। और हाँ, फिलहाल कुछ ठोस भावनाओं और तथ्यों का उल्लेख कर के 'प्रबुद्ध और प्रगतिशील' वर्ग के समक्ष अपेक्षा कृत अधिक उदार और यथार्थवादी नेता के रूप में प्रस्तुत होने का सुख तो लूटा ही जा सकता है। इसीलिए हम एक ही नेता को अलग-अलग अवसरों पर 'नाजुक भावनाओं' और 'ठोस तथ्यों' की वकालत करते हुए देख सकते हैं।

समाजशास्त्र के विद्वानों की मान्यता है कि नाजुक भावनाओं वाली राजनीति का सम्बन्ध मतान्धता से होता है। ऐसी मतान्धता अक्सर किसी कमजोर देश के कम संख्या वाले सम्प्रदाय के लिए शक्ति और सत्ता पाने का आसान रास्ता तैयार कर देती है। जाहिर है कि यह रास्ता कई मानों में घिनौना होता है। लेकिन भीड़ के पागलपन को समाज या देश की ताकत में बदलने की दृष्टि से उसकी उपयोगिता असन्दिग्ध है। दुनिया के कई देशों और सम्प्रदायों ने यही रास्ता अपनाकर अपने को शक्तिशाली बनाया है। यहाँ यह समझ लेना जरूरी है कि इस सबकी मतान्धता, लाख बेसिर-पैर के सही, किसी-न-किसी 'मत' पर आधारित थी। हमारे यहाँ स्थिति भिन्न है। हमारा आन्दोलनप्रिय नेतृत्व मतान्धता का सहारा लेता है तो यह मान कर कि चुनाव में मात देने वाला राजनीतिक अन्धा है। महज एक आन्दोलन छेड़कर या एक ललकारता-सा नारा लगाकर इस मतदाता को खुश किया जा सकता है और उसे

खुश करने का उद्‌देश्य सिद्ध होने के बाद उस आन्दोलन और उस ललकार को भुला दिया जा सकता है।

अगर मतान्धता किसी बड़ी और बुनियादी बात से जुड़ी हुई हो और नेतृत्व सम्पूर्ण आस्था से उसके प्रति समर्पित हो तो निश्चय ही वह समाज को गति दे सकती है। उदाहरण के लिए विदेशी भाषा, संस्कृति या सहायता के सम्पूर्ण बहिष्कार की बात मतान्धता में शामिल की जा सकती है लेकिन अगर किसी देश का नेतृत्व इसे अपनी आन का सवाल बना ले तो सम्भव है कि वह महान परिवर्त्तन कर दिखाए। अगर हम इतिहास का अध्ययन करें तो देखेंगे कि नैतिक, राजनीतिक, सांस्कृतिक, साम्प्रदायिक हर प्रकार की मतान्धता किसी-न-किसी देश में कभी-न-कभी समाज को स्पन्दन और स्फूर्ति दे सकने में सफल हुई है। आज हमारे यहाँ के राजनीतिक आन्दोलनों में हर प्रकार की मतान्धता के दर्शन हो रहे हैं लेकिन समाज में स्फूर्ति के दर्शन बदस्तूर दुर्लभ हैं। गौर से देखने पर पता चलता है कि इन आन्दोलनों का नेतृत्व करने वालों को कभी किसी बुनियादी बात से कोई सरोकार नहीं रहता। हमेशा कोई मामूली-सी बात ही इनकी कल्पना के 'समाज' की नाजुक भावनाओं को गैर-मामूली ठेस पहुँचाती है। ओछी बात को लेकर, ढोंग के स्तर पर अपनाई गई यह मतान्धता समाज को दूषित कर पाती है, मगर स्पन्दित नहीं। दूसरे शब्दों में यह कि हमारा नेतृत्व न सिर्फ हमारे अन्धेपन का आह्वान कर रहा है, बल्कि हमें कुएँ में गिर पड़ने की 'सुविधा' भी प्रदान कर रहा है।

मतान्धता की राजनीति घटिया राजनीति है। यह घटिया राजनीति अगर किसी बढ़िया उद्‌देश्य को समर्पित हो तो भी गनीमत है। कम-से-कम यह सोच कर तो सन्तोष किया जा सकता है कि हमने आज जनमानस के अँधेरे पक्ष का सहारा इसलिए लिया कि कल समाज, शक्ति के तेज से उजागर हो। लेकिर जिस मतान्धता का हमारा नेतृत्व सहारा ले रहा है वह कुल मिलाकर घटिया तरीकों से घटियापन बरकरार रखने को समर्पित जान पड़ती है। साथ ही वह इस क्रम में हम सबको उत्तरोत्तर अधिक घटिया बनाते जाने पर आमादा भी मालूम होती है। दुर्भाग्य कि भारतीय समाज, भारतीय राजनीति के इस खतरनाक खेल में खुशी से हिस्सा ले रहा है। हम सब यह मानने को तैयार हुए जा रहे हैं कि इस या उस पुस्तक पर प्रतिबंध लगा दिए जाने से, इस या उस कारखाने को यहाँ नहीं वहाँ लगवाने से इस प्रदेश में उस प्रदेश वालों को नौकरी-पेशे से हटवाने से, इस या उस भाषा, लिपि, पन्थ, सम्प्रदाय या वर्ग के खिलाफ नारेबाजी कर देने से, हम शक्तिशाली हो जाएँगे या नफे में रहेंगे। 'हम' की ऐसी परिभाषाएँ 'हम' के राष्ट्रीय बोध को खण्डित करती ही हैं और उससे सारे समाज का नुकसान होता है। अनन्तर यह पता चलता है कि

खण्डित 'हम' का भी कोई लाभ नहीं हुआ। अगर कोई नफे में रहा तो 'हम' को खण्डित करने वाला नेता!

जाहिर है कि जिन्हें हमारी नाजुक भावनाओं की इतनी 'चिन्ता' है उनके पास हमारी ठोस भावनाओं की ओर ध्यान देने की फुर्सत नहीं हो सकती। वे अगर हमारे पेट की चिन्ता करने में भी असमर्थ हों तो कोई आश्चर्य नहीं। अगर वे हमारे समाज के दिमाग को समझ सकने, उसकी खूबियों से देश का फायदा कराने और उसकी खामियों को मिटाने के लिए उपयुक्त वातावरण तैयार करने से कतरा रहे हों तो इसमें उनका क्या दोष? हमें उनकी नाजुक खयाली को दाद देनी चाहिए कि वे हमारी नाजुक भावनाओं के कद्रदां हैं।

# असलियत देखना मना है

नेहरू भारतीय आधुनिकता का नायक था। यह देश का और नेहरू का दुर्भाग्य है कि विरासत में हमने आधुनिकता का आडम्बर मात्र नेहरू से प्राप्त किया है। नेहरू में आधुनिकता के लिए अधैर्य था, हम बहुत इत्मीनान से आधुनिक हैं। नेहरू दिल्ली की गन्दी बस्तियाँ देखकर ताव खा गया था और उसने अपने क्रोध में उन्हें जला देने की सलाह तक दे डाली थी। हमारी आधुनिकता गन्दी बस्तियों से दूर ही दूर रहने में माहिर है, कभी सामना हो भी जाए तो वह देखे को अनदेखा कर सकती है। हमें अगर कष्ट कभी होता है तो तब जब कि किसी 'उन्नत' देश का वासी इन बस्तियों की ओर अँगुली उठाकर भारतीय आधुनिकता के आगे प्रश्न-चिह्न लगाता है।

नेहरू की आधुनिकता को गन्दी बस्ती बर्दाश्त नहीं थी, वह तुरन्त किसी चमत्कार से उसके स्थान पर नए रिहायशी फ्लैट खड़े करवा देना चाहती थी। गाँधी का दृष्टिकोण कुछ भिन्न था। गाँधीवाद खुद उसी 'गन्दी' बस्ती में रहने का और उसे नीति और स्वास्थ्य की दृष्टि से स्वच्छ बना कर रहने का संकल्प कर सकता था। लेकिन हमारी आधुनिकता गन्दी बस्तियों से बेखबर रहते हुए अपनी आलीशान कोठी में जिन्दगी के चार दिन गुजार देने की मोहलत चाहती थी। नेहरू की युवकोचित नाराजी पुराने भारत को तुरन्त नए भारत में बदल न भी पाई तो कम-से-कम सत्ता की राजनीति की खींची हुई तमाम लक्ष्मण रेखाओं के बावजूद उसने परिवर्तन के क्षितिज प्रस्तुत अवश्य किए और नए भारत का मार्ग भी प्रशस्त किया। गाँधीवादी तरीके की सफलता हम अपने स्वाधीनता आन्दोलन में कई बार देख चुके थे। लेकिन हमें अब न नेहरू के मार्ग से मतलब है, न गाँधी के, भले ही हम अवसर पड़ने पर दोनों का नाम जप लेते हों, दोनों के नारे बुलन्द कर लेते हों। हमने दिखावे की आधुनिकता और परम्परा को अपना लिया है और सत्ता की राजनीति के 'गम्भीर' नाटक में हम दर्शक को राहत देने की गरज से इन दोनों की लड़ाई का दृश्य डाल देते हैं। इसके चलते सत्ता वाले और सत्ता वालों के खिलाफ बगावत का नारा देने वाले, दोनों सुविधा के भागी हैं क्योंकि समाज से सचमुच जुड़ने, समाज को वास्तव

में बदलने की जिम्मेदारी से दूर भागने की उन्हें छूट है। पिछलग्गू और विद्रोही दोनों किस्म का राजनीतिक-सांस्कृतिक नेतृत्व यह मानकर चल सकता है कि अपने चारों ओर चन्द प्रतीक-चिह्न जुटा कर, सार्वजनिक मंच पर चन्द टोटके कर के और कुछ मंत्रों को दोहराते रहकर अपने को ठेठ आधुनिक या समन्वयवादी या परम्पराविश्वासी ठहराया जा सकता है। अपने दिमाग में या अपने देश में कोई परिवर्त्तन करने की जरूरत नहीं है।

तो राजनीतिक नेतृत्व नाजुक भावनाओं की बात कर रहा है और सांस्कृतिक नेतृत्व खाली बैठा-बैठा पश्चिमी मानस की पेचीदगियों के पेंच खोल और कस रहा है। दोनों अपनी सामन्ती काया-माया को आधुनिकता के लिबास से ढके हुए हैं। अगर गाँधीवाद और नेहरूवाद के सारे नारों के बाद आज भी देश की राजधानी के विख्यात कनाट प्लेस तक में सड़क कूटने वाली मजदूरनियों के दुधमुँहे बच्चे घंटों धूप और धूल में अरक्षित लोट लगाने के लिए अभिशप्त हैं तो इसमें हमारी आधुनिक और मानवीय दृष्टि का क्या दोष? वह तो कनाट प्लेस की सुन्दरता बढ़ाने के लिए बनाए गए नए फव्वारों पर टिकी हुई है। अगर आज भी राजधानी में तमाम लोग मल-त्याग के लिए शहर के नाले या राजमार्ग के किनारे को दिशा-जंगल मानने के लिए मजबूर हों और आप इसे हर मेल के क्रांतिकारी नारों से गूँजते हुए समाज के माथे पर कलंक ठहराएँ तो हमारी आधुनिकता को दुख होगा कि आप संडास की समस्या को सन्त्रास की समस्या से अधिक महत्त्वपूर्ण ठहरा कर अपनी कुरुचि का परिचय दे रहे हैं और अगर आपने कुछ ज्यादा ही आग्रह किया तो आप देश की गरीबी से खिलवाड़ कर के जनता की नाजुक भावनाओं को ठेस पहुँचाने के दोषी ठहरा दिए जाएँगे। छद्मताओं के इस वातावरण में एक-दूसरे की छद्मता की ओर इशारा करने की पूरी छूट है लेकिन सब छद्मताओं को काट कर वास्तविक्ता से आँखें चार करना सख्त मना है।

# भीड़ में खोया हुआ समाज

एक पूरा दिन घूमने-फिरने में बिताने के बाद हमें यही महसूस हुआ कि इधर राजधानी में जाड़ा शुरू हुआ है और उधर राजनीति में गर्मी आ गई है। बड़े नेताओं की बिरादरी में इस बात की चर्चा थी कि सर्वोच्च न्यायालय में प्रिवी पर्स का मामला भूतपूर्व नरेशों के हक में तय होने वाला है। उसके बाद सरकार को संविधान में संशोधन करने का विधेयक नए सिरे से प्रस्तुत करना होगा। क्या 'संविद' मार्का राजनीति एक तिहाई से ज्यादा मत जुटा कर सरकार को परास्त करने में सफल होगी? क्या सरकार इस आशंका से बचने के लिए प्रिवी पर्स पाने वाले को चुनाव लड़ने का अधिकारी न ठहराने वाला विधेयक ही रखेगी जिसके पास होने के लिए दो-तिहाई बहुमत जरूरी नहीं है? प्रिवी पर्स के अलावा भी कई ऐसे मामले हैं जो संसद के इस सत्र को हंगामाखेज बना सकते हैं और सवाल यह है कि इस सारे हंगामे के बाद मध्यावधि चुनाव की नौबत आएगी या नहीं? प्रधानमन्त्री ने इस संभावना से इनकार किया है मगर प्रतिपक्ष के कुछ नेताओं का विचार है कि प्रधानमन्त्री अनुकूल अवसर मिलते ही संसद को भंग करके नए चुनाव करवा लेंगी। अवसर को अनुकूल मान सकने के लिए दो शर्तों का पूरा होना जरूरी है—उत्तर प्रदेश में संविद सरकार भंग हो और बिहार में वर्तमान सरकार बनी रह सके। मध्यावधि चुनाव हों या न हों, इतना तो निश्चय ही कहा जा सकता है कि जोड़-तोड़ की राजनीति जब जोड़-तोड़ की ही राजनीति से टकराती है तब तमाम नाटकीयता के बावजूद कोई बुनियादी परिवर्तन या निर्णायक घटना सम्भव नहीं होती। ऐसी राजनीति का एकमात्र धर्म और कर्म है—रोज जोड़ो, रोज तोड़ो। ऐसा रोजमर्रापन कोई इतिहास नहीं बनाता।

यह सब जानते हुए भी हम भारतीय राजनीति के इस आत्ममुग्ध तमाशे से इतने आसक्त हो चले हैं कि समाज के अन्य क्षेत्रों में भी उसका अनुसरण करने लगे हैं। हर तमाशाई अब तमाशे का अंग बन जाने के लिए आतुर हो उठा है। जैसे कोई उसके कान में फुसफुसा रहा हो कि इस लूट में पीछे छूट गए तो अन्त समय पछतावा होगा। छुट्टी के उस दिन दो अन्य क्षेत्रों में इस राजनीति के दर्शन हमें हुए—धर्म और साहित्य। आचार्य तुलसी की 'अग्नि-परीक्षा' के सन्दर्भ में रायपुर में साम्प्रदायिकता

की जो अग्नि भड़की है वह धार्मिक नेताओं की एक सभा में विचाराधीन थी। कुल मिलाकर यही सिद्ध हुआ कि धार्मिक नेताओं की सभा भी राजनीतिक नेताओं की सभा की तरह ही होती है—मीन-मेख निकालने का वही वातावरण, सद्भाव का वही अभाव। जाहिर है कि अगर यह मामला धार्मिक व्याख्या का होता तो इतने बड़े झगड़े की नौबत ही नहीं आती। कई मामलों में जैन धर्म की दृष्टि सनातन धर्म की दृष्टि से सर्वथा भिन्न है—इस तथ्य को धर्म और इतिहास का हर विद्यार्थी जानता है। लेकिन इस भिन्नता के बावजूद जैन सम्प्रदाय हिन्दू सम्प्रदाय का एक अभिन्न अंग रहा है। आज अगर इतना राजनीतिक बावेला मच रहा है तो इसका मतलब सिर्फ यही हो सकता है कि जैन बनाम हिन्दू की राजनीतिक लड़ाई अगले आम चुनाव के सन्दर्भ में शुरू की जा रही है।

अफ्रेशियाई लेखक सम्मेलन की तैयारियों में नए भारत का यही पुराना घाघ राजनीतिक दिमाग साहित्यकार के चोले में नजर आया। सोवियत संघ से सप्रेम प्राप्त सत्तर चूहे खा-खा कर धन्य होती हुई क्रांतिकारिता साहित्यिक हज पर निकली है। इस अभियान पर सबसे ज्यादा आपत्ति उन्हें है जिनके लिए मेरा नाम वीएतनाम है और तेरा नाम भी। और कुछ उसी तर्ज में, जिसमें कभी पुराने 'क्रांतिकारी' साहित्यिकों के लिए मेरा-तेरा नाम स्टालिनग्राड था। पुराने क्रांतिकारियों में वे भी शामिल हो लिए हैं जिन्हें स्टालिनग्राड से कभी विशेष मोह नहीं था। जो प्रतिष्ठित है, वह किसी भी प्रतिष्ठान की शोभा बढ़ा सकता है। जो प्रतिष्ठित होना चाहता है वह किसी भी प्रतिष्ठान की हुलिया बिगाड़ कर अपना लक्ष्य सिद्ध कर सकता है। राजनीति की तरह संस्कृति भी सत्ता-रेवड़ी छीनने और अन्धे की शैली में बाँटने की प्रतियोगिता बन गई है। रेवड़ी कितने बड़े पैमाने पर उपलब्ध है इसका अन्दाजा अफ्रेशियाई लेखक सम्मेलन के आयोजन में किए गए शाही खर्च से ही लगाया जा सकता है।

इस 'क्रांति बम' के बाद इंडिया गेट में हमें 'शांति बम' नाम से विज्ञापित एक विराट धार्मिक आयोजन देखने को मिला। तंतर-मंतर और टोटके के लिए वहाँ भी पैसा ही पैसा था और यहाँ भी। जब बुनियादी काम की बारी आती है तब इस देश में सहसा धन और जन दोनों का अभाव हो जाता है। इंडिया गेट में ही नेहरू बाल मेला हो रहा था और यहाँ भी भाषणों में समाज सेवा की भावना पर राजनीतिक मेवे की चाह हावी होती मालूम देती थी। बहरहाल इस जबानी जमा-खर्च के बावजूद यहाँ कुछ होने, कुछ किए जाने का आभास तो मिल रहा था। बच्चों ने जो कार्यक्रम प्रस्तुत किया उसके लिए उन्हें तालीम देने पर किन्हीं लोगों ने अपना वक्त लगाया होगा, अपनी मेहनत दी होगी और इस वक्त और मेहनत से सामुदायिक भागीदारी का एक

सुअवसर प्रस्तुत हुआ था। जब तक हम कोरी सैद्धान्तिक चर्चा से मुक्त होकर सामुदायिक कार्य का महत्त्व नहीं समझते तब तक हमें उपलब्धियों के नाम पर कोरे तमाशे, सामाजिक प्रगति के नाम पर खयाली पुलाव, लोकतन्त्र के नाम पर सामन्ती सुख-दुख और सामाजिक-राजनीतिक नेताओं के नाम पर खांटी दलाल ही मिलते रहेंगे।

भारतीय राजनीति ने समाज की जगह भीड़ और सामाजिक चेतना की जगह स्वार्थ प्रतिष्ठित कर दिया है। भीड़ विध्वंस कर सकती है और राजनीति के इशारों पर, राजनीतिक नेतृत्व की स्वार्थ-सिद्धि के लिए वह यही काम बराबर करती आई है। जब भीड़ की जगह समाज होगा तब रचनात्मकता को चुनौती होगी और रचनात्मकता ही कसौटी होगी। खोए हुए, बिसरा दिए गए भारतीय समुदाय की खोज ही इस देश को दुर्गति से बचा सकती है। यह खोज तब शुरू होगी जब भारतीय नागरिक सारे राजनीतिक मुखौटों और मन्त्रों को भूल कर अपने से और अपने समाज से निगाहें मिलाएगा। तब ऋषियों और क्रान्तिकारियों की इस भीड़ की जगह सीधा सपाट भारतीय इनसान ले सकेगा।

# इतिहास उन्हें याद रखता है जिन्हें इतिहास की याद रहती है

इतिहास-बोध शायद इतिहास के आरम्भ से ही मानव समाज के बहुत से सदस्यों को बेकार का बोझ प्रतीत होता रहा होगा। आज की चुनौतियों और चिरौरियों से निबट पाना ही जब इतना मुश्किल है तब बीते हुए कल की यादों और आने वाले कल के खयालों में क्यों खोया जाए? 'जो हो रहा है सो ठीक ही हो रहा है, जो होगा सो देखा जाएगा'—दुनियादारी और जमानासाजी का यही मूलमन्त्र रहा है। दूसरे विश्वयुद्ध के बाद की दुनिया में बाहरी परिवर्तन इतनी तेजी से हुए और इन्सान भीतरी तौर से इतना कम बदला हुआ मालूम हुआ कि इतिहास-बोध को हास्यास्पद ढोंग का और आए-गए को इतिहास का दर्जा दे दिया गया। ज्ञान-विज्ञान की समस्त शक्तियों के बावजूद इन्सान ने अपने समय और समय की समस्याओं के सामने अपने को बहुत छोटा महसूस किया। 'ऐतिहासिक दृष्टि' और 'राष्ट्रीय नियति' उसे सार्वजनिक मंच से भाषण करते समय तालियाँ पिटवाने की काम की चीजें भले ही मालूम हुई हों, उनका रोजमर्रा के यथार्थ और आए दिन की राजनीति से कोई सरोकार नजर नहीं आया। पिछले दशक में दुनिया के लगभग सभी देशों में इतिहास-पुरुषों का अकाल शुरू हुआ। नेतृत्व ऐसे व्यक्तियों के हाथों में आ गया जो अपेक्षाकृत सामान्य, दबे-ढके और पेशेवर राजनीतिक कौशल के धनी थे। इस तरह के विश्व-नेतृत्व के मध्य फ्रांस के जनरल द गाल कुछ विचित्र और विसंगत मालूम हुए हों तो कोई आश्चर्य नहीं। उन्हें श्रद्धांजलि अर्पित करते हुए कई पत्रकारों ने उनके व्यक्तित्व के इस पक्ष की ओर ध्यान दिलाया है।

जनरल द गाल मरहूम की इन 'विचित्रताओं' में पहला नम्बर अपने राष्ट्र को और राष्ट्र के प्रति अपने दायित्व को महत्त्वपूर्ण मानने की प्रवृत्ति का था। बताया जाता है कि जब जनरल द गाल फ्रांस पर विजयी जर्मन सेनाओं के विरुद्ध फ्रांसीसियों के आन्दोलन का नेतृत्व कर रहे थे तब ब्रिटेन, अमेरिका आदि मित्र-देशों के नेताओं से वह कुछ इस तरह पेश आते थे मानो फ्रांस युद्ध में हारा हुआ देश न होकर ब्रिटेन और अमेरिका के बराबर का, बल्कि उनसे भी बढ़कर देश हो। युद्ध

के बाद जब फ्रांस को विजयी बड़े राष्ट्रों के याल्टा सम्मेलन में शामिल नहीं किया गया तो जनरल द गाल को इसमें अपनी और फ्रांस की तौहीन ही नहीं, अन्तरराष्ट्रीय राजनीति की भयंकरतम भूल भी नजर आई। जब आगे चल कर फ्रांस राजनीतिक दलों और गुटों की भरमार के कारण एक के बाद एक बनने-बिगड़ने वाली संविद सरकारों के चक्कर में पड़ गया और अल्जीरिया को फ्रांसीसी राज से मुक्ति देने के खिलाफ अल्जीरिया में फ्रांसीसियों के विद्रोह की नौबत आ गई तब जनरल द गाल को शासन की बागडोर दी गई। उन्होंने ऐन मसीहाई अन्दाज से उसे ग्रहण किया और राजनीतिक दलदल दूर करने के लिए संविधान ही बदलवा डाला। जब तक वह राष्ट्रपति रहे अपने को और अपने राष्ट्र को सबसे महत्त्वपूर्ण मान कर चले। उन्होंने अमेरिकी सत्ता और अमेरिकी सिक्के को चुनौती देने के, ब्रिटेन को यूरोपीय राजनीति में उभरने न देने के, फ्रांस के नेतृत्व में नई यूरोपीय शक्ति का विकास करने के, कनाडा के फ्रांसीसी-भाषी प्रदेश को पृथक राष्ट्र का दर्जा दिलाने के अजीबोगरीब सपने देखे और उन्हें पूरा करने की कोशिश भी की।

जाहिर है कि इस तरह के सपने दुनियादार लोगों को सिर-फिरे और दुनिया की बड़ी ताकतों को तकलीफदेह मालूम हो सकते थे। कुल मिलाकर इनमें अलग-अकेले पड़ जाने और लोकप्रियता खो देने का खतरा था। मगर द गाल अ-लोकप्रिय होने से कभी नहीं घबराए। उन्होंने सदा अपने को लोक प्रतिनिधि मानते हुए भी लोक से कुछ अलग, कुछ ऊपर माना। यहाँ तक कि उन्होंने अपने संवाददाता सम्मेलनों में भी अपनी गरिमामय दूरी बनाये रखना जरूरी समझा। लोकप्रियता के पेशेवर नुस्खों की परवाह न करना द गाल की दूसरी विचित्रता थी। तीसरी विचित्रता का सम्बन्ध विचारों और आदर्शों की महत्ता स्वीकार करने से था। जिस समय फ्रांस पर जर्मन सेनाओं का कब्जा था, द गाल ब्रिटेन से रेडियो पर फ्रांसीसी जनता के नाम प्रेरणाप्रद संदेश प्रसारित किया करते थे और कुछ इस विश्वास से कि घोर संकट की इस घड़ी में शब्द ही शस्त्रों का काम कर दिखाएँगे। निष्पक्ष प्रेक्षकों की राय है कि द गाल का यह विश्वास सौ फी सदी सही था। इसी प्रसंग में यह भी उल्लेखनीय है कि जनरल द गाल प्रशासन में भी बेकार इस जबानी जमाखर्च और फालतू कागजी कार्रवाई के सख्त विरोधी थे। उन्होंने कभी अपने कमरे में टेलीफोन नहीं लगवाया। स्टेनो को डिक्टेशन देना उन्हें कभी मंजूर नहीं हुआ। जो भी आदेश जारी किए अपने शब्दों में और अपने कलम से। द गाल वाक्य, द गाल के लिए ब्रह्म वाक्य का दर्जा रखता था।

इन तेवरों के कारण द गाल व्यंग्य चित्रकारों और व्यंग्य लेखकों के प्रिय विषय बने। लेकिन संसार को यह स्वीकार करना पड़ा कि महानता की साधना से जनरल

द गाल अपने देश को एक बार सैनिक पराजय से और दूसरी बार राजनीतिक दुर्गति से उबारने में सफल रहे। उनका पुरानापन नएपन की भीड़ में अलग ही नजर नहीं आया बल्कि इस भीड़ को व्यवस्था भी दे सका। फ्रांस के दिग्गज लेखक आन्द्रे मालरो के शब्दों में वह 'बीते हुए कल और आनेवाले कल' दोनों के प्रवक्ता और प्रतिनिधि सिद्ध हुए।

विचित्र है किन्तु सत्य है कि यही द गाल दबे-ढके पेशेवर राजनीतिक कौशल और चीखती-चिल्लाती क्रांतिकारिता दोनों को ही विचित्र जिद्दी और खब्ती नजर आता रहा। द गाल ही क्यों कोई भी इतिहास-पुरुष इन्हें विचित्र ही लग सकता है। पेशेवर राजनीतिक कौशल और चीखती-चिल्लाती क्रांतिकारिता दोनों ही राष्ट्रवाद यानी बेवफा हिस्ट्री जुगराफिकल से परहेज रखना चाहते हैं। इनकी सुविधा प्रियता आज अपनी गद्दी बनाए रखने में खोई हुई है तो उनकी सुविधा प्रियता प्याली के तूफान को क्रांति का जहान मानने पर आमादा है। बोध नारों का विषय हैए राजनीतिक जीवन-सन्दर्भ नहीं। दोनों ही यह नहीं जानते कि इतिहास उन्हें याद रखता है, जिन्हें इतिहास की याद रहती है।

# चुंग कुओ इचिंग छंग ल पायथांग
# इतु रंगरान हई श्रि हुंगथांग
## (चीन चीनी हो गया भारत गुड़ रह गया)

हमारा उद्देश्य नेफा-पराजय की नुक्ताचीनी नहीं बल्कि उस नुक्ते की ओर इशारा करना है, जिसके कारण अफीमची चीन चीनी बन गया और हम शांतिप्रिय भारतवासी गुड़ ही बने रह गए।

शांतिप्रियता कभी इतनी अप्रिय और आत्मघाती सिद्ध हो सकती है, इसका हमें कयास भी नहीं था। हमारे ब्रह्म ने भी कभी यह नहीं सोचा था कि हमारे अफीमची पड़ोसी का नशा हिरन हो चुका है और वह सीमा-अतिक्रमण की कुलांचे भरना चाहता है। पाकिस्तान और चीन दोनों से ही हम निश्चिन्त थे। हम यह समझ रहे थे कि भुक्खड़ चीन अपना दो जून का चावल जुटाने में लगा हुआ है। हम यह समझ रहे थे कि हड्डी का टुकड़ा समझ जिस तिब्बत को हमने उसके सामने फेंका है, वह उसी को चिचोड़ कर हमें बख्श देगा। हमारे पास यह भी गलत खबर थी कि चीन के गले में तिब्बती हड्डी अटककर उसका दम घोंटे दे रही है। हम इस भ्रम में थे कि तानाशाही से परेशान चीनी जनता से निबट पाना उसके लिए टेढ़ी खीर है। तब इस पिद्दी पाकिस्तान को हम समझते भी क्या? वह तो हमने, कहते हैं, अपनी रही-सही सेना का विघटन भी कर दिया होता यदि कश्मीर-जैसी नासुरी समस्या हमें कुरेद न गई होती। जब कभी हमें चीनी सुगबुगाहट की उड़ती खबरें भी मिलीं तब भी हमने उस पर कान नहीं दिया और बताने वाले को धता बताते रहे। हमने युद्ध को महँगाई का दोस्त समझने में कभी भूल नहीं की। हमारा विश्वास था कि यदि 'युद्धम् देहि' की कामना हमने कभी की तो उस हत्या-पाप का अतिरिक्त फल सद्यः स्वतन्त्र हम लोगों के लिए नरकवत् होगा। हमारी प्रिय विकास योजनाएँ नष्ट हो जाएँगी। हमने सम्भावित शत्रु को अपनी कल्पना में भी नहीं आने दिया। हमने भरसक युद्ध से विरत होने का प्रयत्न किया। उसकी ओर से आँखें भी मूँदीं, लेकिन यह कौन जानता था कि आँखें मूँदते ही वह हमारी हाँड़ी जूठी कर जाएगा। लेकिन

नियति की तरह जब वह अपरिहार्य हो गया, तब हम जागे। बिना गोला-बारूद जुटाए हम उलझ पड़े। शीत-प्रकम्पित रण-क्षेत्र में हम लँगोटा बाँधे ही कूद पड़े। बिना दिशा-ज्ञान के हम बढ़ चले। बिना प्रशिक्षण के हम कबन्ध की तरह हाथ चलाते रहे। तटस्थता और पंचशील के जगत-गुरुत्व के जोम में विश्वबन्धुत्व का दिवा-स्वप्न देखन वाले हम भारतीयों ने जब युद्ध के मैदान में आँखें खोलीं तब शाम ढल चुकी थी। शक्ति के शेयरबाजार में हम दिवालिए करार दिए जा चुके थे। हमारा परउपदेशजीवी आत्मबल कमर की तरह टूट चुका था। उस आपाधापी में हमने अस्त्र-शस्त्र और युद्ध-उपकरण जुटाने का जो प्रयत्न किया वह और भी हास्यास्पद सिद्ध हुआ। न तो हम उन निरीह और अनभ्यस्त रंगरूटों को मच्छरों की तरह मारे जाने से बचा सके और न प्राप्त युद्ध-सामग्री का यथासमय यथास्थान वितरण ही कर सके। हम बुरी तरह परास्त हुए। हमारे नेताओं का मनोबल तो टूटा ही, साथ ही देश में एक सन्नाटा भी छा गया। पराजय से देश की राजनीति में तूतू-मैंमैं का दौर शुरू हो गया। राजनीति और सैन्यनीति आपस में टकराईं। विरोधी पार्टियों ने अपनी पूर्व चेतावनियों की एक बार फिर से दुहाइयाँ दीं। राष्ट्रनायक नेहरू को भी स्थिति के स्पष्टीकरण में कई प्रकार के ऊँचे-नीचे वक्तव्य देने पड़े। मेनन को हटना पड़ा। उनकी जगह चव्हाण आए। कई उलट-फेर हुए। लेकिन हमारी नियति में जो शिकस्त बदी थी वह अटल ही रही।

नेफा-पराजय का लेखा-जोखा अब तक चल रहा है। सभी ने अपने-अपने ढंग से अपना दृष्टिकोण प्रस्तुत किया है। राजनीति की गहमागहमी में सच-झूठ, उक्ति-अत्युक्ति का निर्णय लेना सर्वथा एक नया सरदर्द मोल लेना है। बातें ही बातें हैं। उनका जिक्र करना एक तूमार बाँधने के बराबर है। लेकिन बिना तूमार बाँधे यदि दो टूक बात कही जा सकती है तो सिर्फ इतनी कि न तो उस समय हम लड़ना चाहते थे और न लड़ने के योग्य ही थे।

चीनी आक्रमण से लेकर नेफा-पराजय तक राजसैन्यनीति जिन व्यक्तियों के इर्द-गिर्द घूमती रही, उनमें नेहरू, मेनन, थापर, कौल, सेन और मोरारजी के नाम महत्त्वपूर्ण हैं। यदि इन लोगों के वक्तव्यों के निगेटिव का एक पोजेटिव प्रिंट तैयार किया जाए तो उस फोटो में सभी एक-दूसरे की ओर इंगित करते दिखाई पड़ेंगे।

राजनीति और सैन्यनीति का तालमेल देश की सीमा-रक्षा के लिए एक आवश्यक शर्त्त होती है। राजनीति में जहाँ दल के संगठन के लिए आचार-संहिता से परे हटकर भी सोचा जा सकता है, वहाँ अनुशासित और नैष्ठिक सैन्यनीति में

इसकी गुंजाइश नहीं होती। उन्हीं राजनीतिज्ञों का वर्चस्व जब सेना पर होता है, तब सैन्यनीति परमुखापेक्षी बनी अपने मुँह की खाने लगती है। ऐसा ही कुछ नेफा-पराजय के मूल में है। उस समय नेहरू जैसा व्यक्तित्व था, जिसकी आवाज में वजन था। उस समय पार्टियों में खण्डित देश का क्षण-क्षण परिवर्तित शासन नहीं था। चीन के मुकाबले में जहाँ तक हमारी सेना के सशक्त होने का प्रश्न है, वह आज भी चिन्त्य है। विचारणीय तो आज यह है कि निकट भविष्य में यदि वैसी ही पुनरावृत्ति हो तो हम क्या कर लेंगे?

# आदमी आदमीयत को मार रहा है

शहर की एक चलती सड़क पर दुर्घटना होती है मगर टक्कर मारने वाला रुकता नहीं। रुकेगा, घायल की मदद करेगा और उसे तुरन्त अस्पताल पहुँचाएगा तो लिखित कानून के अनुसार किसी बड़े झमेले में शायद ही फँसना पड़ेगा। लेकिन एक अलिखित कानून भी है जो उसे आगाह करता है कि मानवीयता के चक्कर में पड़ोगे तो फिर थाना-कचहरी के चक्कर ही काटते रहोगे। घायल को सड़क के किनारे पड़ा हुआ देखकर दूसरी गाड़ियाँ थोड़ी धीमी हो जाती हैं मगर उनके चालकों के पाँव अलिखित कानून को याद करके फिर एक्सलरेटर पर चले जाते हैं। पर चालक सोचता है कि अगर मैं मदद करने रुका और घायल व्यक्ति को अस्पताल पहुँचाने गया तो उल्टे यह मान लिया जाएगा कि मैंने ही टक्कर मारी है। घायल के चारों ओर तमाशाई जमा होते जाते हैं लेकिन इस भीड़ में चश्मदीद गवाह कहीं नहीं मिलता। जिसने भी दुर्घटना देखी है उसे अलिखित कानून भूला नहीं है। एक आजाद देश के निवासी अपनी ही पुलिस, अपनी ही कचहरी से डरते हैं। कानून से जुड़ी हुई दफ्तरशाही इतनी बेदर्द है कि वे कानून को अन्धा मानने के लिए और खुद अपनी आदमीयत को अन्धा कर देने के लिए मजबूर है। यह वह दफ्तरशाही है जो किसी आदमी से वसूली जा चुकी रकम को गलती से बकाया दिखाने के बाद उसे समझाती है कि दुबारा अदायगी कर देने में कम झंझट होगा—और अनुभव बताता है कि सचमुच यही ज्यादा समझदारी की बात भी है।

तो घायल सड़क के किनारे पड़ा रहता है और तमाशाई उसे देखकर, जमाने को और जमाने भर को कोस कर, दार्शनिक मुद्रा में आगे बढ़ जाते हैं। कोई पत्रकार या नेता-किस्म का प्राणी अपने रुतबे की एक और आजमाइश करने के लिए फोन से पुलिस को खबर करता है और पुलिस अस्पताल के केजुअल्टी विभाग को। सारा काम धीमे-धीमे किया जाता है—यहाँ तक कि लाल बत्ती और भोंपू वाली इमर्जेंसी गाड़ी भी इतमीनान से स्टार्ट की जाती है। कुछ देर बाद केजुअल्टी में एक और अधमरा आदमी पहुँच जाता है। नाम—अनजाना; घायल होने का कारण—खुद ही दुर्घटना कर ली; गवाह—कोई नहीं। इसके बाद अनजाने को पहचानने का क्रम शुरू

होता है और शहर में यह कोई आसान काम नहीं। कुछ अता-पता मिल भी जाए तो रात-विरात घायल के घर और रिश्तेदारों की खोज मुश्किल। जो भी ढूँढ़ने जाएगा चोर समझा जाएगा। और तो और चौकीदार तक उससे डरेगा, कतराएगा। किसी तरह चौकीदार आश्वस्त होगा और यहाँ-वहाँ जगार की जाएगी तो कई लोग यही सोचते रह जाएँगे कि इसमें क्या पेंच है? सवाल-जिरह शुरू करेंगे। जाहिर है कि उन्हें घायल व्यक्ति के घर का कोई पता नहीं होगा। शहर का आदमी किसी के पड़ोस में भले ही रहता हो, किसी के पास नहीं रहता। आखिर किसी तरह घायल के घर वालों तक खबर पहुँच ही जाती है। और तब उनके मन में, घायल के मित्रों के मन में यह सवाल उठता है कि घायल की उचित देखभाल अस्पताल में होगी कि नहीं? सवाल बेहूदा-सा मालूम होता है क्योंकि अस्पताल मरीजों और घायलों की देखरेख के लिए ही बनाया गया है। मगर लोकविश्वास है कि अस्पतालों में पूरी देखभाल की नहीं जाती और अस्पतालों पर जितना अधिक कार्यभार है उसे देखते हुए यह मानना भी कठिन नहीं कि पूरी देखभाल चाहने पर भी न हो पाती हो। दर्द और मौत के आदी हो चुके डाक्टरों और अन्य अस्पताली कर्मचारियों का निस्संग दृष्टिकोण इस विश्वास को कुछ और दृढ़ कर जाता है। जब देखभाल में कमी की आशंका उठती है तब किसी से कहलवाने और दबाव डलवाने का सवाल उठता है। राजनीति से ग्रस्त इस देश में अच्छे इलाज के लिए भी राजनीतिक सिफारिश आवश्यक समझी जाती है। और अगर आप राजनीति के लिए किसी भी दृष्टि से कभी उपयोगी सिद्ध हो सकते हों तो सिफारिश का इन्तजाम भी हो सकता है। किसी भी सुयोग्य और स्वाभिमानी डाक्टर के लिए ऐसी सिफारिश का कोई मतलब हो नहीं सकता, बल्कि उसे इस पर क्रुद्ध होने का भी पूरा अधिकार है। लेकिन डाक्टर की निस्संगता शायद इसकी भी आदी हो चुकी है। या शायद उसे भी बगैर सिफारिश के कुछ करने में कोई विश्वास नहीं रहा है।

घायल ठीक हो जाए तो अच्छा। न हो तो अस्पताल के प्रति अविश्वास कुछ और पुष्ट किया जा सकता है। लेकिन अभी एक बाधा और बाकी है—अस्पताल से शव तभी मिलेगा जब पोस्टमार्टम कर लिया जाएगा। और पोस्टमार्टम कब हो सकेगा, इसका कोई ठिकाना नहीं है। सलाह दी जाती है कि किसी ऊपर वाले से किसी ऊपर वाले को कहलाओ। बात अगर तब भी न बने तो किसी चलते पुर्जे नीचे वाले से सम्बद्ध ऊपर वाले के यहाँ धरना दिलवा दो। सलाह मानना जरूरी मालूम होता है क्योंकि मित्रों और रिश्तेदारों की परेशानी सम्बद्ध विभागों के लिए रोजमर्रा की-सी एक बात है। भारतीय शहर का आदमी उपेक्षा और लापरवाही पाने का आदी है। मानवीयता के नाम पर वह भीख के अतिरिक्त और कुछ माँग या पा नहीं सकता।

न यहाँ वह आधुनिकता है जो हर व्यक्ति की व्यक्ति को हैसियत से गरिमा प्रदान करती है और न यहाँ वह परम्परागत सामाजिकता है जो हर व्यक्ति को दूसरे के प्रति दायित्व-भावना से जोड़ती है। भारतीय शहर की संस्कारहीनता में बस अकेलों की भीड़ ही सम्भव है। भूलचूक के कारण इस भीड़ का कोई एक अकेला दूसरे अकेले को दुर्घटनाग्रस्त कर जाता है तो रुकता नहीं। धाँधली और संस्कारहीनता की अलिखित संहिता उससे कहती है कि आदमी को मारने के बाद अब अपनी आदमीयत को भी मार दे। असीम अविश्वासों और आशंकाओं का अड्डा है भारतीय शहर। नृत्तत्त्व के जानकारों का कहना है कि ऐसी आशंकाएँ और ऐसे अविश्वास उन लोगों में पाए जाते हैं जिन्हें आदिम अन्धविश्वासों के संसार से आधुनिक परिवेश में ला पटका गया हो और जो वहाँ घोर दरिद्रता में जी रहे हों। हमारी सामाजिक-राजनीतिक स्थिति पर इससे बड़ा क्या व्यंग्य हो सकता है कि पढ़ा-लिखा सम्पन्न भारतीय नागर भी इसी मानसिकता को अपनाने के लिए मजबूर है।

# तो और बताइए आपकी क्या सेवा की जाए?

भारत की राजधानी का किस्सा है। एक ऊँचे पद वाले पत्रकार को ड्राइवर ने आकर बताया कि आपकी गाड़ी दुर्घटना के बाद पुलिस वालों ने थाने में पहुँचा दी है और अब उसे वहाँ से सुपुर्दारी पर छुड़वाना होगा। पत्रकार ने समझा कि नागरिक के नाते ही इस काम को आसानी से करा लिया जा सकता है। कुछ टक्करें मारने के बाद यह स्पष्ट हो गया कि कोरा नागरिक होने में कोई नुकसान नहीं है तो नफा भी नहीं है। दूसरे शब्दों में यह कि कोरे नागरिक को दफ्तरशाही से जो भी जवाब मिलेगा सो स्वाभाविक रूप से कोरा ही होगा। तब उस पत्रकार ने अपने को पत्रकार के रूप में प्रस्तुत किया और अपने पद की ऊँचाई दर्शाने के लिए साथ में उस पत्र-प्रतिनिधि को भी ले लिया जिसका पुलिस विभाग से सम्पर्क रहता था। प्रतिनिधि ने थानेदार से मिलवाया और थानेदार के फोन से ही कई बड़े अधिकारियों को 'हमारे साहब' के इस मामले की सूचना दी। थाने के बाद मजिस्ट्रेट की अदालत में भी यही क्रम दुहराया गया। दोनों ही जगह पत्रकार को यह आभास मिला कि जल्दी का काम शैतान का माना जाता है। काम दो ही हालत में किया जाता है—पत्रं-पुष्पम् की परम्परा का निर्वाह करने पर या ऊपर से दबाव डलवाने पर। पहली स्थिति में काम 'राज-खुशी' से हो जाता है और दूसरी स्थिति में थोड़ी अप्रसन्नता दिखाते हुए और काफी अहसान-जताते हुए। दबाव डलवाने वाले को यह प्रतीति किसी-न-किसी तरह करा ही दी जाती है कि उसकी खातिर युगों-युगों से चली आई रीति तोड़नी पड़ रही है।

छह-सात घंटे की दौड़-धूप के बाद काम लगभग निबट गया यानी मालखाने के बाबू को थानेदार साहब ने आदेश दिए कि सुपुर्दारी का कागज जमा करके गाड़ी दे दो। अब पत्रकार बन्धु थे, मालखाने का अनुभवी और अकालवृद्ध बाबू था और बरामद हुए तथा जब्त किए गए माल से भरे हुए मालखाने का अपराध-भावना से भारी वातावरण था। पत्रकार को ऐसा लगा कि यहाँ आकर साहूकार भी अपने को चोर से कम अपराधी अनुभव नहीं करता होगा। मालखाने का बाबू अपने होठों पर जो अधूरी-सी, अपने और जमाने के प्रति अनास्थावान-सी मुसकान सँजोए हुए था वह इस अनुभूति की पुष्टि कर रही थी। बाबू ने सिर अपनी कुर्सी की पीठ पर टिका

दिया और सर्वथा आध्यात्मिक भाव से मौन-साधना में लीन हो गया। पत्रकार ने अपना संकोच दूर करने के लिए मालखाने में रखी देसी की बोतलों पर दृष्टि डाली। बाबू ने बगैर आसन बदले हुए सवाल किया—"आप शौक रखते हैं?" पत्रकार ने झेंपते हुए कहा, "नहीं।" अब माल बाबू सीधे बैठ गए और पत्रकार की आँखों में आँखें डाल कर बोले—"तो और बताइए आपकी क्या सेवा की जाए?"

पत्रकार ने इस ओर ध्यान दिलाया कि सबसे बड़ी सेवा तो यही होगी कि खाना-पूरी करके गाड़ी लौटा दी जाए। इस पर माल बाबू ने कुछ दुखी होकर पूछा कि हमसे कुछ नाराजी है क्या? और जब उसे बताया गया कि ऐसी कोई बात नहीं है तब उसने नए सिरे से यह माँग की कि सेवा करने का मौका दिया जाए। पत्रकार ने जानना चाहा कि सेवा का क्या स्वरूप है? तब बाबू ने सवाल का जवाब सवाल से देते हुए कहा, "आपके लिए क्या मँगवाया जाए? ठण्डा या गर्म?" पत्रकार ने इस सत्कार-भावना के लिए माल बाबू को धन्यवाद किया और गाड़ी जल्दी दिलाने का अनुरोध भी। इस पर माल बाबू ने एक वैज्ञानिक तथ्य की ओर ध्यान दिलाया—गाड़ी कोई छोटी-मोटी चीज नहीं है। पत्रकार तब भी नहीं समझा। अब माल बाबू ने एक प्रशासनिक तथ्य की ओर ध्यान दिलाया—साहब, पुलिस का महकमा सबसे गन्दा, कोई पूर्व जन्म के पाप रहे होंगे जो इसमें नौकरी करने को मिली। पत्रकार इस चर्चा से कुछ खीझने लगा। माल बाबू मुसकराए और बोले, बड़ा कमीना महकमा है साहब और मैं तो भगवान से यही मनाता रहता हूँ कि आप जैसे शरीफ आदमियों को कभी इससे कोई पाला न पड़े। फिर उन्होंने सुपुर्दारी का कागज उठाया और इस आर्थिक रहस्य का उद्घाटन किया कि मामला कई हजार रुपए का है। फिर बोले, क्या बताया जाए साहब यहाँ तो छोटी-छोटी चीजों पर ही सब छोटे-बड़े चाय-पानी की माँग कर बैठते हैं और यह मामला है गाड़ी का। पत्रकार के ज्ञानचक्षु खुले और उसने नाराज होकर कहा कि आपके बड़े तो यहाँ थानेदार हैं क्या उनसे जाकर इस सिलसिले में फिर बात की जाए। माल बाबू ने कुछ इस अन्दाज से सिर झटका मानो कहना चाहता हो कि किस नादान से पाला पड़ा है। वह कागज-पत्तर-रजिस्टर सँभालकर बैठ गया और विलम्बित लय से उन्हें भरने लगा।

सहसा कलम रोककर उसने दीवार पर टँगी एक तख्ती की ओर इशारा किया जिस पर सरकारी साइन बोर्डों की वर्त्तनी में लिखा हुआ था 'घूस लेना अप्राध है।' हँसकर वह बोला, "अपना तो साहब यही उसूल है लेकिन यह तख्ती यहाँ लगवाई गई है इसलिए मानना पड़ेगा कि यहाँ इस अपराध के लिए गुंजाइश रहती होगी। आप समझे ना? अब मैं तो यह जानता हूँ कि आप जैसे बड़े लोगों की हमें सेवा करनी चाहिए, आपसे कोई सेवा लेना महापाप है लेकिन और किस-किस को

समझाता रहूँगा। मेरे यहाँ से तो आपका काम हो जाएगा लेकिन एक और जगह से आपको चाबी वगैरह मिलेगी। वहाँ आप फँस गए तो फँस गए। मैं चाहता था कि खुद ही जाकर निबटा आऊँ ताकि आपका काम सस्ते में बन जाए।'' पत्रकार ने फिर थानेदार के पास चलने की इच्छा व्यक्त की। इस पर माल बाबू ने खानापूरी करके कहा, ''हमारी तरफ से तो काम पूरा हो गया है साहब अब आपको गाड़ी की चाबी दिलाने की समस्या है। इसमें थानेदार साहब के कहने से भी कुछ नहीं होगा। साहब इतने पाजी लोग हैं कि अफसरान की बात भी नहीं सुनते। इसीलिए मैं कह रहा था कि कुछ सेवा करने का मौका देते। मिल-बैठकर चाय-नाश्ता कर लेते और मामला भी सुलझ जाता।''

पत्रकार उठा और थानेदार के कमरे की ओर बढ़ा। माल बाबू लपककर पहले ही वहाँ पहुँच गया और बता आया कि चाबी कहीं नहीं मिल रही है। पत्रकार ने कहा कि मैं गाड़ी खिंचवाकर ले जाता हूँ इसलिए चाबी के बगैर भी काम चल जाएगा। अब और तो कोई काम यहाँ नहीं है। थानेदार से पहले ही माल बाबू बोले, ''शौक से जाइए सरकार, हम तो उसी चाबी की वजह से अटके हुए थे।'' माल बाबू सप्रेम, ससम्मान पत्रकार को गाड़ी तक छोड़ने आए और जब पत्रकार रवाना होने लगा तब उन्होंने कहा, ''साहब बुरा ना मानें तो एक बात कहूँ सेवा-भाव से यह संसार चलता है। कभी ले लिया, कभी दे दिया। अब कौन यहाँ मानेगा कि आपने सेवा का मौका नहीं दिया। यह कसर उससे पूरी करनी होगी जिसका स्कूटर आपकी गाड़ी से लड़ा।''

पत्रकार ने अपने को अपराधी-सा महसूस किया। वह भारतीय प्रशासन व्यवस्था के 'स्व से पहले सेवा' के नियम का उल्लंघन कर बैठा था।

# राजनीतिक मर्यादा की हत्या

शास्त्री जी की ताशकन्द में जिस तरह अकस्मात मृत्यु हुई उससे सारा राष्ट्र स्तब्ध रह गया था। बिना किसी लम्बी बीमारी के हुई हर मौत विस्मयकारी मालूम होती है। विस्मय की आँखें अक्सर किसी रहस्य की खोज करने लगती हैं। शास्त्री जी की मृत्यु को कुछ लोगों ने शुरू से ही रहस्यात्मक माना। उन्हें कम से कम इस बात की जाँच की पूरी गुंजाइश नजर आई कि शास्त्री जी के उपचार की पर्याप्त व्यवस्था की गई कि नहीं। लेकिन तब प्रतिपक्ष से उठी इस माँग का सत्तारूढ़ कांग्रेस में किसी ने भी समर्थन नहीं किया। कांग्रेस का विघटन होने और शास्त्री जी के कई साथियों के श्री निजलिंगप्पा वाली कांग्रेस में चले जाने के बाद शास्त्री जी की मृत्यु की जाँच की माँग जोर-शोर से उठी है।

शास्त्री जी की मृत्यु के सम्बन्ध में घटना के चार वर्ष बाद जिन 'नए तथ्यों' के प्रकाश में आने के कारण जाँच की माँग उठाई गई है उनकी सूची इस प्रकार है– 1. जिस मकान में शास्त्री जी को ठहराया गया उसे चिकित्सा-सुविधा और आराम की दृष्टि से उपयुक्त नहीं माना जा सकता था, 2. शास्त्री जी को होटल की जगह इस मकान में ठहराने का फैसला मास्को स्थित भारतीय राजदूत ने किया और उन सुरक्षा अधिकारियों की राय के खिलाफ किया जिन्होंने ताशकन्द जाकर शास्त्री जी के ठहराए जाने के प्रबन्ध का निरीक्षण किया था। इस सम्बन्ध में सुरक्षा अधिकारी जी. सी. दत्त ने तार भी भेजा था, 3. शास्त्री जी के शयन-कक्ष में कोई टेलीफोन या घण्टी नहीं थी कि जरूरत पड़ने पर वह किसी को बुलवा सकें, 4. मास्को-स्थित राजदूत के रसोइए को कोई आवश्यकता न होते हुए भी ताशकन्द लाकर शास्त्री जी की सेवा में रखा गया, 5. इसी बाहरी व्यक्ति ने शास्त्री जी को सोने से पहले दूध या पानी दिया। उसे ग्रहण करने के बाद ही वह अस्वस्थ हुए, 6. शास्त्री जी को तुरन्त जो उपचार दिया गया वह उपयुक्त नहीं था। उन्हें एक गलत इंजेक्शन लगाया गया और आक्सीजन नहीं दी गई, 7. शास्त्री जी अपने साथ हमेशा एक डायरी रखते थे लेकिन उनका सामान बाँधते समय उनके निजी सहायकों को वह कहीं नहीं मिली। वह थर्मस फ्लास्क भी नहीं मिला जो उनकी चारपाई के पास रखा हुआ था और जिसकी ओर उन्होंने अस्वस्थ होने पर बार-बार इशारा किया था, 8. शास्त्री जी द्वारा

टेलीफोन से घर वालों से बातचीत किए जाने तथा उनके अस्वस्थ होने और उनका निधन हो जाने की सूचना दिए जाने के समय के बारे में खासी गड़बड़ है। प्रधानमन्त्री का निधन हो चुका था तो पहले उनके घर वालों से सिर्फ यह क्यों कहा गया कि उनकी स्थिति गम्भीर है? 9. कार्यवाहक प्रधानमन्त्री श्री गुलजारीलाल नन्दा ने नई दिल्ली में शव-परीक्षा क्यों नहीं कराई जब कि शव बदरंग होने और उस पर जगह-जगह चीरे लगे होने के कारण निकट सम्बन्धियों को सन्देह हुआ था और उनमें से एक ने श्री नन्दा से शव परीक्षा करवाने की माँग की थी, 10. क्या शव की गरदन आदि पर चीरे के निशान इस बात का संकेत देते थे कि सोवियत डाक्टरों ने शव-परीक्षण किया था? यदि ऐसा था तो परीक्षा के नतीजे क्यों नहीं बताए गए, 11. शास्त्री जी की मृत्यु के सम्बन्ध में रूसी और अंग्रेजी रिपोर्ट में फर्क है और अंग्रेजी रिपोर्ट पर दो सोवियत डाक्टरों के हस्ताक्षर नहीं हैं।

सरकार ने इन सन्देहों के निराकरण के लिए एक विस्तृत बयान प्रस्तुत किया है और जाँच आयोग बैठाने की माँग अस्वीकार कर दी है। इस बयान से स्थिति में शायद ही कोई अन्तर आए। सारी बात व्याख्याभेद की है। मिसाल के लिए शास्त्री जी का मृत्यु से पूर्व थर्मस की ओर इशारा करने के मतलब ये लगाए जा सकते हैं कि वह पानी माँग रहे थे और यह भी कि वह बता रहे थे कि इसमें रखे पानी के कारण ही मेरी यह दशा हुई है। इस व्याख्या-भेद का कोई अन्त नहीं हो सकता लेकिन इसके कारण अगर देश में यह सन्देह बनाए रखा जा सकता है कि भारत के प्रधानमन्त्री तक की षड्यन्त्र द्वारा हत्या सम्भव है तो लोकतन्त्र का कोई भविष्य नहीं है। स्वाधीनता के बाद कई बार प्रतिपक्ष के किसी नेता की मृत्यु को रहस्यमय ठहराने और राजनीतिक हत्या की संज्ञा देने वाली चर्चाएँ चल चुकी हैं। अब यह सुनने में आ रहा है कि प्रतिपक्ष वाले तो प्रतिपक्ष वाले स्वयं प्रधानमन्त्री तक राजनीतिक हत्यारों के षड्यन्त्र के शिकार हो सकते हैं। उधर राजनीतिक हत्याओं में विश्वास करने वाले नक्सलपन्थियों द्वारा डंके की चोट पर खून किए जाने की खबरें पढ़ने को मिल रही हैं और इधर यह समझाया जा रहा है कि भारत की दबी-ढकी राजनीति भी दबे-ढके ढंग से राजनीतिक हत्याओं में व्यस्त रही है। इस सबके बाद अगर जनता लोकतन्त्र की राजनीति के प्रति अश्रद्धालु हो उठे तो कोई आश्चर्य नहीं।

शास्त्री जी की मृत्यु के प्रसंग में जो शंकाएँ उठाई जाती रही हैं वे दो तरह की हैं। कुछ यह जताना चाहती हैं कि सुरक्षा-प्रबन्ध और उपचार व्यवस्था में कसर रही। कुछ इस ओर इशारा करती हैं कि हत्या का सन्देह है। दोनों बातों में बहुत फर्क है और दोनों को मिला देने से कोई युक्तियुक्त नक्शा नहीं बनता। हत्या के सन्देह

के प्रमाण में कुछ ऐसी बातें भी कही गई हैं—मसलन अंग्रेजी और रूसी रिपोर्टों को एक-सा न होना—जिनका हत्या के सन्देह से सम्बन्ध जोड़ना मुश्किल है और जो स्वयं सुनियोजित षड्यन्त्र के तर्क के सर्वथा विरुद्ध पड़ती है। यह भी द्रष्टव्य है कि अगर सब शंकाओं को सही मान लिया जाए तो एक ऐसे षड्यन्त्र का नक्शा बनता है जो शास्त्री जी के साथ ताशकन्द में मौजूद सभी भारतीय सहायकों और सोवियत डाक्टरों को अपनी लपेट में ले लेता है। अगर षड्यन्त्र के उद्देश्य की कल्पना की जाए तो दिमाग और भी चकरा उठता है। स्पष्ट ही इतना गम्भीर सन्देह और आरोप जाँच की माँग करने वालों की ओर से सनसनीखेजी की सुर्खियों और सरकार की ओर से दफ्तरशाही बयानों का विषय बना रहा तो वातावरण दूषित होता चला जाएगा और राजनीतिक हस्तियों के साथ-साथ कई साधारण व्यक्ति भी लोकमानस में असाधारण रूप से जघन्य अपराध के दोषी ठहरते रहेंगे। यही नहीं, श्रीमती ललिता शास्त्री की गहन वेदना और उनकी एक निश्छल शंका भारतीय राजनीति के तमाशे का अंग बन जाएगी। इसलिए यह जरूरी है कि सरकार सारे मामले की जाँच करवाए। राजनीतिक हत्या के आरोप की असलियत का अगर सन्तोषजनक ढंग से पता नहीं चलवाया गया तो भारत की मरियल राजनीतिक मर्यादा की पूरी तरह हत्या हो जाएगी।

हत्या किसने और किसलिए की, अपनी मर्जी से की या किसी के कहने पर की, इस विषय में कुछ भी नहीं कहा गया है मगर सब कुछ कह देने जैसा आभास दिया गया है। इस तरह बिना किसी न्यायिक प्रमाण के जनसाधारण को अपने-अपने ढंग से हत्या-षड्यन्त्र की व्याख्या करने और किसी को भी हत्यारा मानकर उस पर लानत भेजने की पूरी छूट दे दी गई है। अगर तुरन्त शव-परीक्षण किया गया होता या दाह-संस्कार की प्रथा न होती तो अकाट्य प्रमाण प्राप्त हो सकता था। उसके अभाव में अटकलें ही अटकलें रह जाती हैं। लेकिन अटकलों में भी कोई संगति होनी चाहिए।

# चुनाव की चुनौती और चुनौती का चुनाव

जब हमारे पिछले अंक के लिए राजनीतिक डायरी तैयार की जा रही थी तब यह सवाल पेश हुआ था कि समय से पूर्व लोकसभा के चुनाव कराए जाने की सम्भावना के बारे में क्या लिखा जाए? इसलिए अनुभवी पत्रकार श्री जगदीशप्रसाद चतुर्वेदी ने '1971 चुनाव का वर्ष होगा—उसमें चुनाव होंगे और चुनाव न हुए तो चुनावों की तैयारियाँ होंगी' लिखकर दोनों लोक साधे। चतुर्वेदी जी का कहना था कि 'लोकसभा के चुनाव बजट सत्र शुरू होने से पहले होने वाले हैं' ऐसा लिख देना जुआ खेलना होगा। हमारा खयाल था कि यह जुआ खेला जाना चाहिए क्योंकि चुनाव कराने का अन्तिम फैसला जिसे करना है वह जुआ खेल जाने से आज तक हिचकी नहीं है। इस राय के बावजूद हमें जुआ खेल जाने की हिम्मत नहीं हुई। उधर श्रीमती इन्दिरा गाँधी ने अपने और अपने दल के भविष्य को बेखौफ दाँव पर लगा दिया—इस विश्वास के साथ कि हिम्मते नेता, मददे जनता। संशयात्मा भारतीय राजनीति में यही साहसिकता इन्दिरा गाँधी को दूसरे नेताओं से अलग और ऊपर स्थान दिलाती रही है।

लोकसभा के लिए समय से पहले चुनाव कराने का फैसला जोखिम भरा हुआ है, इस बारे में दो राय हो नहीं सकतीं। लोकसभा में इन्दिरा-सरकार को बहुमत जुटाने में कभी कोई कष्ट नहीं हुआ और न आगे कभी होने की आशंका ही थी। इसलिए '72 के आम चुनाव तक वर्तमान सरकार आराम से चल सकती थी। यही नहीं ऊँच-नीच विचारने वाली राजनीति की दृष्टि से वर्तमान परिस्थिति नई कांग्रेस के लिए बहुत अनुकूल नहीं मानी जा सकती। कई राज्यों में प्रतिपक्ष की पार्टियों का शासन पहले से चला आ रहा है और उत्तर प्रदेश तथा बिहार, लोकसभा के चुनाव की दृष्टि से महत्त्वपूर्ण इन दो राज्यों में इधर प्रतिपक्ष के संयुक्त विधायक दलों की सरकार स्थापित हो गई है। कुछ हिचक इस वजह से भी हो सकती थी कि पिछले आम चुनाव में कांग्रेस ने लोकसभा के जिन चुनाव-क्षेत्रों में सफलता पाई थी उनमें से सौ-सवा सौ में उसकी जीत भारी बहुमत से नहीं हुई थी। कांग्रेस के इसी तरह बँटे रहने और प्रतिपक्ष के महत्त्वपूर्ण दलों के किसी तरह एक हो जाने की स्थिति में इन क्षेत्रों से नई या पुरानी कांग्रेस की जीत की सम्भावना नहीं रह जाती।

अधिकतर सीटें नई कांग्रेस के हाथ में हैं इसलिए उसे ज्यादा नुकसान हो सकता है। प्रधानमन्त्री ने इस सारे गणित को अस्वीकार करते हुए नई लोकसभा चुनवाने का खतरा मोल लिया है।

प्रधानमन्त्री को विश्वास है कि चुनाव में नई कांग्रेस को भारी सफलता मिलेगी। पिछली लोकसभा में उसे स्पष्ट बहुमत प्राप्त नहीं था और कई मामलों में अन्य दलों के आसरे रहना पड़ता था। नई लोकसभा में चालीस-पचास अतिरिक्त स्थान प्राप्त करके नई कांग्रेस स्पष्ट बहुमत वाली हो जाएगी और इस बात का '72 में विधान-सभाओं के चुनाव पर गहरा असर पड़ेगा। जीत के इस विश्वास का आधार यह है कि नई कांग्रेस ही जनता की आँखों में 'कांग्रेस' की उत्तराधिकारिणी ठहरेगी। अविभाजित कांग्रेस को पिछले आम चुनाव में 40 प्रतिशत से कुछ अधिक जिन मतदाताओं का समर्थन प्राप्त हुआ था उनका वोट इस बार नई कांग्रेस को जाएगा। कांग्रेस विभाजन के बाद विधान सभाओं के उपचुनावों में नई कांग्रेस को खूब सफलता मिली है। प्रतिद्वन्द्वी दलों से उसने ग्यारह स्थान छीने हैं और उसे पिछले आम चुनाव में अविभाजित कांग्रेस को प्राप्त मतों से लगभग पाँच प्रतिशत अधिक वोट मिले हैं। हाल में एक प्रख्यात संस्था द्वारा देश के चार महानगरों में की गई नमूना-पड़ताल से यह पता चला है कि 30 प्रतिशत मतदाता नई कांग्रेस के साथ हैं। पुरानी कांग्रेस को कुल दस प्रतिशत मतदाताओं का समर्थन प्राप्त है। पुरानी कांग्रेस, जनसंघ और स्वतन्त्र तीनों मिल जाएँ तब जाकर उन्हें कांग्रेस के बराबर (यानी 30 प्रतिशत) जन-समर्थन प्राप्त हो सकता है।

नई कांग्रेस को देशव्यापी स्तर पर प्राप्त जनसमर्थन हाल के उप-चुनावों के आधार पर अधिक से अधिक 48 प्रतिशत आँका जा सकता है। नमूना-पड़ताल से मिले आँकड़े में से भूलचूक के लिए दो प्रतिशत घटाकर हम नई कांग्रेस को प्राप्त जन-समर्थन को कम से कम 28 प्रतिशत ठहरा सकते हैं। इनके औसत यानी 38 प्रतिशत को सही मान लें और इस बात का भी विचार करें कि नई कांग्रेस कुछ ऐसे दलों से, जिनकी फिलहाल राष्ट्रीय स्तर पर कोई आकांक्षा नहीं है, स्थानिक समझौते करके अतिरिक्त जन-समर्थन जुटा सकती है तो यह स्पष्ट हो जाता है कि श्रीमती गाँधी की उम्मीदों पर पानी फेरने के लिए पुरानी कांग्रेस जनसंघ और स्वतन्त्र को संयुक्त मोर्चा बनाना होगा। यही नहीं उत्तर प्रदेश और बिहार में उन्हें संसोपा और भाक्रान्द को भी साथ लेना होगा। जन-समर्थन प्राप्त करने की दृष्टि से ऐसा गठबन्धन तभी सफल हो सकता है जब कि वह रणनीति के ही नहीं, नीति के आधार पर भी किया गया हो। 1967 की 'कांग्रेस हटाओ' रणनीति का 1970 में 'इन्दिरा हटाओ' संस्करण प्रस्तुत कर देने मात्र से काम नहीं चलेगा। संविद सरकारों का अब

तक जो अनुभव रहा है वह 'इन्दिरा हटाओ, लोकतन्त्र बचाओ' को औसत मतदाता के लिए एक निरर्थक नारा बना देगा। मध्यपन्थी मतदाता स्थिरता की दृष्टि से यह आवश्यक मानेगा कि या तो नई कांग्रेस इतना बहुमत पा जाए कि उसे साम्यवादी और प्रादेशिक दलों के आसरे न रहना पड़े या उसके विकल्प के रूप में कोई राष्ट्रव्यापी और स्थायी संयुक्त मोर्चा सामने आए।

लोकसभा भंग किए जाने की घोषणा के बाद जो हलचल हुई है वह इस तरह के किसी सार्थक या निर्णायक नतीजे पर पहुँचती हुई नहीं मालूम होती। इस बात की पूरी आशंका है कि आगामी चुनाव मात्र 'इन्दिरा-जिताओ—इन्दिरा-हराओ' के आधार पर लड़ा जाएगा। नई कांग्रेस प्रधानमन्त्री की लोकप्रतिमा और लोकप्रियता के सहारे रहेगी और उनके विरोधी मूर्त्तिभंजन को ही राजनीति मानते रहेंगे। प्रधानमन्त्री ने अपने रेडियो-भाषण और संवाददाता-सम्मेलन में लोकप्रतिमा बनाने वाली बातों को तथ्य की बातों से ज्यादा जरूरी समझा तो विरोधियों ने चुनाव करवाने को भी प्रधानमन्त्री की मनमानी का नमूना ठहराने की कोशिश की। उन्हें कानूनी नुक्ते निकालना कोई संयुक्त कार्यक्रम या मोर्चा पेश करने से ज्यादा जरूरी मालूम हुआ। इन्दिरा गाँधी को हराने के लिए एक होने की बात कहने के साथ-साथ वे यह भी कहते रहे कि अमुक प्रदेश की सारी सीटों पर हम अपने-अपने उम्मीदवार खड़े करेंगे। अविभाजित कांग्रेस की आन्तरिक राजनीति को जो समूची भारतीय राजनीति पर हावी होने दे रहे हैं वे कांग्रेस के भीतर श्रीमती इन्दिरा गाँधी की जीत को समूची भारतीय राजनीति में नई कांग्रेस की जीत का रूप दे रहे हैं। 'इन्दिरा हराओ' का नारा ही मध्यपन्थविश्वासी इस देश में श्रीमती इन्दिरा गाँधी की जीत का सबसे बड़ा कारण बन सकता है। प्रधानमन्त्री ने चुनाव की यह चुनौती इसी विश्वास से दी है कि उनके विरोधी न कोई कारगर समझौता कर सकेंगे और न कोई सार्थक विकल्प प्रस्तुत कर पाएँगे। इतने कम समय में किसी तरह कोई समझौता करने के लिए जो दौड़-धूप, जोड़-तोड़ और सौदेबाजी होगी वह जनता के सामने 'दरबारी' की रंगत पेश करेगी और उधर नई कांग्रेस दरबारी राजनीति को हराने के लिए सीधे जनता का सहयोग माँगती हुई नजर आएगी। देखना यह है कि इस चुनौती को नई कांग्रेस के विरोधी किस तरह ग्रहण करते हैं।

# यह भी ठीक, वह भी ठीक और दोनों हमारे ठेंगे से

भारतीय जनता धैर्य-धन्य है। वह जानती है कि लोकतन्त्र की राजनीति के नाम पर सत्ता के वही सामन्ती समीकरण जनजीवन पर हावी है लेकिन इससे वह परेशान नहीं होती। वह देखती है कि प्रगति की दौड़ में हमारा देश बहुत ही पिछड़ा हुआ है मगर उसे कोई दुख नहीं होता। उसे खबर है कि साम्प्रदायिकता, प्रादेशिकता, जातीयता, आर्थिक जड़ता की ऐसी-ऐसी भंयकर समस्याएँ हमारे समक्ष प्रस्तुत हैं कि उनमें से कोई एक भी इस देश और समाज को छिन्न-भिन्न कर सकती है लेकिन इस अन्देशे में दुबला होना उसे सुहाता नहीं। वह समझती है कि बाहर से भले ही कितनी उखाड़-पछाड़, उलट-पुलट हो जाए भीतर से कुछ बदलने वाला नहीं है। सब कुछ ऐसा ही था, ऐसे ही चलेगा। जनता की इस परम्परागत सामन्ती आस्था को सत्ताकांक्षी नेता ने मजबूत बनाया है। सार्वजनिक मंच पर उसकी लफ्फाजी के घोड़े चाहे जितने भी 'ऐतिहासिक और निर्णायक मोड़ों' से गुजरते नजर आए हों निजी बातचीत में उसने स्पष्ट यह माना और बताया है कि 'और कुछ नहीं बदला है बस यह है कि अब सत्ता वोट से पाई जा सकती है। इसीलिए वोट अपनों को दो ताकि सत्ता पर अपना भी अधिकार रहे। और अपना कौन है इसका फैसला उसी पुराने आधार पर करो क्योंकि समाज में भीतर से कुछ भी नहीं बदला है।' इस तरह सोचने और समझाने वाला नेता घोर आशावादी भी है। वह मानता है कि सामन्ती स्वरों में लोकतन्त्र का यह राग अनन्त काल तक अलापा जा सकेगा। उसे विश्वास है कि दरबारी जोड़-तोड़ को राजनीतिक कौशल और बेतुकी तोड़-फोड़ को राजनीतिक क्रान्तिकारिता का नाम देकर इतिहास उसे सदा याद रखेगा।

कुछ भी नहीं बदला है लेकिन आश्वस्त रहें सब कुछ बदल जाएगा, सब कुछ बदल जाएगा लेकिन निश्चिन्त रहें कुछ भी नहीं बदलेगा—इस तरह की बातें करने वाला नेतृत्व लोकतन्त्र की राजनीति को सत्ता की दलाली और इस दलाली को अपनी और अपनों की कंगाली दूर करने की अचूक विधि ही मानता होगा। जनता को नेता के इस दृष्टिकोण से कोई आपत्ति नहीं है। वह राजनीति को लानत भेज सकती है,

भ्रष्टाचार को कोस सकती है और देश के रसातल में चले जाने की आशंका व्यक्त कर सकती है लेकिन सत्ता कमाने और काम बनवाने का साधन है—इसे वह असार संसार का सबसे बड़ा सत्य मानती है। नेता उसके लिए सारे समाज का कर्त्तव्यनिष्ठ सेवक नहीं, एक 'सोर्स' एक 'सिप्पा' है। यही वजह है कि भारतीय राजनीतिक दलों के कार्यालय और भारतीय नेताओं के निवास-स्थान किसी छोटे-मोटे रजवाड़े के दरबार की याद दिलाते हैं। यही राग दरबारी अफसरशाही में और देश के सामाजिक-सांस्कृतिक नेतृत्व में भी लोकप्रिय है।

दरबारी दृष्टिकोण और जनहितकारी लोकतन्त्र में कहीं कोई साम्य नहीं है। इससे पार पाने के लिए हमारी राजनीति ने ऐसी 'प्रगतिशीलता' को जन्म दिया है जो यथास्थिति की पोषक है। उसने तमाम तरह के सवाल उठाए हैं लेकिन काम का एक भी जवाब नहीं दिया है। उसने सारे देश को कुछ अमूर्त्त किन्तु आकर्षक धारणाओं में उलझाए-बहलाए रखा है। सार्वजनिक मंच की सारी राजनीति इन धारणाओं की टकराहट के रूप में प्रस्तुत की जाती है लेकिन इनके आधार पर राजनीति का कोई ध्रुवीकरण होता नहीं देखा गया। कभी किसी नेता ने इन धारणाओं की खातिर राजनीतिक सत्ता की कोई कुर्बानी नहीं दी। हाँ, मौका पड़ने पर इन धारणाओं के नाम पर उसने जनता को उत्तेजित किया है और समाज में पड़ी हुई दरारों को और गहरा बनाया है।

सिद्धान्तों की बात करने और कोई सुनिश्चित तथा युक्तियुक्त कार्यक्रम सामने न रखने में सुविधा है। इसलिए हमारी राजनीति समस्याएँ उठा रही है, वकालत छाँट रही है, नारे लगा रही है मगर देश के सवालों का कोई कारगर जवाब देने से कतरा रही है। कारगर जवाब सौ-पचास नहीं हो सकते। वहाँ तो दो या तीन बस वाला मामला है। फिर 'अनेकता में एकता और एकता में अनेकता' वाली वह राजनीति कहाँ जाएगी जो हर पक्ष को कई दलों में और हर दल को कई हिस्सों में बाँटकर बहुत से लोगों को चौधराहट का मौका देती है? इसीलिए जवाब खोजने की जिम्मेदारी इतिहास को सौंपकर नेतृत्व हमें यह समझाता रहा है कि सब ठीक पता चल जाएगा, सब ठीक हो जाएगा, फिलहाल यह भी ठीक है, वह भी ठीक है। कहीं दबे स्वर में वह इतना और जोड़ दे रहा है कि दोनों हमारे ठेंगे से। और जनता 'हमारे' के इस अपनापे में अपना विवेक खोए दे रही है। लोकसभा के लिए चुनाव 'निर्णायक' घड़ी में हो रहे हैं और कहा जाता है कि इनका परिणाम 'ऐतिहासिक महत्त्व' का सिद्ध हो सकता है। साथ ही हर दल उन्हीं पुराने पैंतरों को आजमा कर यह सिद्ध कर रहा है कि यह धैर्य-धन्य देश 'ऐतिहासिक निर्णय' भी आए-गए अन्दाज में ले सकता है।

यह जरूरी है कि जनता सत्ता की राजनीति से अपने मोहभंग की घोषणा करे। वह उन व्यक्तियों और वृत्तियों को अस्वीकार करे जिनकी कृपा से राजनीति को प्रतिबद्धता नहीं, शुद्ध पेशा माना जा सका है। वह राजनीतिक दलों से कहे कि हमें हवाई नारे नहीं, देश की समस्याओं के समाधान के कोई ठोस सुझाव चाहिए। हमें बेतुके गठबन्धनों की नहीं, सार्थक ध्रुवीकरण की तलाश है। हमें सामन्ती और साहबी संस्कारों वाले नेताओं की नहीं, निष्ठावान कार्यकर्त्ताओं की अपेक्षा है। अगर जनता ने आगामी चुनाव को नेताओं की तरह सत्ता का एक और तमाशा माना तो निश्चय ही उसके बाद इस राष्ट्र की सत्ता एक तमाशा बनकर रह जाएगी।

# मूर्त्तिभंजक की मूर्त्ति

इधर एक पुराने पुलिस अधिकारी के साथ यात्रा करने का संयोग हुआ। बहुत ही खुशमिजाज, पुरमजाक किस्म के खाए-खेले आदमी। किस्से-कहानियों के धनी। बात की बात में और बातों ही बातों में उन्होंने कई दलों की कई हस्तियों का कच्चा-चिट्ठा खोल दिया। मूर्त्तिभंजन इतनी तेजी से और इतने बड़े पैमाने पर हुआ कि भूचाल का धोखा हो। सहकारी समिति से गबन...रखैल और उसकी बेटी दोनों से सम्बन्ध... डेढ़ लाख घूस...तीनों को यहाँ से उड़ा कर दिल्ली पहुँचा दिया है वहाँ उनके लिए फ्लैट ले दिया है, एक कार भी...गुण्डों के गिरोह से पिटाई कराई,...बहनोई जालसाजी में फँस गया था मगर...शाम को किसी को भी कोठी में नहीं आने देता धुत रहता है...सुनते-सुनते हमें ऐसा लगा कि भारतीय राजनीति शायद एक दिलचस्प सनसनीखेज दास्तान का नाम है और इस दास्तान में नायक और खलनायक में कोई भेद नहीं रहा।

यह सब सोचकर हम दुखी हुए। हमने अपना दुख अधिकारी महोदय पर प्रकट किया तो उन्होंने सारी राजनीति के साथ-साथ सारे समाज को भी लानत भेजी। उन्होंने उन कमजोरियों की विस्तार से चर्चा की जिनके कारण 'यह कौम सदियों तक गुलाम रही।' उन्होंने बताया कि किस तरह हमारे दिमाग आज भी गुलामी में डूबे हुए हैं। धर्म, समाज और राजनीति के ठेकेदारों की आदर्शहीनता और श्रम-जीवी वर्ग की अनुशासनहीनता को कोसा। यह बताया कि महँगाई के इस जमाने में मजबूरी गरीबों से क्या-कुछ नहीं करवा रही है। हम उनका प्रवचन सुनकर बहुत प्रभावित हुए। कुल मिलाकर वह हमें पुराने और नए जीवन-दर्शन का समन्वय करने वाले और 'आदर्श, अध्यवसाय और अनुशासन' की अलख जगाने वाले बुजुर्ग मालूम हुए। हम अफसोस करने लगे कि ऐसे लोग शासन के कर्णधार क्यों नहीं बना दिए जाते। उन्होंने जैसे हमारे मन की बात पढ़ ली हो। कहने लगे कि हुकूमत एक दिन के लिए मेरे जैसे के हाथ में आ जाए, सबको ठीक कर दे। हम श्रद्धानत हुए, सहमत हुए।

हमारे श्रद्धा-सुमन से प्रसन्न होकर बुजुर्गवार ने विभिन्न इलाकों और महकमों में अपनी अफसरी के दबदबे की गाथाएँ सुनाईं। इनमें वह आदर्शों के मामले में,

खासकर कानून का पालन करने के सिलसिले में, कुछ उन्नीस पड़ते हुए नजर आ रहे थे। उन्होंने समझाया कि अनुशासन-प्रशासन के पेचीदा मामले इसी तरह निपटते हैं। 'सीधी अंगुली से घी नहीं निकलता' का नारा देकर उन्होंने दुनियादारी का जीवन-दर्शन सुना डाला और विस्तार से बताया कि इसे अपनाकर वह कितने सफल रहे हैं। 'आदर्श, अध्यवसाय और अनुशासन' की अलख के बाद सफलता के ये सरल नुस्खे काफी अटपटे मालूम हुए। हमने दबी जवान से कुछ ऐसा कहा भी। वह बोले कि दोनों चीजें अपनी-अपनी जगह हैं। जमाने को देखकर चलना होता है। हमेशा आदर्श की ही बात सोचनी हो तो संन्यास लेना पड़े। हम फिर श्रद्धानत और सहमत हुए।

इस श्रद्धाभाव से बुजुर्गवार इतने गद्गद हुए कि उन्होंने हमें 'यार' और 'समझदार' दोनों ही घोषित कर दिया। लिहाजा अब उन्होंने 'छोड़ो इस पचड़े को, और सुनाओ क्या मौज-मस्ती है!' का नारा बुलन्द किया और खुद अपनी मौज-मस्ती का बखान शुरू कर दिया। सत्ता के उपयोग से उन्होंने ऐश के लिए कहाँ-कहाँ कैसा-कैसा प्रबन्ध कर छोड़ा है इसका सारा ब्यौरा उन्होंने दिया। यारों और भक्तों की सूची सुनाई। अच्छे अड्डे गिनाए। यानी वही दिलचस्प सनसनीखेज दास्तान फिर शुरू हो गई जो नेताओं के सिलसिले में वह सुना चुके थे। इस बार कथा के नायक (या खलनायक?) वह स्वयं थे।

हम इस बार भी श्रद्धानत हुए। हमें सहसा यह बोध हुआ कि हम भारतीय गणतन्त्र की सत्ता के एक खाँटी प्रतिनिधि से बात करते रहे हैं। वह पुराने और नए का समन्वय करता है—सत्ता की सामन्ती रीति और भोग-विलास की आधुनिक पद्धति अपनाकर। वह आदर्शों का धनी है और इस धन का दूसरों के लिए सहर्ष त्याग करता है। इसीलिए दूसरे उसे अपने आदर्श मानकों के अनुसार खोटे नजर आते हैं—खुद अपने को उस कसौटी पर कसने का उसके लिए कोई सवाल नहीं उठता। यही नहीं उसके सभी आदर्श बहुत अस्पष्ट और अमूर्त्त भी हैं। उनके आधार पर कोई व्यावहारिक कार्यक्रम या जीवन-दर्शन की माँग की नहीं जा सकती। भारतीय सत्ता का यह सच्चा प्रतिनिधि सारा दोष दूसरों पर, दूसरे वर्ग पर मढ़ देने में माहिर हो चुका है। इसी आधार पर वह अपनी और अपने वर्ग या समुदाय की अलग पहचान कराता है। उसका सारा जीवन राजनीति को समर्पित है और उसकी सारी राजनीति ऋणात्मक है। वह कुछ करने के मामले में पीछे और कुछ पा जाने के मामले में आगे रहना चाहता है। इसीलिए सत्ता की सारी व्यवस्था उत्पादन से मुँह मोड़कर उपभोग से मुखातिब है। वह जानता है कि देश और समाज की दशा सुधारने के लिए क्या किया जाना चाहिए और वह मानता है कि देश और समाज की दशा

सुधारने के चक्कर में खुद अपनी दशा खराब होने का खतरा है। इसलिए वह सत्ता का उपयोग नहीं उपभोग कर रहा है। 'दलाली से खुशहाली' उसका मूलमन्त्र है। उसकी तमाम प्रगतिशीलता यथास्थिति के चक्कर काटती रहती है। वह 'अतीत' का प्रयोग आदर्शवाद के प्रवचन के लिए करता है और 'भविष्य' का प्रयोग अपने को और अपनों को आदर्शों से हो सकने वाली हानि का भय दिखाने के लिए। वर्तमान उसने मौजमस्ती के लिए रख छोड़ा है।

# कोई जीते कोई हारे : 'लोकतन्त्र' के वारे-न्यारे

लोकसभा के आम चुनाव के सिलसिले में राजनीतिक काँव-काँव अब पूरे जोर पर है। उम्मीदवारों के चयन में भले ही देरी हो रही हो, घोषणाओं और कार्यक्रमों के मसविदे भले ही लिख-लिखकर फाड़े जा रहे हों, पोस्टर और प्रचार की लड़ाई शुरू हो चुकी है। इतना बड़ा राष्ट्र है, इतनी पेचीदा समस्याएँ हैं लेकिन हमारी सादगी-पसन्द राजनीति ने, जो मासूम मतदाता को ब्यौरे की उलझनों से बचाना चाहती है, सब समस्याओं के निचोड़ के रूप में एक सीधा-सा सवाल निकालकर रख दिया है—इन्दिरा को हराना है कि इन्दिरा को जिताना है? मासूम मतदाता कभी-कभी किसी नादान षोडषी की तरह पूछ बैठता है 'क्यों?'। इन्दिरा जिताओ—'क्यों?', इन्दिरा हराओ—'क्यों?'। हमारी सयानी राजनीति ने इस सवाल का जवाब पहले ही दे दिया है—'इन्दिरा जिताओ, लोकतन्त्र बचाओ', 'इन्दिरा हराओ, लोकतन्त्र बचाओ'। 'यह लोकतन्त्र कैसा है जो इन्दिरा जी के हारने पर बचता है और जीतने पर भी?'—इस तरह की कोई भी जिज्ञासा नादानी की निशानी होगी। मतदाता को तो खुश होना चाहिए कि कोई हारे, कोई जीते, यह लोकतन्त्र तो बचा ही रहना है। यह लोकतन्त्र, यही लोकतन्त्र।

लिहाजा देश के भविष्य का फैसला हमें-आपको 'इन्दिरा हराओ या इन्दिरा जिताओ?' का फैसला करके देना है। हमें आश्वस्त किया जा रहा है कि यह लोकतन्त्र, यही 'लोकतन्त्र', दोनों ही हालतों में बचाया जा सकता है। देश की राजनीति आज इसी आधार पर बँटी हुई है और फिर आप आधार और सिद्धान्त के चक्कर में क्यों फँस रहे हैं? राजनीति में आधार या सिद्धान्त क्या होता है? यह तो संरक्षण की चौपड़ पर खेला जाने वाला सत्ता का खेल है—आप भी देखिए और वाजियाँ बदिए। आपकी-हमारी खातिर भारतीय राजनीति ने इस बार खेल बेहद दिलचस्प बना दिया है। वह सीधे दो ठोस दलों में बँटी हुई है—इन्दिरा जिताओ दल, इन्दिरा हराओ दल। और दोनों ही दल बाहर-भीतर से कितने ही हिस्सों में बँटे हुए हैं और हर हिस्सा अपनी हल्दी की गाँठ से पंसारी की दुकान का हकदार बनने को तैयार बैठा है।

'इन्दिरा जिताओ' गुट में नई कांग्रेस थोड़ा-सा बाएँ झुककर प्रजा सोशलिस्ट और दक्षिणपन्थी कम्युनिस्ट इन दोनों वामपक्षी दलों की शक्ति बटोर कर अपनी जेब में डाल लेना चाहती है। इसी तरह वह किन्हीं खास क्षेत्रों या जाति-सम्प्रदायों तक सीमित दलों की शक्ति को राष्ट्रीय स्तर पर अपना बना लेना चाहती है। प्रजा सोशलिस्ट दक्षिणपन्थी कम्युनिस्ट पार्टी जैसे वामपन्थी दल और द्रमुक जैसे सीमित प्रभाव-क्षेत्र वाले दल नई कांग्रेस की इस चाल में आने को तैयार नहीं हैं क्योंकि वे तो खुद नई कांग्रेस के सहारे राष्ट्रीय स्तर पर पहले से अधिक शक्तिशाली होना चाहते हैं। साथ ही 'इन्दिरा जिताओ' गुट में शामिल रहे बगैर भी उनकी कोई गति नहीं है। इसलिए उन्हें और नई कांग्रेस को द्विविधा हो चली है। फिर नई कांग्रेस में श्रीमती इन्दिरा गाँधी के समक्ष अभियान की सफलता भारतीय राजनीति में नेतृत्व के समीकरण बदल देने पर निर्भर रही है और इस दृष्टि से उनके लिए आवश्यक है कि वे नई कांग्रेस में से बचे-खुचे पुराने नेता भी हटा दें। दूसरे शब्दों में यह कि वह सर्वश्री जगजीवन राम, यशवन्तराव चव्हाण और फखरुद्दीन अली अहमद जैसे नेताओं को चलता करें या उनकी एक न चलने दें।

कांग्रेस की सारी राजनीति दरबारी रही थी और अन्य सभी राजनीतिक दलों ने संगठन में उसका अनुसरण किया था। इस राजनीति का जनता से सम्पर्क केवल कुछ आन्दोलनों के रूप में होता था। बाकी सारा समय यह मनसबदारों के सहारे सत्ता पाने और संरक्षण बाँटने में बिताती थी। जब तक 'राजा' बहुत ही बड़ा आदमी था मनसबदार राष्ट्रीय स्तर पर उसके सामने झुके रहे। उसके गुजरते ही मनसबदारों की बन आई। उन्होंने अपने को 'राजा' बनवाने वाले की संज्ञा दिलाकर 'राजा' से भी ऊँचा स्थान प्राप्त करना चाहा। मगर इस बीच देश की जनता कांग्रेस की इस दरबारी राजनीति से काफी खिन्न हो चुकी थी। उसने '67 के आम चुनाव में 'कांग्रेस हटाओ' के नारे को उत्साह से सुना और अपनाया। दल-बदल और संविद की राजनीति के रूप में जनता का परिचय इस तथ्य से हुआ कि राग दरबारी अन्य दलों में भी अलापी जाती है। मौके को देखते-समझते हुए श्रीमती इन्दिरा गाँधी ने कांग्रेसी मनसबदारों के खिलाफ विद्रोह शुरू किया। वह यह मानकर चलीं कि मनसबदार कमजोर हो चले हैं, केन्द्रीय सत्ता सबसे बड़ी चीज है और इस समय जड़ता को जो भी तोड़ेगा वह जयजयकार पाएगा।

प्रधानमन्त्री 'राजा' की फिर प्रतिष्ठा करने निकली हैं। उनके लिए यह निहायत जरूरी है कि अगली लोकसभा में उनके दल के तीन-एक सौ सदस्य हों। तभी वह बचे-खुचे पुराने मनसबदारों और 'इन्दिरा जिताओ' के नाम पर केन्द्रीय सत्ता के साझीदार बनने के गैर-कांग्रेसी उम्मीदवारों से दामन छुड़ा कर अपना संकल्प पूरा कर

सकती हैं। श्री चव्हाण और श्री जगजीवन राम इस बात को ताड़े हुए हैं। वे चाहते हैं कि नई कांग्रेस के उम्मीदवारों में उनके अपने समर्थक ज्यादा से ज्यादा हों, प्रधानमन्त्री के आदमी कम से कम। उनके लिए इतना शक्तिशाली होना आवश्यक है कि श्रीमती इन्दिरा गाँधी उन्हें हटा न सकें और वे अगर चाहें तो इन्दिरा गाँधी को हटाने की अच्छी कीमत वसूल कर सकें।

ऐसा ही हाल 'इन्दिरा हटाओ' गुट का है। उसमें सबसे अधिक उत्साही पुरानी कांग्रेस वाले हैं तो सबसे ज्यादा शक्तिशाली जनसंघ वाले। और उनमें शामिल न होते हुए भी शामिल भाक्रान्द महत्त्वाकांक्षा में बाजी मारे हुए हैं। पुरानी कांग्रेस को जनसंघ का समर्थन पाने की भारी कीमत चुकानी पड़ेगी। अगर 'हराओ' वाले जीत गए तो उत्तर भारत में जनसंघ पहले नम्बर का दल हो जाएगा। अगर 'हराओ' वाले हार गए तो पुरानी कांग्रेस टूट जाएगी। उसकी आधी शक्ति नई कांग्रेस में और आधी जनसंघ में चली जाएगी। उस हालत में भी जनसंघ आइन्दा पुरानी कांग्रेस से अधिक महत्त्वपूर्ण दल सिद्ध होगा। क्या जनसंघ के महत्त्व को समाप्त करने के लिए पुरानी कांग्रेस, 'इन्दिरा जिताओ' वालों में से कुछ को बड़ी कीमत देकर अपनी ओर मिलाने की कोशिश नहीं करेगी? संसोपा को तो खैर इस गठबन्धन में बँधते हुए खुद पूरी तरह टूट जाने का खतरा है। स्वतन्त्र पार्टी का सीमित प्रभाव क्षेत्र सीमित ही रहना है लेकिन भाक्रान्द सीमित सदस्य संख्या को असीमित शक्ति का साधन जरूर बनाना चाहेगी।

इस प्रकार 'जिताओ' और 'हराओ' दोनों गुट केन्द्रीय स्तर पर भारी उथल-पुथल और दलबदल के लिए तैयार हैं। सारा देश अब राजनीति के लिहाज से बिहार, उत्तर प्रदेश बनता नजर आ रहा है। अगर प्रधानमन्त्री का अभियान सफल हुआ और वह अपनी कांग्रेस को अपने बूते भारी बहुमत से जिता सकीं तो निश्चय ही कुछ समय के लिए स्थिरता आ जाएगी। लेकिन ऐसा होने की सम्भावना अधिक नजर नहीं आती। 'लोकतन्त्र बचाने' की पुकार लगती रहेगी और लोकतन्त्र को दफनाने का प्रबन्ध चलता रहेगा।

# अर्थव्यवस्था और अनर्थ नीति

स्वाधीन भारत के सुनहरे सपनों का कितना भयंकर अवमूल्यन हुआ है इसका अन्दाजा 'पंचवर्षीय योजना' के प्रति लोकमानस की बदली हुई अवधारणा से लगाया जा सकता है। भारतीय जनता को कभी इन दो शब्दों में प्रगति का मन्त्रोच्चार सुनाई देता था, आज दलाली और दफ्तरशाही की डकार सुनाई देती है। असलियत की पर्देदारी असम्भव हो जाने के बाद नेता बिरादरी को भी आयोजना की सार्वजनिक अर्चना के प्रति विशेष उत्साह नहीं रह गया है। अब इस बात की कोई चर्चा नहीं सुनाई देती कि भारतीय अर्थव्यवस्था 'टेक आफ' (उड़ान भरने) की स्थिति में पहुँचा चाहती है और उसके बाद समृद्धि का यान अपने आप ऊपर उठता ही जाएगा। शायद अब यह मान लिया गया है कि राष्ट्रीय स्तर पर समृद्धि लगभग असम्भव है—व्यक्तिगत, जातिगत या राज्यगत स्तर पर समृद्धि अपनी ओर खिसकाई और खसोटी अलबत्ता जा सकती है।

उत्पादन के प्रति उदासीनता और उपभोग की उत्कण्ठा ने मिलकर वह वातावरण तैयार किया जो गरीबी दूर करने के राष्ट्रीय अभियान के लिए घातक सिद्ध हुआ। अर्थव्यवस्था का हर पहलू राष्ट्रहित की दृष्टि से नहीं, राजनीतिक हित की दृष्टि से देखा गया और राजनीति का तमाम तरह के नारों के बावजूद किसी भी, कैसे भी सिद्धान्त से कोई सरोकार नहीं रहा। अर्थव्यवस्था राजनीतिक दबाव डालने और राजनीतिक प्रभाव पा जाने को समर्पित हुई। यही वजह है कि स्वाधीनता के तेईस वर्षों में तमाम योजनाकार्यों के बावजूद भारत अन्तरराष्ट्रीय बिरादरी में गरीब देश बना रहा है और भारत के पिछड़े इलाकों और तबकों की स्थिति में कोई बड़ा परिवर्तन नहीं हो सका है। लगभग इसी अवधि में दूसरे महायुद्ध के बाद ध्वस्त जापान, उत्पादन का मन्त्र साधकर औद्योगिक संसार के तीन तिलंगों में शुमार हो गया है—यह तब जब कि जापान में औद्योगिक कच्चे माल की भारी कमी है!

भारत के बारे में सुना जाता था कि वह प्राकृतिक साधनों से भरपूर 'सोने की चिड़िया' है जिसे विदेशी शासकों के शोषण ने निर्धन बना रखा है। स्वाधीनता के तेईस वर्ष बाद भी सोने की चिड़िया निर्धन रहने के लिए क्यों मजबूर है? क्या वजह है कि जापान भारतीय खनिज लोहा लेकर विराट इस्पात उद्योग खड़ा कर सका है

और हमारे यहाँ विदेशी सहयोग लेकर बड़ी धूमधाम से स्थापित किए गए सरकारी इस्पात कारखाने घाटे और घोटाले की कहानी ही सुनाते रह गए हैं? उद्योग मंत्रालय के एक बड़े अधिकारी ने एक्सपो के सन्दर्भ में अनौपचारिक बातचीत में कहा कि जापानी उद्योग अब ऐसी स्थिति में पहुँचने लगे हैं कि छोटे-मोटे पेंच-पुर्जे और मशीनें खुद बनाने से उन्हें कोई दिलचस्पी नहीं रह जाएगी—दूसरे देशों में बनवा लिया करेंगे। सम्भव है भारत को कुछ काम मिल जाए! क्या कारण है कि स्वाधीनता के तेईस वर्ष बाद जापान का 'छोटा-मोटा काम मिलना' हमारे लिए बड़े नाज की बात हो सकती है?

सत्तालोलुप राजनीति के अर्थ-नीति पर पूरी तरह हावी हो जाने से वह अनर्थ हुआ जो निठल्ली दफ्तरशाही और दलाली का पोषक बना। लाइसेंस किसे दिया जाएगा, कारखाना कहाँ खुलेगा, कर्मचारी कौन होंगे, 'हमारी माँगों' का नारा बुलन्द करके कब हड़ताल करा दी जाएगी.......इन तमाम बातों का भारत में अर्थ-नीति से कोई वास्ता नहीं। हर मामला राजनीति का मामला है। राजनीति की अराजकता अर्थव्यवस्था में प्रतिबिम्बित है। इस अराजकता का सीधा सम्बन्ध हमारे समूचे सत्ताप्रतिष्ठान की सतही आधुनिकता से है। यह 'आधुनिकता' भले ही कुछ अमानवीय रूढ़ियों को कोट-पतलून मार्का कानूनों से ढक सकी हो कुल मिलाकर भारत के परम्परागत रूढ़िवादी समाज से अधिक घिनौने ढंग से सामन्ती है। इसमें अगले जमाने की पारिवारिक गरिमा, जातीय निष्ठा, धार्मिक भावनाओं और सामाजिक सौहार्द का अभाव है। यह परिवार, धर्म, जाति का कोई बन्धन और दायित्व नहीं मानती लेकिन स्वार्थ-सिद्धि, सत्ता प्राप्ति और सुविधाभोग के लिए इन सबको परोक्ष या प्रत्यक्ष रूप से राजनीतिक हथियार बना कर 'राष्ट्र' की धारणा को खण्डित करने से नहीं चूकती। अन्तरराष्ट्रीय विचारधारा वाले लोग धर्म, जाति, प्रान्त और परिवार के उपराष्ट्रों की खातिर देश को एक अनन्त द्वेष का रूप दे रहे हैं। यह 'अन्तरराष्ट्रीय' दिमाग जब तक हमारा संचालन-नियमन करता रहेगा हम आधुनिक औद्योगिक समृद्धि के उपभोक्ता बनने की होड़ में भले ही जुटे रह सकें, उसके उत्पादक नहीं बन सकते। गरीबी से राजनीतिक खिलवाड़ बन्द हो और राष्ट्रीय समस्याओं का राष्ट्रीय स्तर पर और राष्ट्रीय दृष्टि से समाधान किया जाए तब भारत का आधुनिकीकरण और औद्योगीकरण खटाई में पड़ने वाले आयोजनों से उबर सकेगा।

# भारत की दीनता : बी. बी. सी. चीन्हता

पिछले बीस-पच्चीस वर्षों में दुनिया जितनी बदली है उतनी शायद पिछले तमाम इतिहास में नहीं बदली होगी। इसीलिए पश्चिम के कुछ चिन्तक 'भविष्याघात' की चर्चा चला रहे हैं और कह रहे हैं कि ताबड़तोड़ परिवर्तन के कारण 'भविष्य' इतनी जल्दी 'वर्तमान' हुआ जा रहा है कि मनुष्य जाति को आघात पहुँच रहा है और इस आघात के कारण वह लगभग बौरा उठी है। यह सब विज्ञान और प्रौद्योगिकी का चमत्कार है। एक ऐसा चमत्कार जिसे देखकर सिर चकराता है और जो खुद भी खासा सिर-फिरा नजर आता है।

अद्भुत प्रगति के इस दौर ने समृद्ध देशों को इतना समृद्ध बना दिया है कि समृद्धि स्वयं अनेक समस्याओं की जननी बन बैठी है—मसलन अमेरिका को उपभोग के बाद बचा कूड़ा-कबाड़ फिंकवाने पर ही प्रतिवर्ष 22 अरब रुपया खर्च करना पड़ता है। दूसरी ओर गरीब देश उनकी तुलना में वर्ष-प्रतिवर्ष अधिकाधिक गरीब ठहर रहे हैं। अतृप्त आकांक्षाएँ उन्हें भग्नाशा और भ्रष्टाचार का अराजक और विस्फोटक वातावरण प्रदान कर रही हैं। आज भी भारत जैसे देशों के मुकाबले में अमेरिका जैसे देश प्रति व्यक्ति आय की दृष्टि से लगभग पच्चीस-तीस गुने अधिक समृद्ध हैं और ज्यों-ज्यों हम इक्कीसवीं सदी की ओर बढ़ेंगे यह अन्तर भी तेजी से बढ़ता जाएगा। आज भी यूरोप और उत्तरी अमेरिका में बसी हुई संसार की 20 प्रतिशत आबादी संसार की 80 प्रतिशत समृद्धि का उत्पादन और उपभोग कर रही है। जिस रफ्तार से गरीब देशों में आबादी और अमीर देशों में खुशहाली बढ़ रही है उसे देखते हुए कहा जा सकता है कि कल यह विषमता और भी तीव्र हो उठेगी।

अगर संसार के सम्पन्न देश अपने अपार संसाधनों का उपयोग अन्तरिक्ष अभियान, अस्त्र-संग्रह और ऐश्वर्य भोग में न करके विपन्न देशों की सहायता में करें तो यह विषमता दूर हो सकती है। लेकिन दुनिया कितनी ही क्यों न बदल गई हो, दुनियादारी के तकाजें वही पुराने हैं और दुनियादारी अपना माल धर्मार्थ लुटा देने का निषेध करती है। अगर गरीबी के कारण राजनीतिक दृष्टि से कोई खतरा पैदा होता हो तो थोड़ी-बहुत सहायता जरूर की जा सकती है क्योंकि तब धर्मार्थ और स्वार्थ

घुल-मिल जाते हैं। अन्तरराष्ट्रीय विषमता राजनीतिक-चिन्ता को जन्म दे सकती है, नैतिक कष्ट को नहीं। उन्नत औद्योगिक देशों को और भी कई राजनीतिक चिन्ताएँ हैं—परमाणु युद्ध के खतरे की चिन्ता, अस्त्र-संग्रह-प्रतियोगिता की चिन्ता, सभी पुराने पारिवारिक प्रशासनिक नैतिक और राजनीतिक संगठनों के निरर्थक और निष्प्रभाव हो जाने से उत्पन्न अराजकता की चिन्ता, औद्योगिक समृद्धि के धुएँ और कचरे से विषाक्त परिवेश के दुष्परिणामों की चिन्ता। अभी तक उन्होंने इन चिन्ताओं को दूर करने के लिए ही कोई योजनाबद्ध गम्भीर प्रयास आरम्भ नहीं किया है।

यों इन देशों के कई विचारक यह चेतावनी दे चुके हैं कि वैज्ञानिक प्रगति से उत्पन्न इन समस्याओं का अगर शीघ्र वैज्ञानिक ढंग से समाधान नहीं किया गया तो इक्कीसवीं सदी की अद्भुत परिकल्पनाओं में खोया हुआ प्रगतिशील संसार इक्कीसवीं सदी शुरू होने से पहले ही अपने को खुद मिटा चुका होगा। इन विचारकों का आग्रह है कि प्रगति ने हमारे सामने जो प्रश्न प्रस्तुत किए हैं उन्हें हल करने के लिए विभिन्न क्षेत्रों की श्रेष्ठ प्रतिभाओं का कुछ उसी पैमाने पर और कुछ उसी आतुरता से उपयोग किया जाए जैसा कि परमाणु बम के निर्माण या अन्तरिक्ष विजय के लिए किया गया था। लेकिन फिलहाल विनाश की आशंका और उसके तुरन्त निराकरण के आग्रह दोनों की ओर सम्पन्न संसार खास ध्यान दे नहीं रहा है। उसके लिए आशंका अमूर्त्त है। परमाणु-युद्ध में पहले वार में कितने करोड़ मरेंगे और जवाबी वार करने वाला कितने करोड़ को मौत के घाट उतार देगा—यह सब सोचना-विचारना फिलहाल उसे बौद्धिक विलास का नमूना मालूम होता है। विपन्न देशों की समस्या उसकी राजनीतिक चिन्ताओं की सूची में सबसे नीची है। इसलिए 1980 के आस-पास एशिया, अफ्रीका और दक्षिण अमेरिका में भयंकर अकाल पड़ने और कम से कम दस करोड़ लोगों के भूखों मर जाने की बात तो वह और भी अधिक आए-गए अन्दाज से कह और सुन पाता है।

हमारे मन में भी विषमता और आशंका के ये आंकड़े कोई हलचल पैदा नहीं करते। अमेरिका और भारत की प्रति व्यक्ति औसत वार्षिक आय में पूरे बीस हजार रुपए का अन्तर है, यह तथ्य हमें अपनी गरीबी दूर करने की चुनौती देता हुआ नहीं जान पड़ता हद से हद यह प्रवासी बन सकने का प्रलोभन पैदा करता है। ऐसा प्रतीत होता है कि हमने अपनी दीनता ही नहीं, हीनता भी जन-जीवन के एक स्थायी तत्त्व के रूप में स्वीकार कर ली है। गरीबी की उस गरिमा से हम अपरिचित हो चले हैं जिसे स्वावलम्बन की सीढ़ी बनाया जा सकता है, साधनहीन का वह स्वाभिमान हम खो चुके हैं जो उत्थान का संकल्प करवाता है। बस बीच-बीच में उन विदेशियों द्वारा, जिनका आर्थिक, सांस्कृतिक और कूटनीतिक नेतृत्व हम प्रत्यक्ष या परोक्ष रूप से

सहर्ष स्वीकार करते हैं, हमारी दीन-हीन अवस्था का चित्रण कर दिए जाने पर हमारे नेता छाती कूटने का अभिनय करते हैं। विख्यात फ्रांसीसी दिग्दर्शक लुई माल का भारत में इस जोर-शोर से स्वागत करते हैं। जब भारत के दैन्य को पश्चिमी आँखों से देखते हुए वह कुछ वृत्त-चित्र बनाता है और वे फ्रांस में दिखाए जा चुकने के बाद बी. बी. सी. द्वारा अंग्रेजी संस्करण में प्रस्तुत किए जाते हैं तब हमें आध्यात्मिक कष्ट होता है। फ्रांसीसी में आप चाहे जो कह लें लेकिन अंग्रेजी तो हमारी राष्ट्रभाषा है, फ्रांसीसी टेलीविजन चाहे जो दिखा ले लेकिन बी. सी. सी. तो हमारी आकाशवाणी का क्षितिज है। इसी तरह विलायत के अखबार में केरल से गरीब मसीही लड़कियों के यूरोपीय मठों के लिए खरीदे जाने की खबर पढ़कर हम अपने को अपमानित अनुभव करते हैं। क्या हमें खुद इस तथ्य का पता नहीं था? क्या हम यह नहीं जानते कि रोज कितने ही भारतीय डाक्टर, इंजीनियर, वैज्ञानिक विद्ववान, ड्राइवर, मिस्त्री, कण्डक्टर आदि विदेशों में सेवा करने के लिए खरीदे जा रहे हैं। क्या हमें यह नहीं पता है कि भारत के कुछ इलाके इतने गरीब हैं कि वहाँ से औरतें वेश्यावृत्ति के लिए भारत के बड़े शहरों में लाई जाती हैं? इन तथ्यों से हमें कष्ट क्यों नहीं पहुँचता? हमें तो बस विलायत में बदनामी हो जाने का दुख होता है। विलायत की प्रशंसा-निन्दा ही हमारे लिए महत्त्वपूर्ण है। हम अपने वर्तमान से साक्षात्कार के लिए, अपने भविष्य के आघात का स्वयं मुकाबला करने की तैयारी के लिए प्रस्तुत नहीं होना चाहते। इक्कीसवीं सदी की सूरत कुछ-कुछ नजर आने लगी है लेकिन हमें इस बात की कोई चिन्ता नहीं कि उसे हम क्या सूरत दिखाएँगे।

# विस्मृति का एक और स्मारक

कन्याकुमारी के पास स्वामी विवेकानन्द ने जिस चट्टान पर 1892 में साधना की थी उस पर 60 में 90 लाख रुपए की लागत और छह वर्ष के श्रम से एक भव्य स्मारक तैयार हुआ, जिसका शिकागो के सर्वधर्म सम्मेलन में विवेकानन्द के ऐतिहासिक भाषण की 77वीं वर्षगाँठ के अवसर पर धूम-धाम से उद्‌घाटन किया गया–यह समाचार श्रद्धालुओं के लिए निश्चय ही प्रेरणाप्रद सिद्ध हुआ होगा। लेकिन अगर उनके अश्रद्धालु मन में यह भी उठा हो कि क्या विवेकानन्द का वास्तव में हमारे लिए कोई महत्त्व है, तो कोई आश्चर्य नहीं। उनके ऐतिहासिक भाषण की 77वीं वर्षगाँठ के अवसर पर शिला-स्मारक का उद्‌घाटन किया गया, उसका मूल स्वर 'पिछड़े हुए' भारत की ओर से प्रगतिशील पश्चिम को चुनौती देने वाला था। आज हमारे यहाँ सरकार में या बाहर किसी को भी इस चुनौती में आस्था नहीं है। पश्चिम का पिछलग्गू होना हम राष्ट्रीय नियति के रूप में स्वीकार कर चुके हैं। हमें खेद होता है कि हम पश्चिम जितने उन्नत, समृद्ध और प्रगतिशील नहीं हैं। हमें अहसास होता है कि अपने ही ढंग से पश्चिम के बराबर पहुँचना बहुत कष्टसाध्य होगा। इसलिए हम आधुनिकता का आयात करके, आधुनिकता के उत्पादक नहीं तो उपभोक्ता ही बनकर सन्तोष प्राप्त कर रहे हैं। साथ ही हम अपनी कमजोरियों और अपने पिछड़ेपन को इस आधुनिकता की ओट में छुपाये रखने के लिए भी बराबर यत्नशील हैं।

यह सुविधाप्रद दुमुँहा जीवन-दर्शन विवेकानन्द को कभी स्वीकार नहीं हो सका था। पश्चिम की प्रगतिशीलता को चुनौती देने वाला यह व्यक्ति भारत के पिछड़ेपन का पर्दाफाश करने में भी सदा से आगे रहा। भारतीय समाज की जड़ता, परावलम्बन-वृत्ति और रूढ़िवादिता को स्वामी विवेकानन्द ने अपने लेखों और भाषणों में इतने तीखे, ऐसे जहर-बुझे शब्दों में लताड़ा है कि आज कोई सार्वजनिक मंच से उन्हें दुहरा दे तो 'जनता की भावनाओं को ठेस पहुँचने' की दुहाई देकर जनता के सेवक बलवा करा दें। पश्चिम की साधना करते हुए हम विवेकानन्द के जमाने से बहुत आगे जो निकल आए हैं!

इसी प्रगतिशीलता के प्रताप से आज हमारा दिमाग कुछ ऐसा बन गया है कि एक साथ पश्चिमी प्रगति को चुनौती देने और भारतीय जड़ता को लानत भेजने वाला व्यक्ति हमें परस्पर-विरोधी बातें कहता हुआ मालूम पड़ता है। विवेकानन्द एक ओर उन लोगों का विरोध कर रहे थे जिनके लिए 'सत्य की एकमात्र कसौटी यह है कि पश्चिम क्या कहता है?' तो दूसरी ओर उनका यह खयाल था कि 'इस देश के लोग अन्य देशों के लोगों की अपेक्षा अधिक गहन तमोगुण में डूबे हुए हैं....पाश्चात्य लोगों के जीवन में कितना उद्ययम और अपने कार्य के प्रति कितना अनुराग और उत्साह है...हमारे देश में लगता है मानो सारे समाज को लकवा मार गया है।' लेकिन विवेकानन्द के लिए इन दोनों स्थापनाओं में कहीं कोई विरोधाभास नहीं था। वह मानते थे कि पश्चिम से हमें बहुत कुछ सीखना होगा लेकिन वह यह भी जानते थे कि नकल करने और सीखने में अन्तर है। उनके ही शब्दों में, ''कहीं नकल करने से भी पराया भाव अपना हुआ है? बिना स्वयं कमाए कोई वस्तु अपनी नहीं होती। क्या सिंह की खाल ओढ़कर गधा भी सिंह बन सकता है?' विवेकानन्द की मान्यता थी कि 'हमें अपनी प्रकृति के अनुकूल विकास करना होगा। विदेशियों द्वारा अनरोपित कार्यप्रणालियों का अनुगमन करना हमारे लिए निरर्थक है और असम्भव भी। विकास अन्दर से बाहर को होता है और सम्पूर्ण बाह्य विकास पहले से विद्यमान शक्तियों की अभिव्यक्ति मात्र है।' इसलिए उनका आग्रह था कि 'शक्तिमान राष्ट्रीय जीवनधारा को पूर्ववत बहने दो। अवरोधों को हटाकर उसका मार्ग प्रशस्त करो तभी यह राष्ट्र सर्वांगीण उन्नति करके अपने अन्तिम लक्ष्य की ओर बढ़ेगा।' विवेकानन्द ने प्राचीन भारत के गौरवगान में खोए हुए रूढ़िवादियों को 'दस सहस्र वर्ष पुरानी सुरक्षित रखी लाश' की संज्ञा दी तो 'यूरोपीय मस्तिष्क की अपचित जूठन को चाटने वाले' प्रगतिशील वर्ग को 'अपनी विलायती पोथियों, डिग्रियों और गाउनों सहित' समुद्र में डूब मरने की सलाह दी। लेकिन वही लाश आज भी पश्चिमी ज्ञान की डिग्री और गाउन धारण किए विभिन्न क्षेत्रों में देश का नेतृत्व कर रही है।

विवेकानन्द भारत को अतीत की निरर्थक आराधना और भविष्य की शुद्ध कपोल कल्पना दोनों से मुक्त करा के वर्तमान से जुड़ने-जूझने के लिए ललकार रहे थे। वह इस देश और समाज के सबसे बड़े आलोचक थे मगर इस देश और समाज में सबसे जबर्दस्त आस्था भी उनको ही थी। उनकी मान्यता थी कि अगर तैंतीस करोड़ देवी-देवताओं में विश्वास करने वाले को खुद अपने पर विश्वास करना सिखा दिया जाए और भूखे भारत के पेट में आधी रोटी भी पड़ जाए तो भारतवासी अपने देश को ही नहीं, सारी दुनिया को बदल देंगे। इसीलिए उन्होंने अज्ञान और दरिद्रता को दूर करना सबसे बड़ा धर्म माना। संन्यासी होते हुए भी अन्त समय उन्होंने मोक्ष की

कामना नहीं की और कहा कि 'इस देश के दरिद्र नारायण की सेवा करने के लिए मैं बार-बार, हजार बार जन्म लूँ।'

स्वामी विवेकानन्द की तरह गाँधी जी ने भी भारत को नवजागरण का एक सशक्त सन्देश दिया था। स्वाधीन भारत ने उसे भुलाने में भी अधिक समय नहीं लगाया। आज हालत यह है कि कई गाँधीवादियों के अनुसार देश की प्रमुख गाँधीवादी संस्थाओं के खिलाफ सत्याग्रह करना आवश्यक हो चला है! स्वाधीन भारत ने ऐसे हर नेता को भुला दिया है या सार्वजनिक मंच से हटा दिया है जो सामाजिक जड़ता का विरोधी था और इस जड़ता पर आधुनिकता का मुलम्मा चढ़ा देना अस्वीकार करता था। विवेकानन्द जैसे महापुरुषों के स्मारक बनाने के साथ-साथ अगर हम इस सुविधाप्रद विस्मृति के कारणों का भी विश्लेषण करें तो देश का अधिक कल्याण होगा और स्मरणीय दिवंगत आत्माओं को वास्तविक शान्ति मिल सकेगी।

# सामाजिक मसले : राजनीतिक मसाले

धीरे-धीरे भारतीय राजनीति किसी भी मसले को गैर-मसला और किसी भी गैर-मसले को मसला बनाने में पारंगत होती जा रही है। प्रिवी-पर्स-प्रसंग से उसके इस बेढब करतब की बानगी प्रस्तुत हुई। मगर कांग्रेस के लिए प्रिवी-पर्स की समाप्ति सामन्तवाद के उन्मूलन और औद्योगिक, लोकतन्त्रात्मक भारत के अभ्युदय के कार्यक्रम की महत्त्वपूर्ण कड़ी हो तो हमें यह पूछना होगा कि नए भारत का संविधान तैयार करते समय ही उसने ऐसा क्यों नहीं किया? क्या तब सामन्तों का सहयोग-समर्थन सामन्तवाद के उन्मूलन से अधिक महत्त्वपूर्ण था? और फिर जिस सामाजिक-प्रशासनिक मनःस्थिति का नाम सामन्तवाद है उसे दूर करने के लिए सामन्तों के अधिकार छीन लेना मात्र काफी नहीं है। समाज और प्रशासन की व्यवस्था में आधारभूत परिवर्तन किये बगैर सामन्तवाद दूर करने का मतलब एक प्रकार के सामन्त के स्थान पर दूसरे प्रकार के सामन्त की प्रतिष्ठा करना ही हो सकता है।

इसी प्रसंग में यह प्रश्न भी उठता है कि प्रिवी-पर्स की समाप्ति की आवश्यकता का स्वतन्त्र पार्टी के राजाओं के योगदान से क्या सम्बन्ध है? दूसरे शब्दों में यह कि सामन्तवाद के उन्मूलन का सामाजिक लक्ष्य क्या यहाँ एक प्रतिद्वन्द्वी दल की चुनौती खत्म करने के राजनीतिक लक्ष्य में खो नहीं गया है? क्या सत्तारूढ़ कांग्रेस प्रिवी-पर्स की समाप्ति की अपनी सार्वजनिक मूरत को प्रगतिशीलता की आभा से मण्डित करने और रियासती नरेशों को अपनी राजनीतिक मुट्ठी में बन्द करने के लिए उपयोग नहीं कर रही है? यानी क्या यहाँ एक सामाजिक मसले को राजनीतिक मसाले का रूप नहीं दे दिया गया है? संविधान-संशोधन विधेयक के राज्यसभा में पास न हो सकने के बाद सरकारी आदेश द्वारा रियासती नरेशों की मान्यता समाप्त किया जाना भी क्या अपनी 'दृढ़ता' की राजनीतिक धाक जमाने की नुस्खेबाजी का नमूना नहीं है?

जैसे सवाल सत्तारूढ़ कांग्रेस से किए जा सकते हैं वैसे ही प्रतिपक्ष-कांग्रेस के सामने भी पेश हो सकते हैं। क्या वजह है कि उसने प्रिवी-पर्स की समाप्ति को अविभाजित कांग्रेस से विरासत में मिले हुए अपने कार्यक्रम का अंग मान चुकने के बाद संसद में प्रिवी-पर्स की समाप्ति के विधेयक का डटकर विरोध किया? क्या

यह विधेयक महज इसलिए खराब हो गया था कि इन्दिरा गाँधी की सरकार इसे प्रस्तुत कर रही थी? क्या इन्दिरा-विरोध का सिद्धान्त और तमाम सिद्धान्तों से बड़ा है? क्या इस विधेयक का विरोध प्रतिद्वन्द्वी कांग्रेस की सरकार को संसद में नीचा दिखा सकने की शुद्ध राजनीतिक महत्त्वाकांक्षा से नहीं जुड़ा हुआ था? संविधान के संशोधन के लिए दो-तिहाई बहुमत अपेक्षित है, यानी ऐसे विधेयक को गिराने के लिए एक-तिहाई से कुछ ही ज्यादा सदस्यों को जुटाने की जरूरत थी। क्या सरकार को हरा सकने की यह सुविधा प्रतिपक्ष-कांग्रेस को इतनी आकर्षक मालूम हुई कि वह अपने सिद्धान्त ही भूल गई? इसी प्रकार क्या भारतीय क्रान्ति दल द्वारा इस विधेयक का विरोध उत्तर प्रदेश की मिली-जुली सरकार में अपने साझेदारों पर हावी रह सकने के राजनीतिक आग्रह से नहीं जुड़ा हुआ था?

विधेयक के सभी समर्थकों और विरोधियों के विशुद्ध राजनीतिक आग्रह थोड़ा गौर करने पर स्पष्ट हो जाते हैं। यह आपत्ति उठाई जा सकती है कि राजनीति में राजनीतिक आग्रह तो होंगे ही। लेकिन राजनीतिक आग्रह का अगर राजनीतिक सिद्धान्त से कोई सम्बन्ध न हो तो उसे क्या कहिए? सत्ता संघर्ष और सिद्धान्तों की टकराहट में बड़ा फर्क है। दुर्भाग्य से हमारे यहाँ यह फर्क अक्सर भुला दिया जाता रहा है। कांग्रेस के आपसी सत्ता-संघर्ष के बाद उसी मध्यपन्थी राजनीति का दम भरने वाली दो परस्परविरुद्ध कांग्रेसों के सक्रिय हो उठने से यह फर्क और भी धुँधला हो गया है। इस तरह के वातावरण में हर मसले का मोल सत्ता-संघर्ष की दृष्टि से आँका जाता है। सामाजिक परिवर्तन के लक्ष्य और कार्यक्रम के विषय में विभिन्न विचारधाराओं के संघर्ष और समन्वय से उसका कोई सम्बन्ध नहीं जुड़ पाता है। इस प्रकार राजनीति, राज पाने और करने की आकांक्षाओं से सम्बद्ध और राज तथा समाज कैसा हो इसकी परिकल्पनाओं से सर्वथा विच्छिन्न होती जाती है। मामूली मसले पर गैर-मामूली बहस करने वाली यह राजनीति मौका पड़ने पर गैर-मामूली मसले को बहुत आसानी से आया-गया करते हुए नहीं हिचकती है। अपनों से कटी हुई और अपनी उधेड़-बुन में खोई हुई यह राजनीति हमें विश्वास दिलाना चाहती है कि इस या उस कानून के बनने-न बनने से, इस या उस व्यक्ति अथवा दल के इधर या उधर चले जाने से समाज में कोई बड़ा अन्तर आने वाला है लेकिन हम बराबर यही देखते हैं कि उसकी सारी उछल-कूद सामाजिक दृष्टि से यथास्थिति के संरक्षण को समर्पित है। समाज बुनियादी ढंग से काम करने पर बदलता है और बुनियादी ढंग से काम करने के लिए हमारी आत्मलिप्त राजनीति को पहले खुद को बदलना होगा। तब तक हमारा देश सबसे अधिक प्रगतिशील नारों और कानूनों के बावजूद सबसे अधिक पिछड़ा हुआ बना रहेगा।

# ध्रुवहीनता का ध्रुव सत्य

जब तक यह अंक आपके हाथों में पहुँचेगा, केरल के चुनाव के नतीजे प्रकाशित हो चुके होंगे। नतीजों के बारे में भविष्यवाणी करने के लिए केरल की राजनीति के बड़े-बड़े पण्डित भी आज तैयार नहीं हैं, फिर दिल्ली में बैठे पत्रकार की क्या बिसात? और हमारी हिचक तो इस मारे और बढ़ चली है कि भविष्यवाणी आप तक सम्बद्ध 'भविष्य' के उपरान्त पहुँचेगी। बहरहाल इस द्विविधा-संकोच के बावजूद मोटे तौर पर इतना हम कह ही सकते हैं कि इन चुनावों के नतीजों से कोई नतीजा निकलने वाला नहीं है। अगर तुरन्त नहीं तो 72 के देशव्यापी आम चुनाव से पहले-पहले केरल में राष्ट्रपति शासन लागू करने की नौबत आ जाएगी। राजनीतिक अनिश्चय और अनिश्चयात्मक राजनीति के जिस वातावरण में चुनाव के परिणामों का अनुमान कर पाना कठिन है उसमें किसी भी सरकार का बन सकना कठिन होगा और बन कर टिक सकना कठिनतर।

केरल का यह चुनाव एक तरह से 72 के संसदीय चुनावों का ट्रेलर है। जो कुछ वहाँ राज्य-स्तर पर हुआ वह शीघ्र ही केन्द्र-स्तर पर होने वाला है। इस दृष्टि से इस चुनाव का विशेष महत्त्व था और सभी दलों के चोटी के नेता इसमें एड़ी-चोटी का जोर लगाने पहुँचे थे। उनकी सारी दौड़-धूप के बावजूद ध्रुवहीन ध्रुवीकरण ही समसामयिक भारतीय राजनीति का ध्रुव-सत्य बना रहा। नई कांग्रेस पुरानी कांग्रेस और राज्य की उस पुरानी 'नई कांग्रेस' का संयुक्त मोर्चा नहीं बनाया जा सका जिसे केरल कांग्रेस के नाम से पुकारा जाता है। अलबत्ता केरल कांग्रेस को दक्षिणपन्थी कम्युनिस्टों, मुस्लिम लीगियों, प्रजा सोशलिस्टों और क्रान्तिकारी सोशलिस्टों के मिनी-मोर्चे से अलग करके पुरानी कांग्रेस के उस 'लोकतन्त्रात्मक मोर्चे' में शामिल जरूर किया जा सका जिसे स्वतन्त्र दल और जनसंघ का समर्थन प्राप्त था। वामपन्थियों के गढ़ केरल में स्वतन्त्र और जनसंघ का सक्रिय हो सकना इस बात का संकेत था कि वामपन्थी तोड़-फोड़ और प्रगतिशीलता तथा अल्पसंख्यक साम्प्रदायिकता की गठजोड़ की कुछ प्रतिक्रिया वहाँ शुरू हो चुकी है। इस प्रतिक्रिया

का सबसे अधिक लाभ मध्यपन्थी दल को मिल सकता था लेकिन केरल में एक मध्यपन्थी कांग्रेस की जगह दो कांग्रेसें तो पहले से ही थीं और अब कांग्रेस तीन तिकाला हो चुका था। वामपन्थी कम्युनिस्टों ने संयुक्त सोशलिस्टों वगैरह के साथ मोर्चा बनाया और मुस्लिम लीग तथा दक्षिणपंथी कम्युनिस्टों को अपना सबसे बड़ा शत्रु ठहराया। राजनीति के शत्रु को हराने के लिए सिद्धान्तों के शत्रु को मित्र मानने की 'नई राजनीति' का मार्क्सवादी कम्युनिस्टों ने ही नहीं, अन्य दलों ने भी उत्साह से अनुकरण किया।

कांग्रेसियों, कम्युनिस्टों और सोशलिस्टों की विभिन्न शाखाओं-प्रशाखाओं में आपसी समझौता जितना असम्भव ठहरा, उनका प्रतिद्वन्द्वी दल की किसी शाखा-प्रशाखा से समझौता कर लेना उतना ही सम्भव और सुविधाजनक ठहरा। नई कांग्रेस और पुरानी कांग्रेस एक-दूसरे के बैरी बने रह सके लेकिन नई कांग्रेस को मुस्लिम लीगियों और दक्षिणपन्थी कम्युनिस्टों के मोर्चे से समझौता करने में कोई परहेज नहीं हुआ। उधर पुरानी कांग्रेस को वामपन्थी कम्युनिस्ट कम खतरनाक और इस नाते अधिक ग्राह्य मालूम हुए। मुस्लिम लीग के विरोध के मामले में जनसंघ और वामपन्थी कम्युनिस्ट अपनी सारी सैद्धान्तिक शत्रुता के बावजूद यहाँ-वहाँ एक ही नैया के खेवैया नजर आए। केरल कांग्रेस मिनी-मोर्चे से अलग होकर पुरानी कांग्रेस से चुनाव-साझेदारी करने जरूर गई लेकिन उसके लिए परम शत्रुओं के स्थान पर वामपन्थी कम्युनिस्ट ही प्रतिष्ठित रहे। 'सोशलिस्ट' दल परस्पर-विरोधी शिविरों के सहयोगी बने।

इस दलदल की पर्दादारी करने के लिए केरल के चुनाव में 'निर्दल' का खूब सहारा लिया गया। राजनीति के आग्रह से मित्र बने सैद्धाान्तिक शत्रु एक-दूसरे के उम्मीदवार को वोट देते हुए संकोच के भागीदार न बनें, इस खातिर कई चुनाव-क्षेत्रों में उन्होंने अपने उम्मीदवार 'निर्दलीय' के रूप में खड़े किए। कई जगह उन्होंने अपने उम्मीदवार सैद्धाान्तिक शत्रु और राजनीतिक मित्र के मुकाबले में महज इसलिए मैदान में उतारे कि उसके प्रतिद्वन्द्वी के, जिसे वह अपना राजनीतिक शत्रु मानते थे, वोट बँट जाएँ। सारा हिसाब-किताब चुनाव-क्षेत्र के स्तर पर लगाया गया—कहाँ किसकी मदद करने या लेने से अपना तात्कालिक राजनीतिक शत्रु परास्त हो सकता है यही सौ सिद्धान्तों का एक सिद्धान्त माना गया। यही नहीं, राजनीति की आँखों में जातिगत संस्थाओं का महत्त्व भी चुनाव की दृष्टि से निर्णायक ठहरा।

पिछले आम चुनाव का 'गैर-कांग्रेसवाद' अगले आम चुनाव तक क्या रंग

लाएगा इसकी बानगी केरल में प्रस्तुत हो चुकी है और पश्चिम बंगाल, उत्तर प्रदेश, मध्य प्रदेश तथा उड़ीसा में प्रस्तुत हुआ चाहती है। इस बीच अगर कुछ प्रमाणित हुआ तो यही कि जिसे पिछले आम चुनाव के समय कांग्रेस का रोग समझा गया था वह वस्तुतः सारी भारतीय राजनीति का रोग है। केरल में पिछले बीस वर्षों में यह दसवाँ चुनाव था। इस तथ्य से जहाँ हमारी राजनीति के लोकतन्त्र-विश्वासी होने का परिचय मिलता है वहाँ यह भी प्रकट होता है कि यह विश्वास किस कदर खोखला है। इतना विशाल देश, इतनी विकराल समस्याएँ, इतनी अछूती शक्तियाँ-क्षमताएँ, इतनी अपार सम्भावनाएँ और कितनी टुच्ची राजनीति! सत्ता-संघर्ष और सिद्धान्त-संघर्ष में तमीज न कर सकने वालों ने कितनी आसानी से भारतीय लोकतन्त्र को राजनीतिक रजवाड़ों की आपसी लड़ाई का आँगन बताकर फिर ढहते हुए सामन्ती भारत वाला नजारा पेश कर दिया है।

# एक टिकट अनेक विकट

कांग्रेस के कमजोर पड़ जाने के बाद 1967 के चुनाव के समय भारतीय राजनीति में जो नाटकीयता व्यापी थी वह कांग्रेस के विघटन से चरमोत्कर्ष पर पहुँची। स्वाभाविक है कि नाटकीयता के इस वातावरण में भारतीय नागरिक को राष्ट्र और समाज की समग्र स्थिति में कोई नाटकीय परिवर्तन होने की आस बँधी हो। सन् '67 के 'कांग्रेस हराओ' चुनाव से यह उम्मीद पूरी नहीं हुई। यह सही है कि देश के कई राज्यों में गैर-कांग्रेसी सरकारें बनीं लेकिन उससे देश की सत्ता-संघर्ष-राजनीति के लिए भले ही कोई नया दौर शुरू हुआ हो, देश की जनता के लिए वही ढाक के तीन पात रहे।

1967 के आम चुनाव के बाद 'गैर-कांग्रेसवाद' के आधार पर कोई सार्थक राजनीतिक ध्रुवीकरण नहीं हुआ तो इसलिए कि गैर-कांग्रेसवाद कोई राजनीतिक सिद्धान्त नहीं था। लेकिन अगर यह गैर-कांग्रेसवाद प्रशासन के क्षेत्र से कांग्रेसी काहिली को विदा देकर अपने में और जनता में कुछ उत्साह जगा पाता तो भी एक बड़ी उपलब्धि होती। ऐसा न होने का मतलब यही था कि गैर-कांग्रेसवादी सत्ता में नए-नए आने के बावजूद सत्ता के उपयोग के मामले में पुराने पापी हैं। कांग्रेस के विघटन के बाद फिर सार्थक लोकतन्त्रात्मक राजनीति की आशाएँ बलवान हुईं। ठहराव टूटता नजर आया और ऐसा मालूम हुआ कि अब हमारी राजनीति का किसी ठोस आधार पर ध्रुवीकरण होने वाला है। लेकिन आधार के रूप में उसी गैर-कांग्रेसवाद का एक नया रूप 'गैर-इन्दिरावाद' हमें प्राप्त हुआ है।

'इन्दिरा जिताओ' और 'इन्दिरा हराओ' के मोर्चे अपना-अपना दरबार जमाए हुए हैं और दरबारियों में आपस में ठनी हुई है। प्रधानमन्त्री किसका बनेगा, कौन दल कितना शक्तिशाली हो सकेगा, किस दल के किस नेता के कितने चेले-चांटे टिकट पा सकेंगे इन सवालों की भोथरी छुरी से घोषणाओं की आदर्शवादिता को हलाल किया जा रहा है। मानो मतदान का नतीजा मतदाताओं पर नहीं, सौदेबाजी की इन मन्त्रणाओं पर निर्भर हो। इन दरबारों में सहसा यह अनुभूति होती है कि लोकतन्त्र के नेता लोकसत्ता के किसी भी लोकतन्त्रात्मक रूप से अपरिचित हैं। टिकट पाने के लिए जो महाविकट यज्ञ चलता है वह इस स्थिति को और भी स्पष्ट कर देता

है। नई कांग्रेस का टिकट पाने के लिए प्रयत्नशील एक युवक से भेंट हुई। उसने बताया कि 'मैं इस आधार पर टिकट का दावेदार हूँ कि युवा पीढ़ी—खासकर छात्र-बिरादरी—मेरा साथ देगी और फिर यह भी देखना होगा कि मैं जिस उप-जाति का हूँ इस क्षेत्र में 30 प्रतिशत मतदाता उसी के हैं। मेरे हक में एक बात और है कि मेरे पिताजी के पास चुनाव लड़वाने के लिए पैसा काफी है।'

युवा पीढ़ी के नेतृत्व का दम भरने वाला भी जहाँ अपनी उप-जाति और बाप की जमापूँजी की ताकत को बड़ा मानता हो वहाँ लोकतन्त्र का क्या भविष्य हो सकता है? यहाँ से वहाँ तक नजर डाल लीजिए सारी राजनीति में सत्ता के हकदार का चुनाव सामन्ती आधार पर हो रहा है। राजनीति मानो यह स्वीकार करने को तैयार ही नहीं है कि कोई व्यक्ति अपनी योग्यता या जनसेवाओं के कारण भी किसी क्षेत्र का लोकप्रिय नेता बन सकता है। सच तो यह है कि जनता जैसी कोई हस्ती उसके सामने है ही नहीं, अगर कुछ है तो स्वार्थों के कई-कई छोटे-छोटे समूह हैं जो हमारे मध्यकालीन समाज से हमें विरासत में मिले थे और जिन्हें हमारी आधुनिक कही जाने वाली राजनीति ने नया जीवन प्रदान किया है। तो नेता बनने के लिए यह जरूरी है कि आप पहले नेताओं के चमचे बनें, सामन्ती रिश्तेदारी की इस परीक्षा में सफल हो जाने के बाद आप यह बताएँ कि क्षेत्र में आप सत्ता के सामन्ती सूत्र अलग से बटोर सकते हैं, विभिन्न स्वार्थ-समूहों में अपने लिए लाभकारी सन्तुलन स्थापित कर सकते हैं। फिर चाहें आप 'लैम्प-पोस्ट' ही क्यों नहीं हों आपकी नेतागिरी खरी।

यह पूछा जा सकता है कि 'नेतागिरी' करने की मुसीबत ही क्यों उठाई जाए? इसका जवाब हमें एक लेखक-बन्धु से प्राप्त हुआ जो लोकसभा की उम्मीदवारी की उम्मीदवारी में रह चुके हैं। उन्होंने बताया कि 'हमारे जैसे विपन्न देश के समाज में सत्ता ही सबसे बड़ा गुण है और सत्ता जो भी है सो राजनीतिक है। यों भी सफल होने के लिए सुविधाएँ पाने के लिए इस राजनीतिक सत्ता के पीछे-पीछे दौड़ना पड़ता है, तो क्यों न हम खुद इसके अंग बन जाएँ?' कुछ इससे भी घटिया स्तर पर एक उत्तर हमें एक पत्रकार से प्राप्त हुआ जो अपेक्षाकृत घटिया स्तर की सत्ता का यानी नगर निगम की सदस्यता की उम्मीदवारी का उम्मीदवार है। उसने बताया कि 'फलां नेता से अपनी पटती है, वही टिकट दिलवा रहा है, वही किसी कमेटी-वमेटी में रखवा देगा, बड़ी पावर रहती है, बड़ा पैसा बनता है!'

इसके माने यह हुए कि समाज की सेवा करके हमारे यहाँ नेता नहीं बना जाता, नेता बनकर समाज की सेवाएँ जरूर प्राप्त की जा सकती हैं। नेता बनने के बाद भी व्यापक और गहन अर्थ में समाज की सेवा करने की कोई आवश्यकता नहीं है, अलबत्ता एक कुशल दलाल की हैसियत से आपको स्वार्थों के विभिन्न समूहों के बीच

और इन समूहों के नेताओं तथा प्रशासन के बीच सेवा-भाव दिखाकर अपना राजनीतिक मेवा सुरक्षित रखना है। इंग्लैण्ड में वर्षों तक निचले स्तरों पर दल का कार्य करने और क्षेत्र की सामाजिक हलचलों में हिस्सा लेने के बाद ही कोई व्यक्ति पार्लियामेंट का उम्मीदवार बनने की बात सोच सकता है। एक बार उम्मीदवार चुन लिए जाने के बाद वह बराबर उसी निर्वाचन क्षेत्र से चुनाव लड़ता रहता है। मतदाताओं के लिए अपने क्षेत्र से विभिन्न पार्टियों के उम्मीदवार जाने-पहचाने होते हैं। अमेरिका में किसी भी दल की ओर से उम्मीदवारी पाने के लिए प्राइमरी यानी प्राथमिक चुनाव में विजय पानी होती है। प्राइमरी में उस क्षेत्र में रहने वाले सम्बद्ध दल के तमाम समर्थकों को वोट डालने का हक रहता है। तमाम पेशेवर तेवरों के बावजूद वहाँ राजनीति जन-सम्पर्क को बिसरा नहीं पाती और नेता बनने के लिए अपने क्षेत्र के समाज में अपनी जगह बनाना निहायत जरूरी होता है। हमारे यहाँ अब बुनियादी स्तर पर कोई राजनीति रह नहीं गई है। बस संगठन भर है और उस संगठन में घुसकर आप कहीं भी नेतागिरी कर सकते हैं। तो एक टिकट के लिए अनेक विकट हस्तियाँ जुटी पड़ी हैं और सत्ता के बही-खाते के अगाऊ अनुमान तैयार हो रहे हैं। फिर भी यह उम्मीद बँधाई जा रही है कि राजनीति एक महत्त्वपूर्ण मोड़ पर पहुँच गई है और आम चुनाव के रूप में एक ऐतिहासिक और निर्णायक क्षण प्रस्तुत होने वाला है। अगर जड़ से कटी हुई और जोड़-तोड़ में उलझी हुई राजनीति इसी तरह मोड़ लेती रही तो वह अपने साथ देश को भी जल्द ही किसी खड्ड में गिराकर रहेगी।

# घटिया राजनीति का बढ़िया नमूना

खाली दिमाग शैतान का घर होता है और पश्चिमी पाकिस्तान की नेता-बिरादरी शुरू से ही शैतान को आदर्श किराएदार मानती आई है। राजनीति के दिमाग को शैतान के लिए खाली कराना उसने अपना पहला और अन्तिम कर्तव्य माना है। पाकिस्तान की फौजी तानाशाही द्वारा संविधान सभा के लिए चुनाव कराए जाने पर यह उम्मीद बँधी थी कि पाकिस्तान की राजनीति को अब दिमाग से काम लेने पर देश के लिए कुछ सार्थक काम करने का अवसर मिलेगा। लेकिन पश्चिमी पाकिस्तान के दिलफेंक नेता दिमाग पर जोर देने के कायल नहीं। इसलिए उन्होंने चुनाव में भी भारत-विरोध को एकमात्र नीति और नारे की हैसियत बख्शी। उधर पूर्वी पाकिस्तान में चुनाव पश्चिमी पाकिस्तान के नेताओं की उस दादागिरी का विरोध करने का नारा देकर लड़े जा रहे थे जिसके कारण पूर्वी पाकिस्तान पश्चिमी पाकिस्तान का एक उपेक्षित उपनिवेश होकर रह गया है और इधर पश्चिमी पाकिस्तान का नेतृत्व यह कहकर चुनाव लड़ रहा था कि वह कश्मीर को मुक्त कराएगा और भारत को नीचा दिखाएगा। अपनी घरेलू समस्या से बेखबर रह कर वह पड़ोसी देश की घरेलू समस्या को चुनाव के केन्द्र में रखना चाहता था।

विडम्बना की इस राजनीति में भुट्टो साहब बाजी मार ले गए। पैदाइश से जमींदार, संस्कार से तानाशाह, रस्म-रिवाज से देशी साहब, भुट्टो ने 'प्ले बाय' मार्का भोगविलास में माओ की क्रान्तिकारिता घोलकर पश्चिमी पाकिस्तान में एक विचित्र 'जन-राजनीति' का आविष्कार किया। दूसरे शब्दों में भुट्टो कश्मीर में छापामारी करवाने और पश्चिमी पाकिस्तान में गुलछर्रे उड़वाने के लिए अपनी 'पीपुल्स पार्टी' लेकर प्रस्तुत हुए। पश्चिमी पाकिस्तान का भ्रष्ट सत्ता-प्रतिष्ठान इस पार्टी पर कुर्बान हुआ। पश्चिमी पाकिस्तान में 'पीपुल्स पार्टी' को भारी बहुमत प्राप्त हुआ। उधर पूर्वी पाकिस्तान में मुजीबुर्रहमान की पार्टी ने अपने क्षेत्र को अधिक स्वायत्त बनाने की माँग उठाकर चुनाव लड़ा और जोरदार सफलता पाई। संविधान सभा में उसे स्पष्ट बहुमत प्राप्त हुआ।

तमंचों और तमंचाजानों की राजनीति के पारखी भुट्टो साहब मुजीबुर्रहमान की इस सफलता से घबराए। खासकर इसलिए कि मुजीबुर्रहमान की राजनीति में

भारत-विरोध के लिए कोई स्थान नहीं है, कश्मीर से पहले वह पूर्वी पाकिस्तान के प्रति पाकिस्तानी शासन के सौतेले व्यवहार के मामले को निपटाना चाहते हैं। सौतेला व्यवहार खत्म होने पर सारा हिसाब उलट जाएगा और आबादी के आधार पर पूर्वी पाकिस्तान को शासन और राजनीति पर हावी होने का मौका मिलेगा। इस स्थिति से पार पाने के लिए भुट्टो साहब ने मुजीबुर्रहमान से सौदेबाजी की कोशिश की मगर बात नहीं बनी। तब उन्होंने ऐसी स्थिति पैदा करने का फैसला किया जिससे संविधान सभा वाला सारा मामला ही टल जाए। इसके लिए उन्होंने भारत-विरोधी वातावरण फिर बनाना तैयार किया। एक अन्तरराष्ट्रीय प्रतियोगिता के लिए भारतीय हाकी टीम को लाहौर आने का निमन्त्रण दिए जाने पर उन्होंने ऐसा दंगा मचवाया मानो भारतीय हाकी टीम को मैच खेलने के लिए नहीं, लाहौर पर कब्जा करने के लिए न्यौता जा रहा हो। साथ ही उन्होंने कश्मीर के लिए सुरक्षित अपने 'माओवाद' का भी उपयोग किया। फिलिस्तीनी छापामारों की अल फतह तर्ज पर उन्होंने 'कश्मीर-मुक्ति' की धुन गुनगुनाई। ठीक उसी तरह भारत के एक उड़ते हुए विमान को उड़ा लिया गया जिस तरह फिलिस्तीनी छापामारों ने पश्चिमी देशों के विमान चुराए थे। उन छापामारों की तरह उन्होंने भी यह धमकी दी कि अगर हमारे साथियों को रिहा न किया गया तो विमान को नष्ट कर दिया जाएगा। उनकी तरह ही इन्होंने माँग पूरी न होने पर धमकी पूरी कर दी।

फाँकर-फ्रेंडशिप-काण्ड के जो समाचार प्राप्त हुए हैं उनसे यह स्पष्ट है कि भुट्टो के चेलों का इसमें हाथ था। यही नहीं इस साजिश की पाकिस्तान के सैनिक शासन को भी खबर थी। उसे भुट्टो के खाली दिमाग की यह सूझ दाद के काबिल मालूम हुई होगी। इससे राजनीति के मंच पर पूर्वी पाकिस्तान से पिटे हुए पश्चिमी पाकिस्तान के सैनिक और राजनीतिक नेताओं को अपनी दुकान फिर से जमाने का, सस्ती लोकप्रियता जुटाने का और हो सके तो मुजीबुर्रहमान को सत्ता से हटाए रखने का मौका मिल सकता था। एक पन्थ दो काज यों कि इससे भारतीय चुनावों पर भी असर पड़ने की उम्मीद थी। अगर भारतीय प्रधानमन्त्री कोई बड़ी जवाबी कार्रवाई करती हैं तो आपातूकालीन स्थिति का ऐलान करके सैनिक शासन मुजीबुर्रहमान की जीत को आसानी से हार में बदल सकता है। अगर भारत में अराजकता पैदा करने वाला क्षोभ और वैमनस्य फैल सकता है।

कुल मिलाकर यह घटिया राजनीति का एक बढ़िया नमूना रहा। घटिया राजनीति आज फायदे में रहने में इतना विश्वास करती है कि उसे कल के नुकसान की कोई चिन्ता नहीं रहती। पश्चिमी पाकिस्तान के शासक और नेता यह भूल रहे हैं कि फिलिस्तीनी छापामार जोर्डन के लिए कितने महँगे पड़े। उन्हें यह भी याद

रखना चाहिए कि इस तरह के हथकण्डों के सहारे पूर्वी पाकिस्तान के हाथ से लोकतन्त्रात्मक सत्ता छीनने का मतलब यह होगा कि किराए के छापामारों से राजनीति का खेल खेलने वालों को असली छापामार राजनीति की मार सहनी पड़ सकती है। उस माओवाद के पीछे असली माओ होगा। यही नहीं वही माओ पश्चिमी पाकिस्तान के नकली छापामारों के सहारे असली सत्ता पाने में भी पीछे नहीं रहेगा। अगर भारत चाहे तो वह भी पूर्वी पाकिस्तान की स्वायत्तता के नाम पर छापामारी के इस खेल में शामिल हो सकता है। समाचारों से यह संकेत मिलता है कि भारतीय विमान का अपहरण करने वाला व्यक्ति एक दोमुँहा जासूस था। ऐसे जासूस पूर्वी पाकिस्तान में खोज निकालना भारत के लिए भी मुश्किल नहीं। लेकिन यह सारा खेल भारतीय उपमहाद्वीप के लिए, भारत और पाकिस्तान के अल्पसंख्यकों के लिए, कितना खतरनाक होगा इसकी सहज ही कल्पना की जा सकती है।

# भजन-कीर्तन से नग्न-नर्तन तक

नेता के घर महफिल जमी हुई थी। सत्ता बनाने-बिगाड़ने के खेल से नेता का अब भी सम्बन्ध जोड़ा जाता है लेकिन वह अपने को राजनीति से रिटायर हुआ मानते हैं। अब उनका मुख्य क्षेत्र 'समाज सेवा' है। इसीलिए विरोधी दलों के भी कुछ प्रमुख कार्यकर्त्ता महफिल में निस्संकोच शामिल हुए हैं। और तो और एक क्रान्तिकारी किस्म के नेता भी सपत्नीक पधारे हैं। कुछ अफसरान हैं, एक प्राध्यापिका हैं जिनका विरोध पक्ष के एक अग्रणी नेता से कुछ बताया जाता है, एक समाजसेविका हैं जिनकी देश की राजधानी तक में धाक है, एक उभरते हुए उद्योगपति हैं और एक पत्रकार।

बात आम चुनाव से शुरू होती है। दाँव-पेंचों की दाद दी जाती है और साथ ही राजनीति के भ्रष्ट हो जाने का रोना भी रोया जाता है। यह तय पाया जाता है कि लोकतन्त्र विफल हो रहा है, क्योंकि लोगों में कुछ सिद्धान्त नहीं रहे। सहयोग भावना खत्म हो गई। इस पर एक अफसर, जिसके उभरते उद्योगपति से परस्पर-सहयोग की भावना पर आधारित मधुर सम्बन्ध हैं, इस ओर ध्यान दिलाता है कि सिद्धान्तों के मामले में तो अपने लाला जी का जवाब नहीं। जब कुल एक लाख के आदमी थे तब सुबह-शाम इन्हें सपरिवार बाकायदा हारमोनियम लेकर भजन-कीर्त्तन करते देखा था और आज भी वही रंग देखता हूँ। लाला जी ने बताया कि कानवेंट में पढ़े बच्चे बीच में इसका विरोध करने लगे थे मगर मैंने साफ बता दिया कि धरम-करम की बातों में मेरा फैसला ही चलेगा। पत्नियाँ अब तक की राजनीतिक बातचीत में कुछ मूर्खतापूर्ण, इसलिए चतुर पतियों के लिए मनोरंजक, प्रश्न करने के अतिरिक्त कोई योगदान नहीं कर पाई थीं। वे धर्म-चर्चा छिड़ने से प्रसन्न हुईं। लेकिन सोमवार के व्रत के माहात्म्य से अभी वे सन्तोषी माता के शुक्रवार तक ही पहुँची थीं कि प्राध्यापिका जी ने एक पौराणिक फिल्म का जिक्र करके विषयान्तर का मसाला जुटा दिया। लाला जी ने रिटयर्ड नेता जी से शिकायत की कि आप उस दिन 'मेरा नाम जोकर' देखने नहीं आ सके, हम लोग शो शुरू होने के बाद तक भी आपका इन्तजार करते रहे।

विरोधी नेता नम्बर एक ने 'मेरा नाम जोकर' के कुछ 'क्या नाम कहते हैं साहब

बोल्ड' दृश्यों का जिक्र कर डाला। एक अफसर-पत्नी बोलीं कि 'जानी मेरा नाम' का एक सीन तो ऐसा है कि मैंने इन्हें देखने ही नहीं दिया। प्राध्यापिका जी ने कहा कि यह आपकी सरासर ज्यादती थी। ठहाके लगे। पत्नियों ने महसूस किया कि पतियों के संसार में प्रतिष्ठित रहने के लिए उन्हें प्राध्यापिका जी के साथ कदम मिलाकर चलना होगा। लिहाजा एक ने ब्यूटी सैलूनों की चर्चा छेड़ी और दूसरी ने फिजियोथिरेपी की। मालिश करने वाले केन्द्रों के प्रसंग में समाजसेविका जी ने विरोधी नेता नम्बर एक के मोटापे और रसिक स्वभाव पर कटाक्ष करते हुए अपनी 'अभी तो मैं षोडषी हूँ' वाली अदा में चहककर कहा कि 'आप अब की बम्बई जाएँ तो अमुक सेण्टर में जरूर मसाज ट्रीटमेंट करवाएँ।' इस पर 'वहाँ क्या होता है' का सवाल बुलन्द हुआ और 'नहीं ऐसे नहीं, ठीक-ठाक बताना पड़ेगा', की माँग के सहारे समाजसेविका जी से कुछ वैसी-सी बातें कहलवा कर रहा।

'वहाँ क्या होता है' का यथार्थवादी विवरण सुनकर पति-समाज रंग में आ गया और पत्नियों के गालों पर रंग दौड़ गया। 'कहाँ क्या होता है?' का सिलसिला छिड़ा जिसमें पत्नियों ने भी हौसला करके हिस्सा लिया। स्थानिक कैबरे से बात राजधानी के कैबरे पर पहुँची, वहाँ से बम्बई, कलकत्ता, मैसूर और मद्रास के। उभरते उद्योगपति ने जापान यात्रा के संस्मरण प्रस्तुत किए–खासकर तोक्यो के आमोद केन्द्र गिंजा के। बातचीत अब 'कहाँ सब कुछ होता है!' पर पहुँच गई। रिटायर्ड नेता ने पेरिस का जिक्र किया, कुछ पुराने रईसों के किस्से छेड़े, नए नेताओं ने उन्हें बताया कि जमाना इन सबको बहुत पीछे छोड़ गया है। अफसर नम्बर तीन ने अपनी अमेरिका यात्रा के कुछ अनुभव सुनाए और समाजसेविका जी ने पश्चिम जर्मनी की चन्द बदनाम बस्तियों का आँखों-देखा हाल प्रस्तुत किया। प्राध्यापिका जी को लगा कि वह पिछड़ी जा रही हैं। दुर्भाग्यवश उन्हें अब तक समाजसेविका जी की तरह सरकारी प्रतिनिधि मंडलों में विदेश यात्रा करने का सुख प्राप्त नहीं हुआ था। लिहाजा उन्होंने कहा कि सुनते हैं इन बातों में तो स्कैंडिनेवियन कंट्रीज सबसे आगे हैं। समर्थन के लिए उन्होंने पत्रकार की ओर देखा जो अब तक लगभग मौन रहा था। पत्रकार ने कुछ कहने की गरज से डेनमार्क में अश्लीलता विरोधी कानून के बिल्कुल ही समाप्त कर दिए जाने की चर्चा की।

इस पर अफसर नम्बर एक ने कहा कि 'साहब दिल्ली में एक मित्र के यहाँ डेनमार्क में बनी हुई ब्लू फिल्म देखी, अब आपको क्या बताऊँ।' बहरहाल बताया उन्होंने सब कुछ। उपस्थित रसिकों ने दुख व्यक्त किया कि एस. पी. साहब ने छापे में पकड़ी हुई जो फिल्में दिखाई थीं वह बहुत यों-ही-सी थीं। उभरते उद्योगपति ने गला खँखार कर 'लेडीज एण्ड जेंटिलमेन योर एटेंशन प्लीज' वाले अन्दाज में यह

महत्त्वपूर्ण सूचना दी कि खास डेनमार्क वाली कुछ फिल्में इस बार आप पारखियों के लिए मुँह माँगे दाम पर खरीदकर यह सेवक लाया है, जिस दिन फुर्सत हो देखने का कष्ट करें।

दिन तय करने में कुछ समय लगा क्योंकि अमुक वार को नेता नम्बर एक को 'भारतीय संस्कृति और एशिया सम्मेलन' में भाषण करने जाना था तो अमुक वार को नेता नम्बर दो समाजवादी शक्तियों की एकता के लिए यत्नशील रहने वाले थे। इस दिन समाजसेविका जी को सी. एम. से कुछ महत्त्वपूर्ण मन्त्रणा करनी थी तो उस दिन प्राध्यापिका जी को झुग्गी-झोंपड़ी वालों की सुध लेनी थी। अफसरों को तो खैर ढेर-सा काम था ही! बहरहाल किसी तरह 'एडजस्टमेंट' हो ही गया और तय पाया गया कि इस दिलचस्प कार्यक्रम के लिए देशसेवा की व्यस्तताओं में से शनिवार रात को समय निकाला जाएगा। पत्रकार जो कई वर्षों बाद अपने इस पुराने पिछड़े शहर में लौटा था, विस्मित हुआ। महज चाय-पार्टी वाली महफिल में यह नशीली बातें कैसी? समाज के ये चिरपरिचित कर्णधार, परम्परा के ये घोषित पुजारी इतने आत्मचेत रूप से 'आधुनिक' कब से हो गए?

महफिल खत्म होते ही 'काम' की बात के बाद चलते-चलाते उपस्थित लोगों ने एक दूसरे से खुसुर-पुसुर कामकाज की जो बातचीत की उसे सुनकर पत्रकार के ज्ञान चक्षु खुले। यह नशा पहले नम्बर की राजनीति से पैदा हुई दूसरे नम्बर के उस अर्थनीति का था जो देश भर में 'समन्वित, सन्तुलित आधुनिकता' को जन्म दे रही है।

# ताजा नतीजे और बासी फजीते

हमारे कानों में आम चुनाव के सम्भावित नतीजों को लेकर होती हुई काँव-काँव बसी हुई है और हम उससे अलग हटकर कुछ लिखना चाहते हैं। हम जानते हैं कि जब तक ये पंक्तियाँ छपकर आपके सामने आएँगी चुनाव के नतीजे भी आ चुके होंगे। हर अटकलबाज थोड़ा-बहुत झूठा सिद्ध हो चुका होगा। हमारे एक सहयोगी ने हिसाब लगाकर बताया है कि अगर हर अटकलबाज को नजूमी का दर्जा दे दिया जाए तो यह मानना पड़ेगा कि लोकसभा की सदस्य-संख्या किसी जादू से दूनी हो गई है। और अगर हर अटकलबाज को पचास प्रतिशत गप्पी मान लिया जाए तो लोकसभा में विभिन्न दलों की स्थिति फिर ज्यों की त्यों नजर आती है। लेकिन यह मानने को किसका मन करेगा कि इतनी हाय-तोबा केवल यथास्थिति प्राप्त करने के लिए मची! तो अधिकतर अटकलबाज यह मानते हैं कि बड़ा भारी परिवर्तन होगा—उनके अपने दल के पक्ष में। अटकलबाजी का यह बाजार इस कदर गर्म है कि बातचीत करते-करते अटकलबाज का मिजाज भी गर्म हो उठता है।

राजनीतिक पक्षधरों में इतनी गर्मी, इतनी तलखी चुनाव के सन्दर्भ में पहले कभी देखने में नहीं आई थी। उधर साधारण मतदाता उत्तेजित ही नहीं, किसी चमत्कारी परिवर्तन के लिए उत्कंठित भी है। वर्ग-संघर्ष और साम्प्रदायिक विग्रह की भावना को कुछ और उभार दिया गया है। इतनी गर्मी, इतनी तलखी, इतनी उत्तेजना, इतनी उत्कंठा, संघर्ष और विग्रह के इतने तीखे तेवरों के बावजूद क्या राजनीति का खेल महज खेल ही बना रह सकेगा? इस प्रश्न के उत्तर में 'हाँ' कहना सिरफिरा होने की निशानी ही मानी जा सकती है लेकिन सिरफिरापन भारतीय राजनीति का ऐसा अभिन्न अंग बन चुका है कि सभी दल यह समझते हैं कि नई लोकसभा जुटने के बाद राजनीतिक रहस्य-रोमांच गतांक से आगे जारी रखा जा सकेगा। जनता हर नई किस्त की उत्सुकता से प्रतीक्षा करेगी और दाँव-पेंचों की जी खोलकर दाद देती जाएगी।

अभी से इस बात के संकेत मिलने लगे हैं कि किसी भी पक्ष को निर्णायक बहुमत न मिलने की स्थिति में दिलचस्प दाँव-पेंच दिखाए जाएँगे। अगर नई कांग्रेस या चौगुटे में से किसी को स्पष्ट बहुमत मिल गया तो भी दाँव-पेंच होंगे भले ही वे

दिलचस्प की अपेक्षा दिलजले अधिक हों। सवाल यह है कि इस रहस्य-रोमांच के सहारे राजनीति कब तक चल सकेगी? जनता इस आसरे कब तक बैठी रह सकेगी कि राजनीतिक हस्तियाँ अपनी आपसी लड़ाइयों का फैसला करके देश की ज्वलन्त समस्याओं के समाधान के लिए फुर्सत पाने ही वाली हैं? पिछले कुछ वर्षों में प्रगति के लिए परिस्थितियाँ हर तरह से अनुकूल होने के बावजूद सत्ता की लड़ाई और अपने में ही उलझी हुई राजनीति के कारण देश की हालत खस्ता होती चली गई है। अगर सत्ता की लड़ाई के वही फजीते चलते रहे तो ताजा लोकसभा राजनीति को कोई ताजगी नहीं दे सकेगी। बासीपन को छिपाने के लिए नारों और तेवरों से निरर्थक नाटकीयता पैदा करने का वह नुस्खा अपनाया जायगा जो चुनाव-अभियान में अपनाया गया। इसके अन्तर्गत कीचड़ उछालने की प्रतियोगिता भी जमकर होगी जो जनता में मध्यमार्गी राजनीति की रही-सही साख भी खत्म कर देगी।

रहस्यमय दाँव-पेंच और नाटकीय दावेदारियाँ कोई सार्थक ध्रुवीकरण नहीं होने देंगी तो लोक और लोकसभा में किसी भी प्रकार का सम्बन्ध नहीं रह जाएगा। एक ओर राजनीति 'सब कुछ बदल जाने, जन-जन को खुशहाल बनाने, इसको या उसको कतई दवा देने' के वादे उसी हवाई अन्दाज से करती रहेगी जिसका चुनाव घोषणापत्रों और भाषणों में उसने इस्तेमाल किया था और दूसरी ओर वह 'हटाओ-बचाओ' के खेल में मगन रहेगी और उम्मीद करेगी कि जनता भी इस खेल को देखकर मगन रहे। तरह-तरह की शक्तियों और भावनाओं को सक्रिय कर चुकने के बाद जनता से राजनीति के प्रति तटस्थता की अपेक्षा करना कुछ वैसा ही होगा जैसा बर्रों के छत्ते को छेड़ने के बाद यह मानना कि बर्रे किसी को काटेंगे नहीं। अराजकता ऐसी स्थिति में अनिवार्य है।

देश की मध्यमार्गी राजनीति मतिभ्रष्ट होकर सत्ता की खातिर अतिवादी तेवर अपना रही है। दूसरे शब्दों में वह खुद अपनी कब्र खोद रही है। तथाकथित 'क्रान्तिकारी' अथवा 'राष्ट्रवादी' नारों से वह समूचे राष्ट्रीय जीवन और चरित्र में कोई चमत्कारी परिवर्तन तो करने से रही; इन नारों के आधार पर कोई ध्रुवीकरण तक उससे मान्य होने से रहा, तब अगर राजनीति का मंच संसद से हटकर गली-कूचों में आ पहुँचे तो किसी को कोई आश्चर्य नहीं होगा। जो यह समझते हैं कि 'हटाओ-बचाओ' की खातिर वे भीड़ को जब-तब उकसाते रह सकेंगे और पत्थरों को तर्क का दर्जा देते रह सकेंगे और उनकी इस 'जब-तब' के बीच की अवधि में भीड़ भीगी बिल्ली की तरह बैठी रहेगी वे आत्मप्रवंचना के शिकार हैं।

यह भारतीय लोकतन्त्र की अग्नि-परीक्षा की घड़ी है। अब भी इस बात का अवसर है कि आत्ममुग्ध राजनीतिज्ञ अपनी और अपनों की चिंता छोड़कर देश की

चिन्ता करें। समूचा भारतीय उपमहाद्वीप एक भयंकर विस्फोट की ओर बढ़ता हुआ नजर आ रहा है। भारत और पाकिस्तान में घटनाचक्र बड़ी तेजी से चल रहा है। समानान्तर संकट की एक विचित्र-सी अनुभूति हो रही है। यह आवश्यक है कि जब नियति किसी निर्णायक कदम के लिए न्योता दे तब हम 'हटाओ-बचाओ' में न उलझे हुए हों। नाटकीयता और नट-विद्या काफी हो चुकी है। भारतीय लोकतन्त्र को और भारतीय उपमहाद्वीप में भारत को किसी काम का रखना है तो अब सीधे-सादे ढंग से काम में जुट जाना होगा। ताजा नतीजों के बाद बासी फजीते बरकरार रखे गए तो इतनी जबर्दस्त 'हटाओ' छिड़ेगी कि फिर राजनीतिज्ञ तो राजनीतिज्ञ, राष्ट्र ही कहीं नजर नहीं आएगा।

•••